लाक्षागृह
एवं अन्य नाटक

व्रात्य बसु

अनुवाद एवं सम्पादन
प्रो. सोमा बन्द्योपाध्याय

राजकमल पेपरबैक्स

राजकमल पेपरबैक्स में
पहला संस्करण : 2016

राजकमल पेपरबैक्स : उत्कृष्ट साहित्य के जनसुलभ संस्करण

राजकमल प्रकाशन प्रा. लि.
1-बी, नेताजी सुभाष मार्ग, दरियागंज
नई दिल्ली-110 002
द्वारा प्रकाशित

शाखाएँ : अशोक राजपथ, साइंस कॉलेज के सामने, पटना-800 006
पहली मंजिल, दरबारी बिल्डिंग, महात्मा गांधी मार्ग, इलाहाबाद-211 001
36 ए, शेक्सपियर सरणी, कोलकाता-700 017

वेबसाइट : www.rajkamalprakashan.com
ई-मेल : info@rajkamalprakashan.com

बी.के. ऑफसेट
नवीन शाहदरा, दिल्ली-110 032
द्वारा मुद्रित

मूल्य : ₹ 150

LAKSHAGRIH AVAM ANYA NATAK
by Vratya Basu
Translated and Edited by Soma Bandyopadhyay

ISBN : 978-81-267-2947-0

व्रात्य बसु

जन्म : 25 सितम्बर, 1969, कोलकाता में।

शिक्षा : बांगुर स्कूल, प्रेसीडेंसी कॉलेज और कलकत्ता विश्वविद्यालय में। बांग्ला भाषा और साहित्य में एम.ए.।

कोलकाता के सीटी कॉलेज में प्राध्यापक। पहले 'गणकृष्टि' के और इस समय के सबसे सफल ग्रुप थियेटर 'व्रात्यजन' के नाट्यकार, निर्देशक और अभिनेता। सम्मानित नाट्य व्यक्तित्व विष्णु बसु के पुत्र व्रात्य बसु ने बांग्ला रंगमंच में अपनी प्रतिभा और तारुण्य का गंभीर परिचय दिया है। अभी तक इन्हें श्यामल सेन स्मृति सम्मान (1998), दिशारी पुरस्कार (2000) एवं सत्येन मित्र पुरस्कार (2001, 2003 और 2004) मिल चुके हैं। इनके निर्देशन में बनी उल्लेखनीय फिल्म 'रास्ता' एवं 'तिस्ता' है।

प्रकाशन : अब तक तीन नाट्य-संग्रह एवं पत्र-पत्रिकाओं में अनेक लेख प्रकाशित।

सम्प्रति : बंगाल के सूचना और तकनीकी मंत्री हैं।

डॉ. सोमा बन्द्योपाध्याय

जन्म : 17 अगस्त, 1974। कोलकाता, पश्चिम बंगाल।

शिक्षा : एम.ए. (हिन्दी भाषा और साहित्य) पी-एच.डी. (तुलनात्मक साहित्य) बी.ए. स्पेशल ऑनर्स (अंग्रेजी साहित्य)।

प्रकाशन : अब तक तीन कहानी-संग्रह, 7 आलोचनात्मक कृति तथा 14 अनूदित पुस्तकें प्रकाशित एवं 3 पुस्तकें अति शीघ्र प्रकाश्य।

विशेष : साहित्य अकादमी के शिष्टमंडल के साथ चीन और दक्षिण अफ्रीका की यात्रा।

सम्मान : प्रयाग हिन्दी साहित्य-सम्मेलन सम्मान (2013), साहित्य अकादमी अनुवाद पुरस्कार (2013), मीरा स्मृति सम्मान (2014) एवं सन्मार्ग तथा टेलीग्राफ द्वारा प्रदत्त 'अपराजिता 2016' से सम्मानित।

हिन्दी, बांग्ला और अंग्रेजी में समान रूप से लेखन कर्म में प्रवृत युवा पीढ़ी की लेखिका।

सम्प्रति : कोलकाता विश्वविद्यालय की कुलसचिव हैं।

भूमिका

हिन्दी की सुविख्यात प्रकाशन संस्था राजकमल प्रकाशन ने कुछ ही दिनों पहले मेरे चार नाटकों का एक संकलन प्रकाशित किया था—'चतुष्कोण एवं अन्य नाटक' शीर्षक से, जिसमें, 'विंकल-ट्विंकल', 'चतुष्कोण', 'बबली' और 'मृत्यु-ईश्वर-यौनता' नामक नाटक थे। इस संकलन का अनुवाद कलकत्ता विश्वविद्यालय के हिन्दी विभाग की विभागाध्यक्षा तथा वर्तमान में विश्वविद्यालय की कुल-सचिव पद पर कार्यरत प्रो. सोमा बंद्योपाध्याय ने किया था। वे एक प्रख्यात लेखिका एवं गवेषक भी हैं। उनके अनुवाद के माध्यम से मेरे ये नाटक भारत के तमाम हिन्दीभाषी पुस्तक-प्रेमी पाठकों तक पहुँच गए हैं। सुरेश भारद्वाज जैसे यशस्वी नाट्य-निर्देशक के सफल निर्देशन में 'चतुष्कोण' नाटक का भारत के कई स्थानों पर व भारत के बाहर भी कई बार सफलतापूर्वक मंचन किया गया है। अत: सोमा बंद्योपाध्याय एवं राजकमल प्रकाशन के प्रबन्ध निदेशक अशोक महेश्वरी जी के प्रति मेरी कृतज्ञता का कोई अन्त नहीं है।

इस बार पुन: राजकमल प्रकाशन मेरे तीन नाटकों का एक और संकलन हिन्दी में प्रकाशित करने जा रहा है। अनुवाद सोमा बंद्योपाध्याय एवं उनके तत्त्वावधान में मंटू दास तथा प्रतीक सिंह ने किया है। इस संकलन के तीन नाटक हैं—'लाक्षागृह', 'सन्ध्या की आरजू में भोर का सरसों फूल' और 'बम'। पहले नाटक की रचना मैंने 2014 में की थी। यह महाभारत की कथा पर आधारित है, यद्यपि इसमें वर्तमान समय को ही पकड़ना चाहा है मैंने। सन् 2008 में रचित दूसरा नाटक बिल्कुल आधुनिक विषय पर है, कॉर्पोरेट दुनिया का आधिपत्य, यंत्र और मनुष्य की यांत्रिकता और इन्हीं सबके बीच उसका अकेलापन, नि:संग जीवन की यंत्रणा, प्रेम और पैशन! तीसरा नाटक मैंने 2015 में लिखा था, जो भारतवर्ष एवं विशेषकर अविभाजित बंगाल के

स्वाधीनता पूर्व युग के क्रान्तिकारी आन्दोलन पर आधारित है। इस आन्दोलन के मुख्य चरित्र ऋषि नहीं, बल्कि क्रान्तिकारी अरविन्द घोष है। यह एक काल्पनिक चित्रनाट्य है जिसमें यह दिखाने की कोशिश की गई है कि मध्यवर्गीय मानसिकता किस प्रकार स्वप्न और स्वप्नभंग की व्यथा को लेकर अग्रसर होती है, इसी का ऐतिहासिक विवरण है। 'लाक्षागृह' के दुर्योधन-पुरोचन आदि, 'बम' के बारीन-हेमचन्द्र कानूनगो और 'सन्ध्या की आरजू में भोर का सरसों फूल' के अनिरुद्ध-कोयल इसीलिए बार-बार युग-युगान्तर, काल-कालान्तर में लौट आते हैं हमारे जीवन में, आते हैं—स्वप्न, चाहत, उल्लास, वेदना और हाहाकार लेकर और कह जाते हैं शायद हमारी ही कहानी अपनी जुबानी।

डॉ. सोमा बंद्योपाध्याय और उनकी मंडली के अनुवादकों को मेरा धन्यवाद। साथ ही मेरा हार्दिक धन्यवाद और कृतज्ञता राजकमल प्रकाशन के श्री अशोक महेश्वरी एवं अलिन्द महेश्वरी के प्रति। राजकमल जैसे शीर्षस्थ प्रकाशक द्वारा मेरे जैसे साधारण नाट्यकार के नाटकों का अनुवाद हिन्दी के असाधारण पाठकों तक पहुँचाया जाना नि:सन्देह मेरे लिए गर्व की बात है।

शुभस्तु!

5 जुलाई, 2016

—व्रात्य बसु

क्रम

लाक्षागृह

पात्र

सूत्रधार
तीन वृद्ध
धृतराष्ट्र
दुर्योधन
विदुर
पुरोचन
वीभत्सू
युधिष्ठिर
कुन्ती
निषादी माता एवं उनके पाँच पुत्र

...यदा यदा हि धर्मस्य...

[गम्भीर संगीत के बीच पर्दा उठता है। स्थान वारणावत, शाम का समय। सूत्रधार खड़ा है।]

सूत्रधार : आज कृष्णपक्ष की चतुर्दशी की रात है। आज की रात दुरात्मा पुरोचन इस लाक्षागृह में आग लगाएगा। वारणावत नगरी के ठीक इस प्रान्त में यह जो भव्य गृह देख रहे हैं, यह वास्तव में एक लाक्षागृह है। इसे देखकर आप सबको लग सकता है कि इस गृह के गुम्बद, खम्भे, मुख्य द्वार, वातायन सब कुछ सम्भवतः प्रस्तरखंड अथवा काष्ठखंड से निर्मित हैं किन्तु ऐसा नहीं है। यह गृह वस्तुतः एक लाक्षागृह है। इसीलिए इसे शर्ण और सर्जरस से बनाया गया है। फिर कौशिकी नदी के तट की मिट्टी के साथ प्रचुर मात्रा में हवि, घृत, तैल एवं लाक्षा मिलाकर एक विशेष प्रकार का लेप बनाकर इस पूरे गृह की दीवारों पर लगा दिया गया है। अब यदि एक ज्वलन्त शलाका इस दीवार के बहुत निकट ले जाई जाए तो तुरन्त यह गृह अग्नि की लपटों में घिर जाएगा। इसीलिए यह लाक्षागृह है। सही अर्थों में लाक्षागृह।

[मद्धिम संगीत। तीन अन्धे ब्राह्मणों का प्रवेश। पहला ब्राह्मण गधे की पीठ पर चढ़कर आता है। दूसरा एक विशालाकार मोर की पीठ पर आसीन होता है और तीसरा एक विशाल सर्प को पूरे बदन में लपेटा होता है। (यहाँ निर्देशक बड़े आकार के मुखौटों का इस्तेमाल कर सकते हैं) तीनों ब्राह्मण एक साथ बोलते हैं। सुनने में 'कोरस' जैसा लगता है।]

तीन ब्राह्मण : आज से एक साल पहले इस लाक्षागृह की योजना की गई थी। वत्सल दुर्योधन, प्रजापालक दुर्योधन, धार्तराष्ट्र दुर्योधन ने इस भयंकर षड्यंत्र की रचना बनाई थी। यज्ञ की अग्नि जिस प्रकार

अरण्य के पावक को सहन नहीं कर पाती है और वही है हर प्रकार के अनर्थ का मूल कारण। ईर्ष्या भी उसी अग्नि की तरह होती है। अपरिपक्वता भी अग्नि की तरह। सन्देह भी अग्नि की तरह। विकच कमल-सरोवर में हस्ती (हाथी) के प्रवेश की तरह दुर्योधन के भीतर भी वह अग्नि धीरे-धीरे एक उत्तुंग लाक्षागृह में रूपान्तरित हो गई। आज हम अन्धे हैं। हम बधिर है। हम मूक हैं। इसीलिए इस लाक्षागृह को खुली आँखों से देख रहे हैं। देख रहे हैं, चक्रनेमि को परिव्याप्त करने के लिए सूर्यमंडल की तरह अन्तस्थ अनल भभककर जल उठा है। यह अनल इस गृह, इस वारणावत नगरी, इस पूरे साम्राज्य को भस्मीभूत कर देगा। हम सिर्फ देखेंगे। कुछ कहेंगे नहीं। यदि कहेंगे भी तो अपनी खातिर। जाति की खातिर नहीं। बल्कि मूक और बधिर बने रहेंगे। कारण कहकर कुछ होता नहीं है। हम इसलिए नीरव रहेंगे। और हमारी इस नीरवता के लाक्षा-रस से प्रतिक्षण निर्मित होगा एक अनिवार्य लाक्षागृह।

सूत्रधार : हे तीन ज्ञानी, हे आर्य, उस और देखिए, एक वृहद् कूप है। उसके पास पलाश के वृक्ष की शाखा झुक गई है कूप के ऊपर। आप सभी उस कूप के किनारे बैठिए। और प्रतीक्षा कीजिए यह देखने के लिए कि यह लाक्षागृह किस प्रकार दग्ध करती है पहले वृक्षों को, फिर जम्बू वन को और फिर सम्पूर्ण चराचर। इसका कारण दुर्योधन का अन्तर्मन। आर्य, आप लोगों ने ही कहा है कि शत्रु, अग्नि, वज्र, सर्प आदि से भी उतना भयभीत नहीं होना चाहिए जितना अपनी इन्द्रिय से। आज से एक वर्ष पहले दुर्योधन और उसकी ईर्ष्या, उसकी इन्द्रिय, उसके समस्त आक्रोश ने एकत्रित होकर स्थिर किया कि वे पांडवों को वारणावत भेजेंगे—वारणावत नगरी। हस्तिनापुर के पास। अत्यन्त मनोरम सुदृश्य नगरी है यह। *(मद्धिम रोशनी में सूत्रधार और तीन ब्राह्मण गायब हो जाते हैं। पीछे धृतराष्ट्र और दुर्योधन दिखाई पड़ते हैं।)*

धृतराष्ट्र : वारणावत? वहाँ हम किस प्रकार पांडवों को निर्वासन पर भेजेंगे पुत्र? क्या यह भी कभी सम्भव है? कौन करेगा यह?

दुर्योधन : आप करेंगे पिताजी। सम्पूर्ण राज्य आज युधिष्ठिर के पक्ष में है। नगरवासी आपका अनादर करते हैं। मेरे प्रति श्रद्धा नहीं रखते। वे युधिष्ठिर को राजा बनाना चाहते हैं। मुझे यह समझ नहीं

आती कि आप अन्धे हैं या वे नगरवासी? वे उन कपटी, मिथ्याचारी, धूर्त पांडवों के मीठे व्यवहार से पिघल जाते हैं, समझ भी नहीं पाते कि यह व्यवहार छल से परिपूर्ण है। पांडवों का हृदय वस्तुतः तीव्र विष से परिपूर्ण है; वे वास्तव में प्रतारक, शठ हैं।

धृतराष्ट्र : अन्धत्व कोई दोष नहीं है पुत्र, अन्धत्व एक परिस्थिति है। वैसे अन्तर्मन का अन्धत्व निःसन्देह स्वकृत सृष्टि है। यह जो अपवित्र चंचल मन है, यह कई प्रकार के विरोधी उपकरणों से गठित है। इस मारक रोग से जो आक्रान्त होता है, वह जैसे एक अशुचि जीर्ण भवन के प्रति आसक्ति से भर उठता है, जिस भवन में सदा सर्प का वास होता है और हर क्षण जिसके संस्कार का प्रयोजन होता है।

दुर्योधन : पिता अन्तर्मन का यह अन्धत्व, यह रोग आज सर्वव्यापी है और उसका आरम्भ उन प्रतारक, छली पांडवों ने ही किया है। 'उन्हीं को आज परिमार्जन की आवश्यकता है। इसीलिए इस राज्य से उन्हें निर्वासित कीजिए पिताश्री। उन्हें दूर भेज दीजिए जिससे अन्तर्मन के अन्धत्व को दूर कर वे स्वयं को शुद्ध कर सकें, साथ ही कुरुवंश का हृत सिंहासन कौरवों के लिए सुनिश्चित हो सके। उन अपरिचित वनवासी अवैध पांडवों के हाथों में वह न जाए।

धृतराष्ट्र : पुत्र सुयोधन, पांडु को मेरे अन्धे होने के कारण यह राज्य मिला था। वह आज जीवित नहीं है। यह ठीक है कि उसके वंशजों को ही यह राज्य मिलना चाहिए। इस स्थिति में हमारे वंश का अनादर और अवज्ञा के कारण लोक-चक्षु के अन्तराल में चला जाना ही स्वाभाविक है।

दुर्योधन : मैं इस परिणाम को नहीं मान सकता। भूलिएगा नहीं पिताश्री, कि मेरा वंश पहले से ही कुरुवंश है। कुरु से ही कौरव शब्द का जन्म हुआ है। और अन्धत्व यदि अपराध है तो फिर शारीरिक दुर्बलता, कृशता और पांडुता भी अपराध है। पांडवों के पिता भी उस दोष से दोषी हैं। किसने अतीत में कौन सा पाप किया और उसका ऋण आज भी हमें चुकाना पड़े, ऐसा हो नहीं सकता पिताश्री।

धृतराष्ट्र : पर ऐसा ही तो होता है सुयोधन! वंशानुक्रम से पूर्वजों का पाप इसी तरह हम अपने कर्मफल से धोते हैं। मैं न कर सका तो मेरा

पुत्र करेगा, वह भी न कर पाया तो उसके बाद की पूरी पीढ़ी यह ऋण चुकाने की कोशिश करेगी, जाने या अनजाने।

पुत्र, युधिष्ठिर या पांडवों को पिछले कुछ वर्षों की तरह अब असहाय मत समझना। आज समाज में उनकी प्रतिष्ठा है, प्रताप है, नगरवासियों में कई अब उनके पक्ष में हैं। सर्वोपरि, उनके साथ हैं भीष्म, द्रोणाचार्य, कृपाचार्य और विदुर। कैसे उन्हें निर्वासित करूँ, बताओ?

दुर्योधन : पिताश्री, आप मुझे क्या समझते हैं? राजनीति में अनभिज्ञ हूँ? दुर्बल हूँ? मैंने धन और सम्मान देकर उनके समर्थकों को अपने वश में कर लिया है। भूलिएगा नहीं कि राष्ट्रयंत्र आज हमारे हाथ में है। इस यंत्र और पद्धति से धीरे-धीरे हम उन्हें अप्रासंगिक बना देंगे, पिताश्री। धन और राजसम्मान चंचल को शान्त बनाता है, गुणी को...

वे लोग तब चुप रहेंगे, पिताश्री, पूरी तरह से मौन। फिर, वे तो विश्वास करते हैं कि मैं निर्दयी हूँ, निष्ठुर और निष्करुण हूँ। मैंने उन्हें समझा दिया है कि जाति या मर्यादा में ऊँच-नीच हो सकता है, परन्तु चक्रान्त या षड्यंत्र में ऊँच-नीच नहीं होता है। षड्यंत्र तो षड्यंत्र ही होता है। शत्रु शत्रु ही होता है। उसका कोई वर्ग, कोई जाति नहीं होती, कोई उम्र नहीं होती। इसलिए किसी भी प्रकार से, किसी भी कूटनीति द्वारा अरि या विद्रोही को या तो पदावनत या फिर चुप करवाना ही राजधर्म है। वैसे भीष्म किसी के प्रति पक्षपात नहीं करते। द्रोण तो हमारे साथ हैं ही क्योंकि उनके पुत्र अश्वत्थामा मेरे परम मित्र हैं। मातुल कृपाचार्य भी अपनी बहन के पुत्र के पक्ष में ही रहेंगे। एकमात्र विदुर! विश्वासघाती विदुर! हमारे ही अन्न से प्रतिपालित परन्तु यह देविकास्वामी एक गुप्त मूषिक की तरह स्व-दन्त से कुरेद-कुरेदकर हमें खोखला बना देना चाहता है। अतएव पिताश्री, आप आज ही पांडवों को कुन्ती समेत वारणावत में निर्वासन पर भेज दें।

[धृतराष्ट्र सर झुकाकर सोचते हैं। फिर वे अन्धकार में अदृश्य हो जाते हैं। पीछे खड़े तीन वृद्ध ब्राह्मण फिर से दृश्यमान होते हैं। धीमे स्वर में संगीत। तीनों वृद्ध मन्द स्वर में कह उठते हैं।]

तीन वृद्ध : मनुष्य को जब ठंड लगती है, वह अग्नि की तलाश करता है। मनुष्य को जब पसीना आता है, वह ठंड की तलाश करता है। मनुष्य को जब भूख लगती है, वह भोजन की तलाश करता है। मनुष्य को जब प्यास लगती है, वह पानी की तलाश करता है। तो फिर यह शक्ति, यह क्षमता, यह देह सब कुछ नश्वर है। यह सब कुछ समय के लिए है। दिति के पुत्र नमुचि, ययाति के पुत्र पुरु, कार्तवीर्य के पुत्र सहस्त्रबाहु ये सब युद्ध में पराभूत हुए थे। वीरता, बाहुबल और सत्ता का दम्भ उन्हें पराजित होने से रोक नहीं पाए। फिर भी मनुष्य युद्ध की घोषणा करता है। फिर भी मनुष्य आधिपत्य दिखाना चाहता है। फिर भी मनुष्य का दम्भ उसका परिणाम बनकर बार-बार प्रकट होता है। युग के बाद युग। धर्म तुम जान लो, मरणशीलता की बात जानकर भी मनुष्य सोचता है वह अमर है, यह आश्चर्य की बात नहीं है! आश्चर्य की बात यह है कि यह क्षमता, यह युद्ध, यह सत्तालोलुपता अनित्य, बेकार और रुग्ण जानकर भी मनुष्य इसके पीछे बार-बार दौड़ता है। अग्नि जिस प्रकार पतंग को आकर्षित करती है अपनी ओर, सत्ता की मदिरा भी मनुष्यों को खींचेगी अपनी ओर। यही आश्चर्य की बात है। इसलिए— यदि युंद्ध की घोषणा करना चाहते हो तो अपनी प्रवृत्ति के विरुद्ध करो। यदि संघर्ष करना चाहते तो तो निज इन्द्रियों के विरुद्ध करो। यदि जीतना चाहते हो तो निज अहं को पराभूत करो।

[तीनों वृद्ध अदृश्य हो जाते हैं। संगीत मन्द पड़ जाता है। सूत्रधार आकर सामने खड़ा होता है।]

सूत्रधार : धृतराष्ट्र ने पांडवों को मना लिया था। यद्यपि पांडवों के राज़ी हुए बिना कोई उपाय न था। वहाँ के पशुपति उत्सव देखने का उत्साह भी उनमें था। सोचा था भ्रमण और दर्शन दोनों ही हो जाएँगे। भीष्म और द्रोण भी इसमें धृतराष्ट्र से सहमत हो गए। परिणामस्वरूप पांडवों का वहाँ जाना अनिवार्य हो गया। परन्तु ऐन वक्त पर विदुर आकर खड़े हो गए युधिष्ठिर के सामने। उन्होंने म्लेच्छों की गुप्त भाषा में युधिष्ठिर को सावधान कर दिया।

[कोने में विदुर आकर खड़े हो जाते हैं। जैसे दूर से युधिष्ठिर को सम्बोधित कर कहते हैं। सूत्रधार

तब तक अदृश्य हो जाता है। रथ चलने की आवाज़ आती है।]

विदुर : वत्स, शत्रुओं से सावधान रहना। शस्त्र के बिना, लोहे के बिना भी शत्रु तुम सबकी हत्या कर सकता है। अग्नि सिर्फ सूखे वन में दावानल जला सकता है। यदि तुम गर्त में रह सको तो जैसे साही गर्त में रहने के कारण बच जाता है, मनुष्य भी उसी प्रकार बच सकता है। जो मनुष्य आकाश के नक्षत्रों को देखकर अपना गतिपथ समझ और पहचान लेता है, वह अपने आपको और दूसरों को भी बचा लेता है।

[विदुर जैसे दूर से युधिष्ठिर एवं उनके भाइयों का जाना देख रहे हों। मंच पर प्रकाश कम हो जाता है। दुर्योधन आकर खड़ा हो जाता है।]

दुर्योधन : आपने उनसे म्लेच्छ भाषा में क्या कहा विदुर?

[विदुर उसकी ओर नहीं देखते हैं।]

क्या बात है, उत्तर क्यों नहीं देते?

[विदुर दुर्योधन के करीब से निकल जाने की कोशिश करते हैं। दुर्योधन उन्हें रोकते हैं।]

दुर्योधन : मेरे प्रश्न का उत्तर देते जाइए।

विदुर : मैंने म्लेच्छ भाषा में बात की है। तुम नहीं समझोगे।

दुर्योधन : नहीं समझूँगा तभी तो जानना चाहता हूँ।

विदुर : मैं देवभाषा में कहता तो भी तुम समझ नहीं पाते।

दुर्योधन : क्यों? मैं देवभाषा जानता हूँ।

विदुर : जानना पर्याप्त नहीं है। क्योंकि मैंने मूलतः संकेत दिया है। तुम्हारा मन अब दूसरों के सामने इतना ही स्पष्ट हो गया है कि किसी भी प्रकार का संकेत अथवा प्रतीक प्रकट रूप में उस स्पष्टता की क्रूर दीवार पर जाकर चोट खाएगा। प्रतिध्वनि ध्वनि नहीं है। वह केवल प्रतिध्वनि ही है।

दुर्योधन : इन वाक्यों का क्या अर्थ है? आप कूटाभास करके प्रसन्न होते हैं। जिस कूटाभास का अर्थ मैं समझता हूँ, आप स्वयं भी नहीं जानते। आपकी यह निरर्थक जटिलता आपका और हस्तिनापुर का एक दिन नाश कर देगी। मैं निश्चित हूँ।

विदुर : तुम्हारे साथ तर्क करने में मेरी कोई रुचि नहीं है। क्योंकि तुम्हारी वृद्धि और नहीं होगी दुर्योधन! वज्राहत वृक्ष जिस प्रकार अग्निदग्ध होने के पश्चात् वृद्धिहीन हो जाता है, तुम्हारी स्थिति भी वैसी ही है। और तुम्हारी अपनी प्रवृत्ति ही तुम्हारे लिए वज्र बन जाएगी। जो स्वयं को कान्तियुक्त बुद्धिमान समझ लेता है, वह निर्बोध नहीं है दुर्योधन, परन्तु जो स्वयं को ही एकमात्र बुद्धिमान मान लेता है, वह सर्वाधिक मूर्ख है। तुम्हारा अत्यन्त दुर्भाग्य है, इसीलिए इस व्याधि ने तुम्हें ग्रास किया है। तुम्हारे मन में कोई अच्छी बात नहीं आती। कोई सुवाक्य तुम्हारे मर्म तक नहीं पहुँचता है।

दुर्योधन : मेरी वृद्धि हो या न हो, क्षय हो या न हो, यह राज अब मेरे पास सुरक्षित है विदुर। कम से कम एक वर्ष तक। राजनीति की द्यूतक्रीड़ा में मैं नवीन हो सकता हूँ, परन्तु इतना मुझे समझ में आ गया है कि सत्ता की डोर जिसके हाथ में है, वही एकमात्र महाकाल और त्र्यम्बक के अट्टहास को सही ढंग से अनुभव कर सकता है। बाकी सब कुछ अर्थहीन है। सब कुछ बना-बनाया उपदेश वाक्य है। काल्पनिक अर्थहीन जितने शुभ या मंगलकाव्य हैं, उनका प्रयोजन केवलमात्र उस ऊपर के द्युलोक अथवा नीचे पाताल में है, इस भूलोक में कम-से-कम नहीं है। राजनीति केवल इस क्षण को पहचानती है विदुर। वह किसी अतीत को जानना नहीं चाहती और न भविष्य को। मेरी बुद्धि, मेरा चातुर्य, मेरी क्षिप्रता से आप सबको ईर्ष्या होती है। आप सब इसके सामने फीके पड़ जाते हैं। और जान लीजिए विदुर, आप मेरा अहित चाहेंगे तो मैं उससे दस गुना अधिक आपका अहित चाहूँगा। आप मुझसे ईर्ष्या करेंगे तो मैं दस गुना अधिक आपसे करूँगा। आप मुझे नीचा दिखाना चाहेंगे तो मैं उससे दस गुना अधिक आपको दिखाऊँगा। आपने सही कहा है। मेरा अन्तःकरण स्पष्ट है, बिल्कुल आईने की तरह। इतना स्पष्ट कि यदि उसमें आप अपना प्रतिबिम्ब देखेंगे तो काँप उठेंगे।

विदुर : मैं तुम्हें सिर्फ इतना कह सकता हूँ कि तुम्हारे मुँह से निकले हुए हर एक वाक्य के लिए तुम एक दिन पश्चात्ताप करोगे दुर्योधन। उस समय तुम्हारा यह पश्चात्ताप तुम्हारा आजीवन पीछा करता रहेगा, एक प्रज्वलित अनल अथवा अशुभ किसी महामारी की

तरह। तुम्हारा आर्त क्रन्दन भी उस दिन तुम्हारा परिहास करेगा दुर्योधन, याद रखना।

[विदुर चले जाते हैं। दुर्योधन उत्तेजित-सा बार-बार साँस लेता है। फिर ताली बजाता है। पुरोचन आता है। उसके शरीर पर एक जोकर का (विदूषक का) पोशाक। वह खिलखिलाते हुए मंच पर प्रवेश करता है।]

दुर्योधन : पुरोचन! आओ, उस शमीवृक्ष के नीचे चलकर बैठते हैं। तुम्हारे अतिरिक्त मेरा कोई साथी नहीं। श्मशान से राजद्वार सर्वत्र तुम मेरे साथ रहते हो। बन्धु, मैं केवल तुम पर ही विश्वास रखता हूँ। मैं यदि रथ हूँ तो तुम मेरी ध्वजा हो। मैं यदि यज्ञ हूँ तो तुम मेरी आहुति हो। मैं यदि भुजा हूँ, तुम मेरे अंगद हो।

पुरोचन : विश्वास करता हूँ। विश्वास करता हूँ। विश्वास करता हूँ। प्रणाम करता हूँ। प्रणाम करता हूँ, प्रणाम करता हूँ। समर्पण करता हूँ। समर्पण करता हूँ। समर्पण करता हूँ।

दुर्योधन : मैं धन्य हूँ। बन्धु पुरोचन, जाओ अभी वायु से भी अधिक द्रुतगामी रथ पर विराजकर पहुँच जाओ वारणावत। तुम्हारा लाक्षागृह तैयार है?

पुरोचन : तैयार है। तैयार है। तैयार है।

मैं केवल एक शलाका लेकर उस लाक्षागृह की दीवारों का स्पर्श करूँगा और वह जलाकर राख कर देगा पांडवों की अस्थियों को, उनकी माता कुन्ती को और अन्ततः सम्पूर्ण वारणावत को। राजन्, आपके आदेशानुसार निर्मित वह लाक्षागृह अब एक अभिशप्त अट्टालिका की तरह खड़ा है उस निस्तब्ध नगरी में। शुक्ला पंचमी की चाँदनी उस गृह को भिगो दे रही है। घृत, तैल और लाक्षा-रस के साथ-साथ शुभ्र ज्योत्स्ना का भी लेप लगाकर तैयार है आपका वह विशाल लाक्षागृह। नगरवासी भी जैसे प्रतीक्षारत हैं कि कब वह लाक्षागृह जलकर राख बन उड़ता फिरेगा ईशान से नैऋत कोण तक!

दुर्योधन : जाओ मित्र, अभी जाओ। आज से एक वर्ष बाद कृष्ण चतुर्दशी की रात को गहरे अन्धकार में पृथ्वी जब सुषुप्ति के अतल तल में डूबी होगी, तब पांडवों को उस लाक्षागृह में द्वार रुद्ध कर निःशब्द बाहर से ही आग लगा देना। एक पल में पूरी तरह से

जलकर खाक हो जाएँगे वे अरण्यवासी—वहिरागत प्रतारक पंच-पांडव।

[पुरोचन हँसते हुए बाहर चला जाता है। दुर्योधन भी दूसरी ओर से बाहर निकल जाता है। तीनों वृद्धों का पुनर्प्रवेश]

तीन वृद्ध : जाओ खबर भेजो। खबर भेजो कोशल में। खबर भेजो उत्तर-कुरु में। खबर भेजो ऋष्यमूक पर्वत में। खबर भेजो एकचक्र नगरी में। खबर भेजो त्रिगर्त देश में। खबर भेजो काम्यक वन में। खबर भेजो प्रद्युम्न नगर में।

कह दो मूषल पर्व की सूचना थी इस महाग्रन्थ के आरम्भ में ही। जैसे ही लाक्षागृह प्रस्तुत किया गया, मूषल पर्व की शुरुआत भी तभी से हुई। जब भाई भाई की हत्या करना चाहता है, मित्र मित्र की हत्या करना चाहता है, आत्मा आत्मीय की हत्या करना चाहती है, तभी देश में महामारी आती है। मारक रोग फैलता है जनारण्य में।

लाक्षागृह जल रहा है, अत: आग लगेगी वारणावत में। वही आग फैलेगी सौराष्ट्र में, वत्सदेश में, मद्र में, मालव में, प्राग्-ज्योतिषपुर में।

फिर वही आग फैल जाएगी धीरे-धीरे विदर्भ में, मगध, पांचाल, भोज, रैवतक पर्वत में। फिर वही आग हस्तिनापुर तक पहुँचकर उसे और इन्द्रप्रस्थ को भी ध्वंस कर देगी। यही लाक्षागृह का नियम है। उसकी प्रकृति में ही है वह सर्वनाशी रक्तबीज।

जाओ, खबर भेजो। खबर भेजो सुरंग खोदनेवालों को। उन्हें खोदने के लिए कहो गुप्त रूप से। खोदो अपने अन्तर्मन की खाई में, खोदो अन्तर्मन के आँगन में। खोदो एक ऐसा सुरंग जिसमें से तुम्हारा निष्क्रमण नि:शब्द हो सके। ताकि तुम्हारी पलकों को भी तुम्हारे इस हठात् निष्क्रमण की खबर न लगे। खोदने के पश्चात् उसके प्रवेशमुख पर एक कपाट लगा दो। कुछ इस प्रकार से भूमि के साथ उसे मिला दो, ताकि कोई उस कपाट का अस्तित्व न जान सके।

देखो, अग्नि की लपटें छू ले रही हैं सम्पूर्ण आर्यावर्त को। लाक्षागृह जल रहा है हिन्दूकुश, उत्तरकुरु, मन्दार पर्वत पर।

खोजो , सुरंग खोदनेवाले को खोजो। कोई विश्वसनीय सुरंग खोदनेवाला। और भेजो उसे पंच-पांडवों के पास।

[सूत्रधार आकर खड़ा होता है। तीनों वृद्ध मिट जाते हैं।]

सूत्रधार : विदुर के द्वारा भेजे गए सुरंग खोदनेवाले ने किस तरह से एक वर्ष समय लेकर सुरंग खोदा था, यह हम लोग जानते हैं। युधिष्ठिर ने उसे रात को खोदने के लिए कहा था गुप्त रूप से। कुछ इस तरह से कि पुरोचन के मन में कोई सन्देह न जन्म ले। पुरोचन लाक्षागृह के ठीक मुख्य द्वार पर रहता था। इसीलिए सुरंग खोदनेवाला रात के अँधेरे में सुरंग खोदता और दिन में सुरंग का मुँह मिट्टी के एक आच्छादन से ढक दिया करता। पंच-पांडव दिन में पशुपति उत्सव देखने जाते, मेला देखते, अरण्य से अरण्यान्तर में आखेट पर जाते और रात को नि:शब्द सुरंग में उतरते। वे सदैव सतर्क और सशस्त्र रहते। एक न एक जन रात को जागते। एक वर्ष तक यह सब चलता रहा। अन्तत: वह रात आई। आज वह रात है। कृष्ण पक्ष की चतुर्दशीय तमसाच्छन्न घोर अन्धकार रात्रि।

[सूत्रधार चले जाते हैं। बाईं ओर प्रकाश देदीप्यमान है। पाँच जन निषाद और उनकी निषादी माता का कुन्ती स्वागत कर रही है। साथ में युधिष्ठिर भी हैं। कुन्ती निषादों को लेकर भीतर चली जाती हैं और युधिष्ठिर वहीं रह जाते हैं। पुरोचन अपने एक अनुचर के साथ प्रवेश करता है।]

पुरोचन : वे लोग कौन हैं युवराज?

युधिष्ठिर : माता कुन्ती आज ब्राह्मणों को भोजन करवा रही हैं। इसी उपलक्ष्य में कइयों को बुलाया गया है। वह निषाद स्त्री और उनके पुत्र भी आमंत्रित हैं।

पुरोचन : उनके लिए पर्याप्त भोजन और पेय पदार्थ तो उपलब्ध है न? क्या मैं कुछ कर सकता हूँ?

युधिष्ठिर : कुछ नहीं करना है। माता कुन्ती ने पूरी व्यवस्था कर ली है। आपको चिन्तित होने की आवश्यकता नहीं है पुरोचन!

पुरोचन : मेरी प्रकृति ही वैसी है खरगोश की तरह। चिन्तित रहना मेरा स्वभाव है। आप तो जानते ही हैं!

युधिष्ठिर : तो तभी आप खरगोश की तरह दौड़ते रहते हैं पुरोचन?

पुरोचन : कह सकते हैं!

युधिष्ठिर : मैं तो कछुए की तरह हूँ। इसलिए तुमसे दौड़ में पराजित हो जाऊँगा। पर यदि तुम बीच रास्ते में सो गए, तो कछुआ तुम्हारा अतिक्रमण कर जीत जा सकता है। अत: सोच-समझकर सोना पुरोचन!

पुरोचन : ऐसा कभी नहीं होगा युवराज। पुरोचन का मन-मस्तिष्क बहुत सजग और सतर्क रहता है, ऊपर से स्वयं पर मेरा नियंत्रण अपरिसीम है। इसलिए मैं तो नहीं सो रहा हूँ। मेरा आप अतिक्रमण कर जाएँ, यह मैं होने नहीं दूँगा। मैं तो आपका प्रहरी हूँ युवराज। हर पल का प्रहरी। भूलिएगा नहीं।

युधिष्ठिर : निद्रा-जागरण की बात पहले से कौन बता सकता है पुरोचन? तुम यहाँ रहो, मैं माता कुन्ती के पास जाता हूँ। अतिथियों के स्वागत में उनकी सहायता करता हूँ। तुम तब तक स्वप्न-सुषुप्ति-सुप्ति आदि को लेकर बड़ी-बड़ी बातें सोचो!

[युधिष्ठिर भीतर चले जाते हैं। पुरोचन अपने अनुचर से कहता है]

पुरोचन : धूर्त ज्येष्ठ पांडव! सोच रहे हैं, मुझसे खेल खेलेंगे! क्या वो जानते हैं कि आज रात को ही उनकी अस्थियाँ, मांस सब कुछ जलकर राख हो जाएगा! क्यों वीभत्सू?

अनुचर : प्रभु पुरोचन?

पुरोचन : सन्ध्या होने को है। सूर्य की किरणें मन्द पड़ रही हैं। दूर गाँव में धुएँ की लकीरें दिख रही हैं। आकाश में सजल जलद, अब अवरुद्ध अभिमानी स्त्री की तरह विषण्ण दिख रहे हैं। दूर गए ग्रामवासी वापस घर लौट रहे हैं। वे थके हैं। थोड़ी देर में वे निद्रा में डूब जाएँगे। चारों ओर के इस महाद्रुम के अन्तराल में रहनेवाले पंछियों का कलरव थम जाएगा। सिर्फ इस लाक्षागृह के भीतर छोटे-छोटे प्रकोष्ठों में प्रकाश रहेगा। दूर से ही लाक्षा-गवाक्ष में देखा जाएगा मशाल का संकेत। गृह के भीतर कुछ ग्रामवासी व्रत पूरा करने के पश्चात् भोजन और पेय के साथ कुछ देर उल्लास में मग्न रहेंगे। फिर वे भी अपने-अपने घर वापस लौट जाएँगे। वीभत्सू, यही, यही होगा वह माहेन्द्र क्षण। मेरे राजा दुर्योधन, संघर्ष में जो स्थिर थे और उनके मातुल

शकुनि, अधिप गरुड़ के कर्णधार नियामक—ये दो महापुरुष आज हस्तिनापुर में निस्संग उलूक की तरह जगे हुए हैं। वे इसी प्रतीक्षा में हैं कि कब हमारे द्वारा लगाए गए तूषानल में राख हो जाएगा यह जीवन्त लाक्षागृह। वीभत्सू, तैयार हो जाओ। आज ही हमारे एक वर्ष के श्रम को पूर्णता मिलेगी। तैयार रहो वीभत्सू! तैयार हो जाओ।

अनुचर : चलिए प्रभु! आयोजन किया जाए। मैं तैयार हूँ।

[दोनों चले जाते हैं। युधिष्ठिर आकर खड़े होते हैं। हवा बह रही है। युधिष्ठिर कुछ देर प्रतीक्षा करते हैं। पीछे से कुन्ती आकर खड़ी होती हैं।]

कुन्ती : क्या हुआ है पुत्र?

युधिष्ठिर : *(दीर्घ श्वास लेते हुए)* कुछ नहीं माता। कपटी पुरोचन और उसका अनुचर वीभत्सू अब तक यहीं खड़े होकर आपस में परामर्श कर रहे थे। वे अभी चले गए हैं। कल रात्रि के अन्तिम प्रहर में सम्भवत: वे इस गृह में आग लगाएँगे।

कुन्ती : मैं जानती हूँ। पर हम भी तो तैयार हैं पुत्र! वे रात के प्रथम याम में सोने जाएँगे। वे जानते हैं कि आज मेरा व्रत-पालन और ब्राह्मण-भोज उत्सव है। इसका अर्थ है मध्य-याम में हम विश्राम लेने जाएँगे। उन लोगों ने सोच लिया है कि गहरी थकान से हम शीघ्र ही निद्रा में डूब जाएँगे। तब अन्तिम याम में इस लाक्षागृह को वे जला देंगे।

युधिष्ठिर : और हम भी उस धधकती अग्नि में स्वाहा हो जाएँगे। हमारी यह उज्ज्वल त्वचा, मुलायम गात्र, कोमल देह जल-जलकर इस धरित्री पर बिखर जाएँगे। पृथ्वी की मिट्टी पर आज ही हम अन्तिम बार अपने पाँव रखेंगे माता कुन्ती।

कुन्ती : *(हँसते हुए)* उसकी तोड़ तो हम निकाल चुके हैं पुत्र! हम जीवित रहेंगे। हम ही जीवित रहेंगे। मरेंगे तो हमारे अतिथिगण—वही निषादी माँ और उसके पाँचों पुत्र। रात्रि के प्रथम याम में हम ही सबसे पहले आग लगाएँगे इस लाक्षागृह में, प्रिय पुत्र। फिर हम उस सुरंग-पथ से निकल जाएँगे। घंटों पैदल चलेंगे। अन्धकार रात्रि में झींगुर और सुरंग की दीवारों से झूलते चमगादड़ हमें देखेंगे हैरान होकर। हम पार कर जाएँगे दीर्घ पथ, अन्धकार गुफा से होकर। हम चलते रहेंगे। फिर पथ के अन्त में प्रकाश

दिखेगा। ध्यान लगाकर सुनने पर भागीरथी की मन्द-गम्भीर कल-कल ध्वनि सुनाई पड़ेगी। सुरंग पार कर, पाताल से ऊपर उठते ही देखेंगे एक विशाल प्रान्त की तरह सामने ही है भागीरथी। मन उत्सुक रहेगा। साथ ही एक अनजाना सा डर भी हमारी हड्डियों को कँपा देगा। रात का अन्तिम पहर। अन्धकार। नदी हाथ उठाकर बुलाएगी हमें।

युधिष्ठिर : चिन्तित न होइए माता। विदुर के अनुचर पहले से ही नदी किनारे नौका बाँध रखेंगे। हम उसमें बैठे नहीं कि वह नौका धनुष से निकली तीर की तरह गंगा की सफेद फेनिल लहरों को चीरती हुई दूसरे तट की ओर चल देगी। फिर तट पर पहुँचते ही वह नौका छोड़ हम दुर्गम दक्षिण दिशा की ओर चल देंगे। जो पथ वज्रकठोर, जो पथ अरण्यवेष्टित है। आधी रात को सर के ऊपर हठात् सुन पाएँगे किसी निशाचर पक्षी की तीखी आवाज़। झाड़ी के पीछे से कोई धीर लय में रेंगनेवाला अजगर हमें निर्निमेष नयनों से देखेगा। हायना के दल की तीव्र हँसी रह-रहकर हमें सतर्क करेगी। फिर भी हम चलेंगे, चलते ही जाएँगे। निश्चिन्त रहो माता। पुरोचन या दुर्योधन के तीखे पंजों से मुक्त होकर हम खुले आसमान में उड़ जाएँगे किसी कबूतर की ही तरह, आज अन्तिम याम में। अन्तिम याम!

कुन्ती : फिर तुम्हारे माथे पर यह भृकुटि क्यों पुत्र? तुम्हारे गालों में विषण्णता के रेणु क्यों हैं? तुम्हारे मुखमंडल पर कौन से कृष्ण जलद ने आकर तुम्हारी स्वाभाविक प्रसन्नता को आवृत कर दिया? बोलो पुत्र बोलो, कौन से संशय ने तुम्हारे हृदय को सहसा विषाद-पीड़ित कर दिया?

युधिष्ठिर : कुछ नहीं माता कुन्ती। सिर्फ—

कुन्ती : सिर्फ?

युधिष्ठिर : मैं सोच रहा हूँ उस निषादी माँ और उनके पाँच पुत्रों के विषय में। वे किस अपराध के कारण पुरोचन के साथ जलाकर मारे जाएँगे? उन्हें छल से अपने घर में निमंत्रित कर लाने के पश्चात् बिना किसी अपराध के उन्हें जलाकर मार डालेंगे हम लोग। पंच-पांडव तो सत्य और न्याय के प्रतीक हैं, पर इस घटना के बाद घातक बनकर आजीवन जीवित रहेंगे हम? हमारे दोनों हाथों में आमृत्यु लगी रहेगी—छह निर्दोष राखों की स्मृति, उनकी जलती त्वचा और अक्षत नाभि का मार्मिक दीर्घ श्वास!

पुरोचन के साथ उन छह जनों की हत्या कर हम जीवित रहेंगे और दूसरों के सामने अपनी न्यायप्रियता और सत्यवादिता के दृष्टान्त के रूप में अपने को, अपने भाइयों को और अपनी अकालतपस्विनी माता को रखूँगा। यह भला कैसे सम्भव हो सकता है, कहो माता! बताओ मुझे। वरना यह संशय का पत्थर छाती पर मूँग दलते-दलते एक दिन एक प्रकांड अद्रि बन जाएगा। यह मेरा अनुभव मुझसे कह रहा है। बहुत स्पष्ट और प्रकट अनुभव।

कुन्ती : मैं नहीं जानती पुत्र। सिर्फ इतना जानती हूँ कि जीवन में कोई मारता है, कोई बचता है। फिर दूसरा दल मारता है, और एक दल बचता है। बीच में से निषादी माँ और उसके पाँच पुत्रों की तरह लाशों का पहाड़ बनता है। इस तरह युग पर युग बीत जाते हैं। ये लोग सब पर विश्वास करते हैं, इसीलिए ठग लिये जाते हैं। वे आस्था रखते हैं। इसीलिए मरते हैं। वे निर्भर करना चाहते हैं, इसलिए उनकी मृत्यु निश्चित है। मैं केवल इतना ही कह सकती हूँ पुत्र। शेष, आत्मसंशय, आत्मजिज्ञासा, तुम अपनी गहरी सुषुप्ति के बीच हिमशैल के शिखर की तरह देखे गए स्वप्न के साथ हिसाब-किताब करो। मूल्यांकन करो। अपनी दंश-दीर्णता अपने पास ही रखो, वत्स! इसका बोझ तुम मुझ पर मत डालो। मैं सिर्फ इतना जानती हूँ कि अपने पाँच पुत्रों को इस दुर्गम पथ से किसी तरह बचाकर, इन्द्रप्रस्थ को उनके हाथों सौंप देना है। वही मेरा कर्तव्य है पुत्र। यही एक माँ का कर्म है। चलो पुत्र, अतिथियों के पास चलते हैं, उनकी सेवा करते हैं। आज ही उनकी अन्तिम रात्रि है इस पृथ्वी पर। पर वे इस बात से अज्ञात हैं। बस इतनी सी बात है।

[दोनों चले जाते हैं। तीन वृद्ध आते हैं। वे कुछ कहते नहीं। संगीत! तीनों वृद्ध कपड़े से बने विशाल गगाल उठाते हैं। अग्नि की लपटें ऊपर तक उठती हैं। उनके मुख से अद्भुत मंत्रोच्चारण की तरह कुछ ध्वनि निकलती रहती हैं। जलती हुई अवस्था में पुरोचन और वीभत्सू आते हैं। दोनों के शरीर और मुँह जलकर काला पड़ गया है। त्वचा गल-गलकर गिर रही है। हवा सन्-सन् आवाज़ करती बहती है। दोनों जीभ बाहर निकालकर हाँफते

रहते हैं, तीनों वृद्ध पीछे हट जाते हैं, पुरोचन और वीभत्सू मंच के बिल्कुल सामने आ जाते हैं। हवा बहने की आवाज़ थोड़ी कम होती है।]

पुरोचन : जल गए। हम लोग ही जल गए वीभत्सू! हमारे शरीर की त्वचा अभी गल-गलकर नीचे गिर रही है।

वीभत्सू : यह देखिए प्रभु, हमारे शरीर गलकर हमारी हड्डियाँ भी दिख रही हैं। तीक्ष्ण शलाका की तरह एक-एक हड्डियों के टुकड़े। अभी गलकर यह धरती पर जा गिरेगी। हड्डी के मुँह में लाल सिन्दूर की तरह मांस का टुकड़ा अभी भी लगा हुआ है।

पुरोचन : मेरी तो जिह्वा ही जल गई है वीभत्सू! यह देखो, जिह्वा के ठीक ऊपर के हिस्से में एक जल से परिपूर्ण स्फोटक (*छाला*)! जिह्वा के हर हिस्से में छाले पड़ गए हैं। पूरी देह में भी वही। मेरा पुरुषांग भी जल गया है वीभत्सू। देख रहे हो? उसकी त्वचा भी घाव से भर गई है और घिसे हुए काग़ज़ की तरह छिल-छिलकर गिर रही है। अब तो मेरा पायू देश भी जल रहा है। हवा में हमारी त्वचा की जलने की गन्ध। जले हुए मांस की गन्ध। शरीर के भीतर छिपे कीट, कीड़े और केंचुआ भी एक साथ जल रहे हैं वीभत्सू। धधककर जल रहे हैं। उनकी दुर्गन्ध से चारों दिशाएँ महक रही हैं। तुम्हें गन्ध आ रही है न?

वीभत्सू : ऐसी स्थिति में भी हम बात कर रहे हैं प्रभु। बात कर पा रहे हैं। यह देखिए, मेरे यकृत का जलता हिस्सा, यह देखिए गुर्दा। और यह देखिए हृद्पिंड। और यह देखिए टूटे हुए छिन्न अंग, मेरे हाथ, करांश देखिए। यह है जंघानास्थि और पदांगुष्ठ। सब जले हुए। सम्पूर्ण रूप से जले हुए। फिर भी हम बात कर रहे हैं, चोट पहुँचा रहे हैं, प्रतिशोध ले रहे हैं और लेते रहेंगे जब तक हमारी गरम साँसें अन्तिम वार के लिए इस पृथ्वी पर पड़ेंगी।

पुरोचन : और लेता रहूँगा। यह दहकता हुआ मुखमंडल और ये श्वेत दन्त बात करेंगे। फिर भी आग जलाऊँगा।
जानता हूँ आग लगाऊँगा ज्वालामुखी में
और उसकी लपटें रैवतक शिखर पर दिखेंगी।
फिर जलाऊँगा प्रभास में। फिर जनस्थान पर।
इसके पश्चात् सहसा करतोया तट पर आधी रात को एक के बाद एक 'दप्' आवाज से
जल उठेगी चिता। जल उठेगी अरणि का स्तूप।

आग फैल जाएगी काँची से काल माधव तक।
भैरव पर्वत से त्र्यम्बक की निर्निमेष तीसरी आँख की लौ क्रमश:
और भी अमितांग करेगी हमें।
सब जल जाएगा। सब कुछ।
सिर्फ रह जाएगा हमारा अहं—
रह जाएगी हमारी कोपणता—
रह जाएगी हमारी शठता, प्रतारणा
और छद्म छवि निर्माण की प्रचंड लोलुप इच्छा।
सब जलकर खाक हो जाने पर भी मेरा वह 'मैं' रह जाएगा।
हर शिरा, रोमखंड और शिरांश में।
मूर्ति नष्ट हो जाए, आत्मा भी जल जाए फिर भी छवि को अटूट
अविचल रहना होगा चिरकाल।
चलो वीभत्सू।
शपथ लेते हैं आमृत्यु और मृत्योपरान्त भी इस छवि को मिले
अमरत्व जन्मान्तर में भी। आओ लें शपथ।
जो हँस रहे हैं
जो खा रहे हैं
जो कर रहे हैं रमण
जो बीमार हो रहे हैं
जो मना रहे हैं शोक
जान लो तुम सब लाक्षागृह जल जाने पर भी यह छवि अव्यय
बनी रहेगी चिरकाल। छवि हमारा सम्पद। एकमात्र गुप्त शिहरण।
आओ लें शपथ!

[दोनों गिर जाते हैं। तीनों वृद्ध आकर उन्हें कपड़े से ढक देते हैं। फिर मंत्रोच्चारण आरम्भ होता है। सूत्रधार आकर खड़ा हो जाता है।]

सूत्रधार : वही हुआ। रात्रि के प्रथम याम में ही लाक्षागृह जल गया। धधकते हुए। पुरोचन, निषादी और उसके पाँच पुत्रों की हुई मृत्यु, अनिवार्यत:।
पांडव नैमिषारण्य की ओर भाग गए। फिर और भी दूर एकचक्र नगरी में। हस्तिनापुर को खबर मिली कि पुरोचन और पंच पांडव मारे गए हैं। वारणावतवासियों ने भी यही जाना। उन्हें लगा वह निषादी और उसके पाँच पुत्र ही पंच-पांडव थे।

हस्तिनापुर में यह समाचार पहुँचते ही कौरवों ने विलाप करना आरम्भ किया। धृतराष्ट्र ने शोक मनाया। लोग वारणावत पहुँचे। पंच-पांडवों का अन्तिम कर्मकांड पूरा किया गया। फिर आत्मीयजनों को लेकर भीष्म, सपुत्र धृतराष्ट्र एकल वस्त्र पहन गंगा में उतरे। निराभरण होकर उन्होंने तर्पण किया, पिंडदान किया पांडवों का। विलाप की ध्वनि से मुखरित हो उठा हस्तिनापुर। उस रात प्रत्येक गृह दीपकविहीन रहा। सम्पूर्ण नगरी में शोक मनाया गया। केवल एक ने किसी प्रकार का शोक प्रकट नहीं किया।
वे थे विदुर। ज्ञानी और सर्वज्ञ।

[विदुर आते हैं। जैसे श्राद्ध का काम उन्होंने पूरा किया हो। एक बालक आता है, शुभ्र पोशाक और अंगवस्त्र पहन। वह गांग (वाद्ययंत्र) पर वार करता है। घंटा-ध्वनि बजती है। सूत्रधार कहता जाता है और विदुर उच्चारण करता है।]

विदुर : स्तवन करो। उपासना करना सीखो।
ध्यानमग्न हो स्वयं के भीतर।
आहिताग्नि प्रज्वलित करो। और भी गहरे डूब जाओ।
महाकाल के संकेत को सुनो।
उसे समझने का प्रयास करो।
धी स्थिर करो अन्तर्मन में।
सामने जो इतिहास पड़ा हुआ है थका-हारा
पलित वृद्ध की तरह, उसके हृद्स्पन्दन
को ध्यान से सुनो।
अतीत का ज्ञान लो। अन्धकार दूर भगाओ।
पावक जलाओ। और भी भीतर पैठो
और कुछ बनना मत चाहो वरन् द्रष्टा बनो
हर स्नायु-शिरा में।
शान्त हो। समाहित हो जाओ काल के बन्दरगाह में
जागो। सोओ मत। जागो। जाग उठो
अपने भीतर।

[विदुर और बालक रह जाते हैं। विदुर के यज्ञ में बालक उनके हाथ में कोसा देता है। विदुर उसमें जल देते हैं।

अन्धकार हो जाता है। तीन वृद्ध सामने आते हैं। वे एक साथ बोलने लगते हैं।]

इस अभिशप्त नगरी के बीचोबीच एक नाला खोदो।
सुरंग खोदो अपने अन्तर के वारणावत में।
आग जलाए रखो हृदय के मध्य।
मशाल दो अनुज के हाथों।
लाक्षागृह जल गया है, जलने दो।
मनुष्य जलकर खाक हुआ। होने दो।
समस्त ध्वंस होने के बाद भी एक शिखा जलने दो
दीपक की।
समस्त मृत्युओं के बाद भी एक हृदय रहने दो जीवन का।
यह मंत्र सीखो, अर्जन करो, अर्जन करो।
ओम् शान्ति। ओम् शान्ति। ओम् शान्ति।
दस्यत्। दत्तं। दय्यध्वम्।

[तीनों वृद्ध और सूत्रधार चले जाते हैं। मशालों को मंच पर ही गाड़कर चले जाते हैं। पूरे मंच में आग जलती रहती है। पर्दा गिरता है।]

सन्ध्या की आरज़ू में भोर का सरसों फूल

पात्र

अनिरुद्ध
रीटा
देवद्युति
प्रियव्रत
नन्दिनी
श्रेया
बेयरा
कोयल
सिंह जी
महुआ
अतनू
देवाशीष
दीपू
सुदीप

[सांगीतिक प्रवाह के शेष होने के साथ-साथ मंच के बीचोबीच प्रकाश पड़ता है। अनिरुद्ध खड़ा हुआ देखा जाता है। उसकी उम्र 48 वर्ष है। नाक--नक्श तीखे (बाल थोड़े पके हुए, विशेष रूप से उसकी दोनों कनपटियों के समीप के बाल)। क्लीन शेव्ड! (आँखों और चेहरे पर तेज बुद्धि की आभा और वह आभा निश्चय ही धूर्ततापूर्ण नहीं है। सीधी बात यह है कि अनिरुद्ध दिखने में सुन्दर है। उस पर सलेटी रंग का सूट है। टाई नीली-सी, पाँवों में नुकीले बूट हैं। अनिरुद्ध जब कुछ बोलता है उसकी आवाज में गाम्भीर्य महसूस होता है किन्तु बनावटीपन बिल्कुल भी नहीं। शीघ्रता है किन्तु उच्चारण में लड़खड़ाहट नहीं है। कुल मिलाकर अनिरुद्ध का व्यक्तित्व आकर्षक है, कृत्रिम नहीं।]

अनिरुद्ध : मैं अनिरुद्ध हूँ। अनिरुद्ध चट्टोपाध्याय। मैं अपने ऑफिस के ठीक सामने खड़ा होकर बातें कर रहा हूँ। मेरे पीछे वह जो हिस्सा आप देख रहे हैं, वही मेरा ऑफिस है।

[पीछे ऑफिस दिखता है। एक आधुनिक ऑफिस। ऑफिस में कई पार्टीशंस हैं— फलतः कोई दिखता नहीं है। सिर्फ बाहर रिसेप्सनिस्ट रीता दिख रही है। रीता एक बंगाली लड़की है, उम्र 30-32 वर्ष। साड़ी पहने हुए, सुन्दर है। रीता मन लगाकर काम किए जा रही है।]

देख ही रहे हैं कि ऑफिस झक्क सफेद है। शुद्ध बंगाली भाषा में कहें तो देदीप्यमान है। मैं जानता हूँ कि आप लोगों ने समझ लिया है कि यह वास्तव में एक सॉफ्टवेयर कम्पनी है। हम लोग ऐसे तो आउटसोर्सिंग का काम करते हैं। अर्थात् वही सब-कंट्राक्ट। जैसे मान लीजिए कि इस समय हम लोग बाफेलो के

एक कम्पनी की ओर से बैक ऑफिस प्रोसेसिंग का काम कर रहे हैं। वह हम लोगों से बीपीओ अर्थात् बिजनेस प्रॉसेस आउटसोर्सिंग का काम करवा रहे हैं। घबड़ाइए नहीं, ये सारे शब्द बोलकर मैं बिल्कुल भी आप लोगों को कन्फ्यूज़ नहीं करना चाहता—ये सारे शब्द स्वाभाविक रूप से वही सनातन, चिरनूतन नोट कमाने तथा व्यवसाय के नए-नए पारिभाषिक शब्द बनाकर बोले जानेवाले चोचले हैं। जैसे मान लीजिए, पहले कहते थे ऑफिसर किन्तु अब कहते हैं कॉर्पोरेट। और भी सहज शब्दों में बताऊँ? मान लीजिए कि बीपीओ का जो काम हम कर रहे हैं इसमें बाफेलो के कॉर्पोरेटर्स का खर्च हो रहे हैं प्रति व्यक्ति प्रति घंटा सात-आठ डॉलर। फिर यही काम यदि बाफेलो के बाबू लोग करते तब उन पर खर्च होते प्रति व्यक्ति प्रति घंटा चालीस डॉलर। अर्थात् लगभग पाँच गुना। ऐसा ही है न रीता?

रीता : *(पीछे से काम करते हुए)* यस सर!

अनिरुद्ध : अर्थात् जिस काम के लिए पच्चीस लोगों को दैनिक हजार डॉलर देकर पच्चीस हजार डॉलर अमेरिकन कॉर्पोरेटों पर खर्च किया जाता है, हमारे इस प्रगतिशील देश में पाँच से छह लोगों के गधे की तरह परिश्रम के बाद उनका कुल खर्च हो रहा है प्रतिदिन चालीस डॉलर। महीने में केवल बारह सौ डॉलर। क्यों, सही कहा न रीता?

रीता : यस सर!

अनिरुद्ध : अर्थात् हम लोगों का कॉलेज में पढ़ा हुआ वही पुराना लेबर और सरप्लस थ्योरी का नया वैश्विक रूप। उफ्फ—फिर वही वैश्वीकरण! भूमंडलीकरण! किन्तु सचमुच वही है। हालाँकि सभी कह रहे हैं कि पूँजी शायद बदल गई है। स्टॉक मार्केट, मेडिकल परिसेवा, टूरिज्म में पूँजी का शायद यह एक नया रूप है—किन्तु मैं वह सब नहीं समझता। ये सब बातें सुनकर पेट में गुदगुदी होती है। मैं केवल जानता हूँ कि हर रोज हमें मेल करना होगा। मेल करना होगा नॉर्वे के ओरलो में, रशिया के पीटर्सबर्ग में, इटली के तूरीन में, और संयुक्त राज्य अमेरिकी के प्रायः बारह शहरों में। क्यों, रीता, वैश्वीकरण ही तो है न?

रीता : यस सर। ऑफकोर्स!

अनिरुद्ध : यद्यपि इसका अर्थ अलग-अलग लोग अलग-अलग तरह से लेते हैं। हम लोग जैसे समझते हैं कि विश्व में खूब सस्ते में हम

लोग जैसे टाई-बूट पहनकर सजे मजूरों की सप्लाई पहले हुई। परिणाम में आप मुझे प्यार से 'ए काइंड ऑफ दलाल' कह सकते हैं अथवा मजदूर जुटानेवाला सप्लायर। ऐसा सप्लायर, जो प्रथम विश्व की प्रथम भाषा अंग्रेजी अंटशंट बोल पाता है, जो मदर फकर, फक्, कांट, ऐस होल आदि शब्दों को धड़ल्ले से सुनने और बोलने में अभ्यस्त है, जो लैपटॉप पर तूफानी गति से बीस कम्पनियों के संग बार-बार चैट कर पाता है और रात में अन्ततः चार पेग स्कॉच डकारकर नाना प्रकार के दुःस्वप्न देखते-देखते चकाचक सफेद बिछौने पर पिछवाड़ा•उलटकर सो सकता है। क्यों, ऐसा ही है न रीता?

रीता : *(सिर नीचे झुकाए काम करते-करते)* नहीं जानती सर।

अनिरुद्ध : देखा? वो किसी डिबेटेबुल-ईश्यू में नहीं पड़ती। रीटा केवल काम समझती है। ओनली वर्क। वर्क इज रिलीजन। कर्म ही धर्म है। सच कहा जाए तो मैं भी वही समझता हूँ। अन्ततः बीते बीस वर्षों से यही समझता रहा हूँ। परिणामतः अभी मेरे इस उम्र में ही कनपटी के बालों में कुछ सफेदी आ गई है, अड़तालीस वर्ष की उम्र में ही बीच-बीच में थकान होने लगती है, हम अपने टर्म में थोड़ा अलग से कहें तो 'सॉर्ट ऑफ फैटिग'। मेरी धारणा है कि जिन्हें चौबीस घंटों में से अठारह घंटा, यहाँ तक कि नींद में भी दौड़ना पड़ता है, उन सभी को कमोबेश फैटिग होती है। और वही होना स्वाभाविक बात है।

[पीछे रीटा के पास देवद्युति आता है। देवद्युति का सूट-टाई पहना शरीर है। उसकी उम्र 30-32 वर्ष है। वह रीटा के हाथ में एक फाइल देता है। रीटा कन्धा झुकाकर समझती रहती है। देवद्युति समझाता रहता है।]

अनिरुद्ध : यह है देवद्युति। देवद्युति देवनाथ। हमारे मार्केटिंग चीफ। चौकस लड़का है। कम्प्रेहेंसिब, फोकस्ड, एनर्जेटिक। काम के अलावा कोई दूसरी बात नहीं करता, यहाँ तक कि रीटा से भी नहीं। ऑफिस के बाहर बोलता है कि नहीं यह मैं ठीक-ठीक नहीं जानता। ऑफिस के कई लोग यद्यपि उस पर सन्देह करते हैं। क्यों, ऐसा ही है न देवद्युति?

[देवद्युति उत्तर नहीं देता। वह रीटा को समझाता ही रहता है।]

अनिरुद्ध : ना, सुन नहीं पाया। काम में लगे रहने पर देवद्युति देवनाथ कुछ अलग किस्म का व्यक्ति बन जाता है। कम्पनी के लोन प्रोसेसिंग से लेकर कस्टमर केयर सभी कुछ देवनाथ की नज़र में रहता है। आप उससे पूछे कोई भी ह्यूमन रिसोर्स डेवलपमेंट का आँकड़ा, वह धड़ाधड़ आपको बता देगा। फिर वैसे ही शब्दों के भँवर में फँस गए हैं, पर ऐसा कुछ नहीं है। अन्दर की कहानी वही है जो बताया था पहले—नोट कमाओ। पहले जिस प्रकार जमींदारों के नायब कचहरी घर में मोटे गद्दों पर बैठकर रोजाना बहीखाता में कचहरी के हिसाब लिखते थे, हम लोग भी बेसिकली वही करते हैं। विभिन्न कम्प्यूटरों में डाटा लोड करते हैं। अन्तर केवल इतना है कि हमारे सिर के ऊपर खींचकर चलाया जानेवाला पंखा नहीं है, चिल्ड एसी है, घुटना मोड़कर गद्दी पर नहीं बैठते, बैठते हैं हाई बैक्ड चेयर पर, पालकी पर चढ़कर ऑफिस नहीं जाते, जाते हैं टयोटा, करोला या कैमरी में—यही है बस! फलत: हम लोगों के अन्दर भी उन्हीं सारे मार्केटिंग-प्रोसेसिंग-बीपीओ इत्यादि शब्दों के झुंडों को पार कर टिपिकल मध्यवर्गीय मानसिकता-सुलभ चोर टेंशन है, टाँगों की खींचतान है, ऊपर से एक साथ कैंटीन में कॉफी पीना, नए वर्ष पर शुभकामनाओं का आदान-प्रदान करना, महिला कलीग को लेकर ठट्ठा-तमाशा करना, कोई नया जोक पाने पर कुछ प्रिय कलीग के मोबाइल पर फार्वर्ड कर देना, यही सब है। और ऐसा ही तो होना स्वाभाविक बात है!

[देवद्युति उठकर चला जाता है। रीटा उठकर डेस्क सजाती रहती है।]

देवद्युति चला गया। मैं जानता हूँ हयात रीजेंसी होटल के सामने की छत पर अभी उसकी हरी ऐक्सेंट घात लगाकर बैठी रहेगी। रीटा भी उसकी नीले रंग की स्विफ्ट डिज़ायर लेकर सीधे वहीं जाकर हाजिर होगी, उसके बाद रीटा देवद्युति की गाडी में बैठ जाएगा—एक साथ लौटेंगे—पीछे से रीटा का ड्राइवर उनकी गाड़ी को फॉलो करेगा।

[देवद्युति लौट आता है।]

देवद्युति : क्यों ये सब कुछ बता दे रहे हैं सर?

अनिरुद्ध : नहीं, वे प्रेम-वेम नहीं करते। बहुत हुआ तो फोन करते हैं।

देवद्युति : जस्ट ए रिलेक्सेशन। ऑफिस से लौटकर बिन्दास बन जाते हैं।

अनिरुद्ध : दोनों जन ही मगर अविवाहित हैं।

देवद्युति : मेरी कई गर्लफ्रेंड हैं। रीटा के भी अनेकों ब्वायफ्रेंड हैं। वी बोथ आर वन ऑफ देम।

अनिरुद्ध : नो कमिटमेंट—

देवद्युति : ओनली फन—

अनिरुद्ध : देयर इज नो बिगनिंग—

देवद्युति : नो एंड। आपकी भी तो गर्लफ्रेंड है सर।

अनिरुद्ध : ना। मतलब नहीं जानता यह शब्द। कॉलेज में पढ़ते समय एक-दो थीं। जस्ट साथी। उसके बाद तो इस घानी में जुत गया।

देवद्युति : भाभी जी?

अनिरुद्ध : नेगोशिएटेड मैरिज। तुम तो जानते हो देवद्युति। कई बार बताया है तुम्हें। मेरी गलफ्रेंड-प्रेमिका-बेड पार्टनर जो कहो, सभी मेरा यह काम है। मैं प्रेम-वेम की बात सोच भी नहीं सकता।

देवद्युति : नहीं सकते?

अनिरुद्ध : इम्पॉसिबल। मैंने कभी नहीं सोचा। अब तो और भी नहीं सोच सकता। हास्यास्पद लगता है।

देवद्युति : बेस्ट ऑफ लक सर!

अनिरुद्ध : थैंक यू।

[देवद्युति रीटा को एक इशारा करके चला जाता है। रीटा हाथ हिलाकर उसे आगे जाने को कहती है।]

अनिरुद्ध : सच में नहीं सोचता हूँ। पिछले पच्चीस वर्षों में इस शब्द के अर्थ को धीरे-धीरे मैं भूलता जा रहा हूँ। मुझे गलत न समझें। मैं और मेरी पत्नी एक-दूसरे को प्यार नहीं करते, ऐसा नहीं है, वी आर क्वायट रिस्पांसिबल टू ईच अदर। किन्तु बात है—ओह! एक्सक्यूज़ मी *(पॉकेट से मोबाइल बाहर निकालकर)* अरे रे! बोलते-बोलते पत्नी का फोन *(मोबाइल ऑन करता है)* हाँ अभी निकलूँगा। अरे याद है नोर का सूप, सॉस और कल सुबह के लिए बेटी का पीज़ा। खरीदकर ही घर आऊँगा। हाँ, हाँ, अजय चक्रवर्ती की नई सीडी। जानता हूँ, मुझे मोले के लड़के ने कल ही बताया है। आज लेकर रखेगा। फिर क्या? प्लीज नन्दिनी गुलाब जामुन तो तुम अपने स्कूल के सामने के हल्दीराम से ले लो। मोले की मिठाई की क्वालिटी अच्छी नहीं

है। प्लीज। ओके। विल रीच सून बॉय! *(मोबाइल रखता है)* कल कॉर्नफ्लैक्स खरीदा था, सालामी और मेरी बेटी के लिए के.एफ.सी. का फ्रायड चिकन जो उसे प्रिय है। नन्दिनी इन सब मामलों में बहुत ही पर्टीकुलर है। जरा भी इधर-उधर होने पर फायर हो जाती है। मैं यही आप लोगों से कहना चाह रहा था। पिछले बीस वर्षों से यही मेरे लिए प्रेम है। मैं अन्ततः *इस* शब्द का अर्थ ऐसा ही समझता हूँ।

रीटा : सर, आप रेडी हैं? निकलेंगे?

अनिरुद्ध : हाँ, निकलूँगा रीटा। तुम बढ़ो—मैं आता हूँ।

रीटा : एक्सक्यूज मी सर। मैं दो मिनट में आती हूँ। *(भीतर चली जाती है।)*

अनिरुद्ध : टायलेट गई। अपने को और सुन्दर बनाने के लिए। मसकारा, आईलाइनर, लिपस्टिक। प्रत्येक का उपयोग करेगी। आँख में, गालों पर, होंठों पर। मैं भी अपनी दो भौंहों के बीच जमे हुए आश्चर्य की निर्लिप्ति लिये ऑफिस के ठीक बाहर खड़ी स्टील ग्रे रंग की वर्ना पर चढ़ूँगा। मेरे शोफर कृष्णराम वेट कर रहे हैं कि मैं कब गाड़ी की बैक सीट पर हलके से पीठ टिकाऊँगा, कब बाईपास पर मेरी गाड़ी एक सौ मील की चाल से दौड़ेगी, लाल, नीला, हरा ग्लो *(चमक)* भरा प्रकाश कब मेरी गाड़ी के काले शीशों से टकराकर चमक उठेगा, बाईपास के किनारे के जलाशयों के पश्चिमी दिशा से बहता हुआ द्रवित ठंडा वाष्प आकर कब मेरे गालों को भिगो देगा, कृष्णराम तब सभी शीशे उठा देगा, बर्फ के समान ठंडा शीतल एयर कंडीशन सायास मेरे क्रोकोडायल शर्ट की पीठ पर लिपटे पसीने को पोंछ देगा, डिजिटल साउंड को मद्धिम करके पंडित उल्हास के कौशलकारी आवाज में अमन कल्याण (राग) सुनाएगा और मेरी आँखों के सामने कोलाज की तरह पिछले कई दिनों की नाना प्रकार की व्यस्तताएँ जीवन्त हो उठेंगी। कुछ काम, कुछ भाग-दौड़, कुछ धन्धा, कुछ हताशा, कुछ मृदु हँसी, कुछ बिना रुके मोबाइल की लगातार रिंग और मेरी आँखों के सामने प्रत्येक दिन मिलकर और एक दिन के साथ एकमेक हो जाएगा। फलस्वरूप मुझे सोमवार बुधवार जैसा लगेगा, मंगलवार शनिवार की तरह, शुक्रवार बृहस्पतिवार के जैसा। टाइम, स्पेस, डेट सब गड्डमड्ड होकर एकाकार हो जाएगा इस अपेक्षा में कि कब एक और रविवार की सुबह

आएगी, कब फिर सुबह साढ़े दस बजे नींद से जगकर कॉर्नफ्लैक्स और दूध पीते-पीते मेरे मन में आएगा—ना, सचमुच अब मुझे फैटिग की अनुभूति हो रही है। *(रुकता है)* फैटिग। थकान!

[रीटा आती है]

रीटा : चलिए सर! निकला जाए।

अनिरुद्ध : हाँ, चलो।

[दोनों जन थोड़ा आगे बढ़ते हैं]

रीटा : बाइ द वे सर, कल लंच टाइम पर आपके उन्हीं मित्र के आने की बात है। मि. सेनगुप्त।

अनिरुद्ध : राइट, राइट। प्रियव्रत।

रीटा : उन्होंने आज कॉल किया था। आप मीटिंग में थे। इसी कारण मैं फोन नहीं दे पाई।

अनिरुद्ध : नहीं, वो ठीक है। मेरा सेल भी तो बन्द था। क्या कहा प्रियव्रत ने?

रीटा : वही कल की मीटिंग का रिमाइंडर दिया। कहा, मेनू बाद में आपसे तय कर लेंगे।

अनिरुद्ध : राइट। उसने कुछ माइंड तो नहीं किया न? फोन जो मैं नहीं उठा पाया।

रीटा : नो सर। नॉट ऐट ऑल। ही जस्ट सेड ही विल कनटैक्ट यू लैटर। ओके बाय सर!

अनिरुद्ध : बाय!

[रीटा चली जाती है]

अनिरुद्ध : रीटा ने वास्तव में सुविधा के लिए अन्तिम बातें अंग्रेजी में कही थीं। बेसिकली हम लोगों का पूरा कन्वरसेशन ही अंग्रेजी में था। मैंने आप लोगों की सुविधा के लिए हिन्दी में अनुवाद कर दिया। यह बात मैंने क्यों कही, जानते हैं? आप लोगों को रीटा के बारे में जानकारी देने के लिए। समझ ही पा रहे हैं कि उसका स्वाभाविक नाम रीटा है। पदवी राय है। वो कहती है रीटा रॉय। वह बँगला बोलने में ही नहीं, समझने में भी विश्वास नहीं करती। फर्राटेदार अमेरिकी उच्चारण के साथ अंग्रेजी न बोल पाने पर, बातों को कहने का एक विशेष पैटर्न किसी व्यक्ति में न हो तो रीटा उसे दया का पात्र समझती है। कभी-कभी उसकी

अवज्ञा भी कर देती है। मेरा अनुमान है कि वह बीच-बीच में मेरे साथ भी ऐसा करती है। बस इतना है कि बोलने का साहस नहीं कर पाती। मैं भी उसे कुछ नहीं कहता। *(पॉकेट से फोन बाहर निकालता है)* हाँ, प्रियव्रत बोलो। हाँ, रीटा ने बताया है मुझे। कल दोपहर। ओपियम में...दो बजे। ओके-ओके महुआ ठीक है न? थैंक यू। *(फोन रखता है)*

प्रियव्रत मुझसे कुछ कहना चाहता है। क्या जानूँ क्या! हो सकता है कल बताए। ओह हो! प्रियव्रत के बारे में तो आप लोगों को बताया ही नहीं। आओ प्रियव्रत, एक बार इस ओर आ तो—तेरा परिचय इन लोगों से करवा दूँ। *(प्रियव्रत नीचे बाईं ओर खड़ा होता है)* प्रियव्रत सेनगुप्त। मेरा कॉलेज के फर्स्ट ईयर का साथी। इतने दिन बॉम्बे में रहा। लगभग दो वर्ष हुए लौटा है।

प्रियव्रत : एक वर्ष नौ महीने।

अनिरुद्ध : ठीक, ठीक। प्रियव्रत ने अब यहाँ एक निजी एन.जी.ओ. खोला है। चेतला में रहता है। घर पर पत्नी और बेटी हैं। अच्छा ठीक है—प्रियव्रत अब तू चला जा।

प्रियव्रत : अब मेरा कच्चा चिट्ठा खोलोगे तो नहीं?

अनिरुद्ध : जाओ न तुम। कल लंच पर मिलना होगा।

प्रियव्रत : ओके। ऐसा ही होगा। बाय!

[चला जाता है]

अनिरुद्ध : प्रियव्रत ने ठीक ही समझा। उसके कुछ पर्सनल प्रॉब्लम्स आप लोगों से शेयर करता हूँ। प्लीज डोंट माइंड। उसने असल में दो विवाह किए और बेटी पहले विवाह से है। उसकी पहली पत्नी बॉम्बे की ही प्रवासी थी। इन्दिरा। हठात् कैंसर हुआ, उसके बाद एक्सपायर्ड। लगभग चार वर्ष पहले। प्रियव्रत ने लगभग एक वर्ष हुआ फिर विवाह कर लिया। इस बार कलकत्ते की लड़की है। महुआ मल्लिक। मैंने अभी भी नहीं देखा है। और उसकी लड़की का क्या नाम है—ओह हाँ, याद आया, कोयल। *(फिर मोबाइल निकालता है)* अरे बाबा— *(फोन कान से लगाता है)* आता हूँ—नन्दिनी, आता हूँ। आधे घंटे में पहुँच जाऊँगा।

[संगीत तेज गति में बजता है। रीटा के बाहर निकल जाने के बाद दाहिनी ओर नीचे मंचनिर्माण शुरू हो गया

था। अब वहाँ प्रकाश होता है। अनिरुद्ध के सोने का कमरा। एक खाट और एक ड्रेसिंग टेबल का आभास होता है। नन्दिनी रात्रि-लिबास में ड्रेसिंग-टेबल के सामने बैठी है। गालों पर क्रीम लगा रही है। उसकी उम्र 40-42 वर्ष है।]

नन्दिनी : क्या हुआ, जल्दी आओ।

[अन्दर से अनिरुद्ध की आवाज आती है। 'हो गया है। अरे सुनो! टावल फिर कहाँ रखकर गई!']

नन्दिनी : याद करके, गीजर का स्विच ऑफ करना।

[अनिरुद्ध की आवाज : किया है।]

नन्दिनी : यह तो तुम्हारी बहुत अच्छी हैबिट है। सारे वर्ष गुनगुने पानी से नहाना।

[उठकर सी.डी. प्लेयर चलाती है। उल्हास कौशलकार की आवाज आती है)

अद्‌भुत! हाँ जी, उनका शायद बिड़ला सभागार में एकल कार्यक्रम है न?

[कुर्ता-पाजामा पहने सिर पर टावल रखे अनिरुद्ध आता है, पाँव में स्लीपर है]

अनिरुद्ध : कहाँ, सुना तो नहीं, काबूल दा से पूछना पड़ेगा, वो इन सबके बारे में खबर रखते हैं। कंघी दो।

[नन्दिनी कंघी देती है]

नन्दिनी : कल लंच टाइम में पूछना।
अनिरुद्ध : लंच के समय नहीं होगा। बताया था न कि प्रियव्रत आएगा।
नन्दिनी : ओ हाँ! तब शाम को पूछ लेना।
अनिरुद्ध : पूछूँगा।
नन्दिनी : प्रियव्रत बाबू हठात्‌ तुम्हें लंच खिलाना चाहते हैं?
अनिरुद्ध : अरे नहीं, ऐसे ही वहाँ आ रहे हैं इसीलिए। कितना पुराना साथी है कहो तो?
नन्दिनी : शायद कोई जरूरत हो! कल बताएँगे तुम्हें।

अनिरुद्ध : हो सकता है। लेकिन वह किसी की सहायता लेनेवाला आदमी नहीं है। उसके लिए तो अभी कलकत्ता ऑलमोस्ट नया शहर है। पुराने मित्रों के साथ भी तो विशेष सम्बन्ध नहीं है। वो क्या पढ़ रही हो?

नन्दिनी : झुम्पा लाहिड़ी।

अनिरुद्ध : नेमसेक?

नन्दिनी : नहीं, नहीं। अन अकस्टम्ड अर्थ।

अनिरुद्ध : अच्छा है?

नन्दिनी : बहुत। बचपन में माँ आशापूर्णा देवी की कहानियाँ पढ़कर सुनाती थी। ऑलमोस्ट वही अन्दाज़ है। सुनो न—तुम प्रियव्रत बाबू और कुछ और मित्रों को एक दिन घर पर बुलाकर खिलाओ न—मैंने तो उसकी पत्नी को अभी तक देखा ही नहीं।

अनिरुद्ध : हाँ, यह तो हो ही सकता है। किन्तु कब होगा, यही तो प्रश्न है मैडम। आनेवाले सारे रविवार तो इंगेज्ड हैं।

नन्दिनी : कहाँ? इस रविवार को हम खाली हैं।

अनिरुद्ध : इस रविवार को नौ तारीख है। तुम्हारी फूल बुआ की शादी की वर्षगाँठ है, बाद का रविबार सोलह तारीख भुवनेश्वर में कांफ्रेंस है। उसके बाद का रविवार तेईस—

नन्दिनी : आहा! वीकेंड में बुलाओ, डिनर खाके चले जाएँगे।

अनिरुद्ध : हाँ, यह हो सकता है।

[अन्दर की तरफ से अनिरुद्ध की बेटी श्रेया हड़बड़ी में प्रवेश करती है। उम्र 18 वर्ष, मोटेतौर पर देखने में सुन्दर है।]

श्रेया : पापा—खबर सुनी?

नन्दिनी : श्रेया, तुम्हें कितना कहा है कि दरवाजे पर नॉक करके घुसा करो।

श्रेया : सॉरी माँ। पापा जानते हो अभी-अभी 'समाचार' में बताया है कि सौरभ के नाइटराइडर्स को शाहरुख ने खरीदा है। याहू! ग्रेग चैपल हाय-हाय! राहुल द्रविड़ हाय-हाय!

अनिरुद्ध : हाय-हाय! हाय-हाय!

नन्दिनी : ओह! तुम लोग चुप रहोगे। घर की लड़की से लेकर क्लास नाइन-टेन की लड़कियाँ तक सौरभ शाहरुख-आमिर करके सिर खाए जा रही हैं! सबके हावभाव देखो—सभी जैसे छोटी सी एक डोना गांगुली है।

श्रेया : ओ बाबा—ये तो देखती हूँ कि घर के अन्दर शरद पवार है।

अनिरुद्ध : ऊँह भूल हो गई! तेरी माँ ललिता पवार है।

नन्दिनी : शटअप। श्रेया जाओ—टी.वी. बन्द करके पढ़ने बैठो।

श्रेया : नो चांस। अभी कमलिनी कॉल करेगी। उसके साथ घंटे भर गप्पें मारूँगी।

नन्दिनी : श्रेया—माइंड योर लैंग्वेज़—

श्रेया : उसके बाद एक मूवी देखूँगी। कल विक्की से सुना है।

अनिरुद्ध : कौन सी बोइ* रे?

नन्दिनी : आह! बोइ क्यों बोलते हो? बोलो फिल्म या सिनेमा।

अनिरुद्ध : वही हुआ। हाँ, कौन सी फिल्म है रे?

श्रेया : डिपार्टेड।

नन्दिनी : लिओनार्दो दा...

श्रेया : कैप्रियो। माय फेवरिट हीरो। हाय-हाय!

अनिरुद्ध : ग्रेग चैपल भी हाय-हाय। लियोनार्दो भी हाय-हाय? बाप रे!

श्रेया : ओः पापा! यह हाय-हाय तो एक्सप्रेशन ऑफ एक्सटैसी है। मतलब इस तरह और क्या—*(आवाज कँपाते हुए)* हाय-हाय!

नन्दिनी : गेट आउट श्रेया। कॉलेज में भर्ती होकर तुम अत्यन्त असभ्य हो गई हो।

श्रेया : करेक्ट माँ। उस दिन नानी कह रही थी कि मैं शायद एकदम डिट्टो तुम्हारे जैसी हुई हूँ।

नन्दिनी : हो ही नहीं सकता। माँ यह बात बोल ही नहीं सकतीं। करूँ माँ को फोन?

श्रेया : करो न। मैं क्या मना कर रही हूँ? उस दिन मुझसे नानी ने कहा कि मैं तो एकदम तुम्हारे कॉलेज लाइफ में जैसी तुम थीं, वैसी ही हूँ। स्वीट एंड क्यूट। हाँ!

[अनिरुद्ध हँसता है]

श्रेया : चली मैं। पापा डी.वी.डी. बुक शेल्फ में रहेगा। सम्भव हो तो कल देख लेना।

अनिरुद्ध : ओके। गुडनाइट श्रेया।

श्रेया : गुडनाइट।

[चली जाती है]

---

* बँगला में बोइ शब्द फिल्म और पुस्तक दोनों के लिए प्रयोग किया जाता है।

अनिरुद्ध : आँखों के सामने देखते-देखते बेटी बड़ी हो गई!

नन्दिनी : तुम बूढ़े होने को हो और बेटी बड़ी नहीं होगी!

अनिरुद्ध : क्या बोलती हो? बूढ़ा हुआ? किसी दिन इतना बूढ़ा नहीं होऊँगा मैं, हँसी-तमाशों के बीच करता रहूँगा ठिठोली मैं। यह लो, अंकल का फोन आ गया। हाँ, अंकल बोलिए। नहीं-नहीं, मैंने मेल नहीं किया। कल करूँगा।

नन्दिनी : *(अपने मोबाइल से अपनी माँ को फोन करती हुई)* हैलो माँ—माँ, सुन पा रही हो, सुनो हम लोगों के बिगबाजार में रेडीमेड केला-स्तम्भ, थोड़* आया है। विथ प्रोसेस्ड प्रॉन। साठ रुपए पैकेट है।

अनिरुद्ध : *(एक ही साथ)* मैं कल ही आपको मेल कर दे रहा हूँ अंकल। विथ एंटायर प्रोपोजल।

...सूरीनाम की यह कम्पनी काफी प्रोमिसिंग है। चिन्ता न करें। यह हो जाएगा।

नन्दिनी : *(अपने सेल-फोन पर)* मैं इन लोगों से पूछ रही थी कि वे पालक-पनीर लाएँगे कि नहीं। वे कह रहे हैं कि पहले बंगाली डेलिकेसी कोशिश करेंगे। नेक्स्ट वीक में शायद क्रोस्ड नीम-वैगन ला रहे हैं। पच्चीस रुपए पैकेट है। कैन यू इमेजिन माँ?

अनिरुद्ध : *(अपने सेल-फोन पर)* नहीं, नहीं, अंकल। केवल जो सोच रहा हूँ वही नहीं, यहाँ तक कि जो सोच सकता हूँ, वह भी आपके लिए कल मेल कर दूँगा। क्या हुआ है? स्टमक अपसेट? रुकिए, मुझे भी पिछले सप्ताह हुआ था। दवाओं के नाम भी आपको मेल कर दूँगा। याद आ गया अंकल। नोरटिनी। ट्राई करके देख सकते हैं। मिरेकुलस। रुकिए, मैं आपको एक डायट-चार्ट भी मेल कर देता हूँ।

नन्दिनी : साल्टलेक में जंकफूड का एक पार्लर खुला है। सुना है, वो लोग नेक्स्ट मन्थ से छोटी मछली और ऑलिव की चटनी रखेंगे। माँ, सोच पा रही हो तुम कितने दिनों बाद पिताजी को छोटी मछली की चटनी खिला पाओगी। मैं तो सोच रही हूँ कि अगले सप्ताह से श्रेया को टिफिन में पिज्जा-फिज्जा नहीं दूँगी। सैंडविच और बेक्ड टैंगरा दे दूँगी। मछली में कुछ तो प्रोटीन पाएगी! नहीं-नहीं, काँटा-वाँटा नहीं। सब गल जाता है।

---

* केले के पेड़ का निचला कोमल हिस्सा, जो कि बंगाली परिवार में सब्जी के तौर पर काफी पसन्द किया जाता है।

अनिरुद्ध : ओके-ओके, अंकल गुडनाइट। आप कोई फिक्र न करिए। कल नौ बजे तक आप सब पा जाएँगे।

नन्दिनी : अच्छा माँ, अच्छा रखती हूँ। क्या देखोगी अभी? कौन सा सीरियल? लवकुश। बाबा, इतनी रात में माइथोलॉजिकल सीरियल होता है?

अनिरुद्ध : *(फोन रखते हुए)* अंकल तो पूरा छँटा हुआ धूर्त है। पैसे की गन्ध ठीक पा गया है?

नन्दिनी : कितने रुपए हो सकते हैं तुम लोगों के इस श्याम अंकल के पास?

अनिरुद्ध : वो खुद भी नहीं जानता। चार-पाँच सौ करोड़ तो होंगे ही।

नन्दिनी : कहाँ है अभी? हैदराबाद में?

अनिरुद्ध : नहीं, शाम को बैंगलोर गया। कल सुबह की फ्लाइट से लौट रहा है। बेटे का पेट फिर खराब हो गया है। *(उठता है)* रुको, दाँत माँजकर आता हूँ।

नन्दिनी : हाँ, बोल रहा था तो सुना। *(अनिरुद्ध अन्दर जाता है)* हाँ जी, डायट-चार्ट की बात कर रहे थे—तुम्हारा सैम अंकल क्या बहुत अधिक खाता है? रेड मीट?

[अनिरुद्ध अन्दर से बोलता है, नहीं-नहीं, अंकल तो वेज हैं]

नन्दिनी : ऐ जानते हो, आज स्कूल में क्या हुआ है?

[अनिरुद्ध की आवाज : क्या हुआ है?]

क्लास सेवन की एक लड़की, नाम प्रियंका है, क्लास में बैठकर 'लोलिता' पढ़ रही थी। क्लास टीचर ने आकर कम्प्लेन किया।

[अन्दर से अनिरुद्ध की आवाज : अच्छा ही तो है?]

मैंने लड़की को बुलाकर पूछा कि किसने तुम्हें पढ़ने के लिए यह किताब दी? क्या बताया जानते हो? बताया कि मुहल्ले के तपन अंकल ने।

[हँसी]

अनिरुद्ध : *(अन्दर से)* अरे, मेरा माउथ फ्रेशनर कहाँ रखा? दो न!

नन्दिनी : जलाकर मार डाला—देखती हूँ। कुछ भी ठीक से रखना नहीं जानते।

[भीतर उठकर जाती है। बाईं ओर नीचे प्रकाश होता है। कुर्सियों में से एक पर प्रियव्रत बैठा है। वह अशान्त दिखता है। वह बार-बार घड़ी देखता है। कुछ समय बाद सूट-बूट पहनकर अनिरुद्ध आता है।]

प्रियव्रत : जो भी हो, आ गया तू।

अनिरुद्ध : घड़ी देख। ठीक दो बजे हैं। मैं तुम्हारे जैसा बंगाली नहीं, दस मिनट पहले भी नहीं पहुँचता, दस मिनट बाद भी नहीं। अचानक बाहर क्यों बुलाया? हम लोग तो ऑफिस में ही बैठ सकते थे।

प्रियव्रत : आहा! लंच तो तू खाता ही। यहीं एक साथ खाना अच्छा है। इसके अलावा तेरा ऑफिस कितना सफोकेटिंग हैं। डर सा लगता है।

अनिरुद्ध : गलत नहीं बोला। मुझे ही बीच-बीच में ऐसा लगता है। बता, इसके बाद की क्या खबर है?

प्रियव्रत : वही चल रहा है। अनि, मुझे तुमसे एक जरूरी बात कहनी है।

अनिरुद्ध : हाँ, बता।

प्रियव्रत : रुक, पहले लंच के लिए ऑर्डर दे दूँ। बोल, तू क्या खाएगा?

अनिरुद्ध : क्लब सैंडविच।

रुक न! बाद में ऑर्डर देना। क्या कह रहा था पहले वह बता।

[बेयरा आता है]

बेयरा : एक्सक्यूज मी सर!

प्रियव्रत : क्या? ओ हाँ *(अनि से)* बताता हूँ कोयल *(बेयरा से)* दो कोयल सैंडविच दें तो।

बेयरा : सॉरी सर।

अनिरुद्ध : क्या बोल रहा है? *(बेयरा से)* कम लैटर। वी हैव समथिंग टू डिस्कस।

बेयरा : ओके सर!

[चला जाता है]

अनिरुद्ध : क्या हुआ, बात क्या है? तुझे क्या हुआ है?

प्रियव्रत : *(रुमाल से पसीना पोंछता है)* सॉरी। थोड़ा सा पज़ल्ड हो गया था। हाँ, मैं क्या बोल रहा था?

अनिरुद्ध : क्या बोल रहा था?

प्रियव्रत : ओ हाँ! याद आया, कह रहा था अनि—कोयल आई है।

अनिरुद्ध : कोयल माने? माने तेरी लड़की?

प्रियव्रत : हाँ, वो तो बॉम्बे में ही थी। अपने दादू के पास। वे पिछले माह चल बसे। अब तो उसका लिखना-पढ़ना प्राय: समाप्त है। वह नौकरी के लिए आई है।

अनिरुद्ध : ठहरी कहाँ है?

प्रियव्रत : ये—माने मेरे पास ही।

अनिरुद्ध : तो क्या महुआ झमेला कर रही है?

प्रियव्रत : नहीं-नहीं, ऐसा नहीं है। महुआ काफी एकोमोडेटिव है। इसके अलावा ये...उसका भी पहले पति का लड़का बीच-बीच में आता है।

अनिरुद्ध : बढ़िया! तो असुविधा कहाँ है?

प्रियव्रत : नहीं, सुजय माने महुआ का लड़का तो आकर एक-दो दिन से अधिक नहीं रहता। चला जाता है।

अनिरुद्ध : हूँ, तो तू कहना क्या चाहता है?

प्रियव्रत : बोलता हूँ अनि, तेरे यहाँ कोयल की एक नौकरी हो सकती है? ऐसा हो तो वो—

अनिरुद्ध : क्या? अलग फ्लैट भाड़ा लेकर रह पाएगी?

प्रियव्रत : माने वही और क्या? *(रुकता है)* तू मुझे इन-ह्यूमन समझ रहा है, यही न?

अनिरुद्ध : अरे नहीं-नहीं, मैं वो सब कुछ नहीं सोच रहा।

प्रियव्रत : विश्वास कर अनि, मैं ये सारे हेजाड्र्स और सह नहीं पा रहा।

अनिरुद्ध : हेजार्ड कहने का मतलब?

प्रियव्रत : अरे नहीं। महुआ भी कोयल से बहुत प्यार करती है। किन्तु माने हम लोगों का कहा जाए तो एक प्रकार से नया जीवन है—उस पर से कोयल महुआ के साथ ठीक-ठीक तालमेल नहीं बैठा पा रही है—समझ ही रहा है तू—

अनिरुद्ध : ओके। मैं समझ गया। तो कोयल ने बॉम्बे में ही सेटल करने की चेष्टा क्यों नहीं की?

प्रियव्रत : किया था। कुछ मिला नहीं। इन्दिरा के मर जाने के बाद वो थोड़ी क्रेजी सी हो गई थी। पढ़ाई-लिखाई भी मन लगाकर नहीं किया।

अनिरुद्ध : ठीक है—नेक्स्ट वीक कोयल को तू मेरे पास भेज। हमारे यहाँ कुछ नए लड़के-लड़कियों को लेने की बात भी थी। देखता हूँ, क्या किया जा सकता है! किन्तु तू उससे कुछ कमिट मत करना। केवल कहना कि अनि काकू ने बुलाया है।

प्रियव्रत : थैंक्स अनि। तूने मुझे बचा लिया।

अनिरुद्ध : सैंडविच के लिए बोल।

प्रियव्रत : आँ? क्या बोलूँगा?

अनिरुद्ध : क्लब सैंडविच।

प्रियव्रत : ओ हाँ! *(बेयरा को बुलाता है)* बेयरा—

[अन्धकार। नीचे दाईं ओर प्रकाश होता है। नन्दिनी अपने स्कूल में चेयर-टेबल पर बैठकर कॉल कर रही है]

नन्दिनी : हैलो रीटा—रीटा, मैं नन्दिनी बोल रही हूँ। सर हैं चैम्बर में?

रीटा : अरे मैडम? कैसी हैं? एक सेकंड होल्ड कीजिए। देती हूँ।

नन्दिनी : ऐ रीटा—रीटा।

रीटा : हाँ, कहिए मैडम। सुन पा रही हूँ।

नन्दिनी : वो मीटिंग में तो नहीं हैं?

रीटा : नहीं-नहीं, आप होल्ड कीजिए।

[एक्सटेंशन जोड़ती है। भीतर फोन बजता है। प्रकाश होता है। उसके चैम्बर में अनिरुद्ध, सामने देवद्युति है।]

अनिरुद्ध : अंकल से बोलो इस प्रकार काम चलाना असम्भव है। पहले का बैलेंस ही क्लियर नहीं हुआ है—उस पर नया काम! वह नागेश तो एक छँटा हुआ धूर्त है। वो पहले अपना रेसीडियू तो क्लियर करे—

[फोन बजता है। अनिरुद्ध पकड़ता है]

हाँ, बोलो।

नन्दिनी : काम कर रहे थे क्या?

अनिरुद्ध : नहीं, बोलो।

नन्दिनी : ऑफिस के बाद तुम्हे डॉ. बोस के चैम्बर में जाना है। याद है?

अनिरुद्ध : हाँ रे बाबा, है।

नन्दिनी : उनसे कोलेस्टेरॉल की बात कहना। और लिपिड प्रोफाइल की रिपोर्ट भी—

अनिरुद्ध : कहूँगा। कहूँगा।

नन्दिनी : लंच ले लिया?

अनिरुद्ध : नहीं। अब खाऊँगा।

नन्दिनी : अनि, दो बज गए हैं।

अनिरुद्ध : *(देवद्युति की ओर देखता है...हँसता है)* सॉरी देवद्युति। *(फोन में)* ठीक है।

नन्दिनी : कृपा करके देवद्युति से कहो आधे घंटे बाद मीटिंग कांटिन्यू करे। वह रीजनेबल लड़का है। ठीक समझ जाएगा।

अनिरुद्ध : राइट। ओके नन्दिनी। बाय।

[नन्दिनी फोन रख देती है। अन्धकार। अनिरुद्ध के जोन में प्रकाश बढ़ता है]

अनिरुद्ध : हाँ, मैं क्या बोल रहा था?

देवद्युति : वही नागेश के पेमेंट के बारे में।

अनिरुद्ध : राइट। तुम अंकल को अभी एक फैक्स करो।

देवद्युति : सर, एक बात कहूँ?

अनिरुद्ध : कहो।

देवद्युति : मतलब मैडम ठीक ही कह रही थीं। आप लंच तो ले लें। न हो तो मैं कुछ देर बाद आता हूँ।

अनिरुद्ध : अरे नहीं-नहीं—मुझे अभी भी भूख नहीं लगी है। सुनो देवद्युति—तुम तुरन्त अंकल को मेल करो, देन नागेश को फैक्स करके नागेश के उस बॉस को बॉम्बे में ही पकड़ो—न जाने तेनू भाई कि क्या एक नाम है—इसके बाद—

[प्रकाश बुझ जाता है। रीटा के टेबल पर प्रकाश गिरता है। रीटा फोन पर बात कर रही है]

रीटा : सॉरी, मि. देवनाथ इज़ नाउ इन अ मीटिंग। यू प्लीज़ कॉल हाफ ऐन आवर लैटर। यू मे टेल योर नेम एंड मैसेज। आई विल कनवे टू हिम। ठीक है। थैंक्स।

[कथोपकथन के बीच में बाहर से कोयल आती है। वह खड़ी है। उम्र 20 वर्ष। वह लगातार रीटा को देखे जा रही है। रीटा फोन रखकर कोयल की ओर देखती है।]

रीटा : हाँ, कहिए।

कोयल : मेरा नाम कोयल सेनगुप्ता है।

रीटा : कहिए।

कोयल : मेरे साथ मि. चटर्जी का अप्वाइंटमेंट है।

रीटा : अभी?

कोयल : *(घड़ी देखती है)* हाँ अभी। ठीक दो बजे।

रीटा : थोड़ा बैठिए। बाहर देखिए सोफा है।

कोयल : वो सब मैंने देखा है। देखिए, अभी ठीक दो बजे हैं। और इसी समय मेरे आने की बात थी—

रीटा : हाँ, मैंने सुना है। प्लीज़, आप जरा वेट करें। मि. चटर्जी अभी मीटिंग में हैं।

कोयल : सो व्हाट फक आई कैन डू?

रीटा : सॉरी—

कोयल : कहती हूँ उससे मेरा क्या? इस तरह छिनाल-छिनाल हावभाव दिखाते हुए बोलने से होगा। मि. चटर्जी अभी मीटिंग में हैं?

रीटा : अरे, विचित्र लड़की हैं आप! गाली-गलौज क्यों करती हैं आप?

कोयल : ठीक कहती हूँ बड़ा—कॉर्पोरेट बना है। गद्‌देदार चेयर। सेंट्रली एसी। इधर टाइम मेंटेन करने के मामले में हरिपद मोदी! सुभान अल्लाह! दूँगी न कान के नीचे एक थप्पड़ सुधि पाओगी तभी।

रीटा : *(उठकर खड़ी हो जाती है)* शटअप।

कोयल : *(कराटे की भाव भंगिमा में हाथ उठाती है)* चली आओ साली! तेरी तरह लॉलीपॉप आमिर खान देखकर मैं बड़ी नहीं हुई, नियम से छ का नौ का जैकी चैन देखकर बड़ी हुई हूँ। गई है कभी वरसोबा सिनेलवर्स में। समझोगी किसे कहते हैं सिनेमा हॉल।

रीटा : आई से शटअप।

कोयल : झयांग मिंकू हू। अर्थ समझी कुछ? अर्थ हुआ पिछवाड़े में मूली घुसा दूँगी। हू चीनी भाषा में मूली को कहते हैं। समझी?

[अन्दर से देवद्युति आता है]

देवद्युति : क्या हुआ यहाँ? क्या बात है रीटा? व्हाट्स द प्रॉब्लम?

रीटा : देखिए न देवद्युति, इस लड़की का मि. चटर्जी के साथ अप्वाइंटमेंट था। आप लोग मीटिंग में थे। मैंने भद्रता से उसे बैठने को कहा—वो यूँ ही मुझे गाली दे रही है।

देवद्युति : क्या हुआ है भाई ?

कोयल : वह मैं मि. चटर्जी को ही बताऊँगी।

देवद्युति : नहीं। आपको मुझे बताना होगा।

कोयल : नहीं बताऊँगी। वो आपको नाम से पुकारती है। इसका अर्थ है कि आप पार्शियल हैं। हो सकता है आप लोगों के बीच में कोई चक्करबाजी भी हो!

देवद्युति : यू—

कोयल : उस छिनाल के हावभाव से पसीज गए हैं। तब तो इसकी ओर से ही बात करेंगे!

देवद्युति : शटअप! हाऊ डेयर यू से ऑल दिस थिंग्स।

कोयल : गाली देने पर मैं भी पलटकर गाली दूँगी। वह मैं तुम लोगों से अच्छा जानती हूँ। और बालीगंज की गाली-गलौज मैं नहीं करूँगी। माणिकतल्ला के नाले से माहिम की बस्ती—बँगला-हिन्दी-उर्दू मिलाकर ऐसी पुड़िया छोड़ूँगी न—कान में अँगुली डालकर भी भाग नहीं पाओगे।

देवद्युति : रीटा सिक्यूरिटी को बुलाओ। इमिडिएटली। ऐ सिंह जी।

[सिंह जी जल्दी से आता है]

कोयल : आओ साले सिंह जी। चले आओ। देख भाँगड़ा किसे कहते हैं! ऐ बल्ले-बल्ले!

सिंह जी : साली घटिया लड़की!

कोयल : घटिया नहीं चूतिया हैं। ऐसे एक लात मारूँगी सीधे जुहू चले जाओगे। टिकट की जरूरत नहीं होगी। सीधे करीना की गोद में बैठ जाओगे।

[अन्दर से अनिरुद्ध निकल आता है]

अनिरुद्ध : क्या ? क्या ? क्या ? क्या हुआ क्या है ?

[ऑफिस के और एक-दो जन स्टाफ और निकल आते हैं। एक का नाम देवाशीष है]

देवद्युति : यह लड़की अत्यन्त अशिष्ट है सर! कहती है कि इसका आपके साथ शायद अप्वाइंटमेंट था।

अनिरुद्ध : मेरे साथ! *(देखता है)* कौन हो जी लड़की तुम ?

कोयल : मैं प्रियव्रत सेनगुप्त की लड़की हूँ।

अनिरुद्ध : कौन कोयल शायद ?

कोयल : हाँ।

अनिरुद्ध : आओ-आओ। भीतर आओ। क्या हुआ है देवद्युति ?

देवद्युति : सर, यह लड़की अत्यन्त रिडिकुलस है। मैं नहीं जानता क्यों—

अनिरुद्ध : क्या हुआ है कोयल ?

[कोयल मुँह फेर लेती है]

अनिरुद्ध : रीटा ?

रीटा : बहुत अनरूली टाइप की लड़की है सर। आप मीटिंग में हैं और उसे वेट करना होगा, सुनकर हम लोगों को गाली देना शुरू कर दिया।

अनिरुद्ध : मैं देखता हूँ। देखता हूँ। जाओ, तुम लोग काम पर जाओ। सिंह जी बाहर जाओ। रीटा, देवद्युति, आई एम टेकिंग केयर। वैसा होने पर वो तुम लोगों से सॉरी बोलेगी। आओ कोयल।

[देवद्युति और अन्य सभी चले जाते हैं। रीटा का जोन अन्धकारमय हो जाता है। अनिरुद्ध और कोयल अनिरुद्ध के चैम्बर में प्रवेश करते हैं। घुसते ही कोयल कहती है]

कोयल : मैं उन लोगों से सॉरी नहीं कहूँगी।

अनिरुद्ध : क्यों नहीं कहोगी ? यदि तुमने मिस विहेव किया हो—

कोयल : मैंने पहले नहीं किया। उन्हीं लोगों ने मुझे इरीटेट किया। आई हेट देम। तुम प्लीज उन लोगों के फॉर में बातें न करो। तुम्हें शोभा नहीं देता।

अनिरुद्ध : *(विस्मय से)* व्हाट ?

कोयल : नहीं, शोभा नहीं देता। हर समय सभी असभ्यता करते चले हैं। तुम देखोगे किस तरह सभी बातें करते हैं। मानो हर कोई एक टाटा-अम्बानी है। उनके हाव-भाव, चाल-चलन सब कुछ एक चेयर पर बैठते ही बदल जाता है। तुम्हें लगेगा कि वह आदमी बोल नहीं रहा है। असल में उसके पीछे की चेयर बोलती है। चेयर के ही मानो हाथ, पैर, मुंड निकल आए हैं। ये बड़ी-बड़ी मूँछों वाली हिलती-डुलती चेयर मुझे धमका रही हैं। मेरे लिए असहनीय है।

अनिरुद्ध : नहीं-नहीं, वैसा क्यों ? ऑफिस तो काम की जगह है कोयल। वहाँ तो आदमी थोड़ा फार्मल होगा ही।

कोयल : प्लीज, बाबा (पिता) की तरह मत बोलो। फिर कहती हूँ कि तुम्हें शोभा नहीं देता।

अनिरुद्ध : तुम तो बड़ी होकर मुझे पहली बार देख रही हो। तुमने कैसे जाना कि मुझे क्या शोभा देता है और क्या शोभा नहीं देता?

कोयल : मैं जानती हूँ। मैं समझ सकती हूँ। तुम उन लोगों की तरह नहीं हो।

अनिरुद्ध : किन लोगों की तरह?

कोयल : बाबा (पिता) की तरह। मेरी नई माँ की तरह। तुम्हारे ऑफिस के सब लोगों की तरह। तुम्हारे ऑफिस से निकलकर, उन बड़े-बड़े मकानों से जो हड़बड़ी मचाते निकलकर क्रमशः भागते चले जा रहे हैं—उन लोगों की तरह।

अनिरुद्ध : *(हँसता है)* मैं भी उन्हीं लोगों की तरह हूँ कोयल।

कोयल : हो ही नहीं सकता। एब्सर्ड। मैं तुम्हारी आँखें देखकर समझ पा रही हूँ तुम उन लोगों की तरह नहीं हो। तुम्हारी आँखों में माया है, कुछ नया सोच पाने की चाहत है, चारों ओर झुरझुरी फैला देनेवाला एक आकाश-स्वप्न है और एक गोताखोर लाकर यदि तुम्हारे एकदम भीतर तक उतार दिया जाए तो मिलेगा कि शायद रोते-सिसकते हुए भी कुछ ताजा प्रेम अभी भी बचा हुआ है। अभी भी!

[निस्तब्धता। अनिरुद्ध कोयल की ओर देखता है]

अनिरुद्ध : अच्छा यही यदि सच है, तो तुम मेरी बात सुनो। रीटा वगैरह को तुम एक बार सॉरी बोलो।
(कोयल चुप है) कोयल, मैं तुम्हारा अनि चाचू कह रहा हूँ। तुम मेरी यह बात मानोगी। कोयल?

कोयल : *(देखती है)* ठीक है। मेरी भी एक शर्त है।

अनिरुद्ध : *(हँसता है)* क्या शर्त है फिर?

कोयल : मैं तुम्हें अनिरुद्ध कहकर बुलाऊँगी। वो सब अनि चाचू-फाचू मैं नहीं बोल पाऊँगी।

अनिरुद्ध : व्हाट?

कोयल : सॉरी नहीं कह पाऊँगी अनिरुद्ध।

अनिरुद्ध : मतलब क्या है? तुम तो अपने बचपन में मुझे चाचू कहकर पुकारती थीं।

कोयल : वह बचपन की बात मेरे मन में नहीं है। मेरे लिए तुम्हें चाचू कहना असम्भव है। बोलो डन?

अनिरुद्ध : तुम पहले जाकर उन लोगों से सॉरी बोलो। उसके बाद देखा जाएगा।

कोयल : दैट मिन्स डन। थैंक्यू अनिरुद्ध।

[संगीत बजता है। कोयल हँसकर निकलती है। अनिरुद्ध उठकर पिछली खिड़की के समीप जाता है। रीटा के जोन में प्रकाश होता है। कोयल रीटा के निकट आती है। बाहर से देवद्युति और अन्य आते हैं। कोयल उन लोगों की ओर देखती है। कुछ क्षण तक चुपचाप। उसके बाद कोयल उन सभी से 'सॉरी' कहती है। रीटा की ओर हाथ बढ़ाती है कोयल। हैंडशेक करती है। देवद्युति हल्के से हँसता है। कोयल उसकी ओर भी हाथ बढ़ाती है। उनका जोन और पिछला भाग सम्पूर्ण अन्धकार में चला जाता है। संगीत की अन्तिम तरंग के साथ अनिरुद्ध सीधे एकबारगी फ्रंट स्टेज के एकदम बीचोबीच आता है। उसके बाद दर्शकों से कहता है।]

अनिरुद्ध : मैंने आप लोगों से पहले ही कहा था कि हम लोग मूलत: तृतीय विश्व के सूट-टाई पहननेवाले कुली हैं। ऐसे कुली हैं जो हाड़तोड़ मेहनत करके प्रथम विश्व की मोटी कमाई के लिए सारी पृथ्वी के अधिकांश मनुष्यों को अप्रयोजनीय बना दे रहे हैं, उन्हें त्याज्य कर दे रहे हैं। अर्थात् एक ही मंत्र है। येन-केन प्रकारेण सिर्फ मैं ही अच्छा रहूँगा और यदि तुम मेरे इस अच्छे रहने में सहायता करते हो तो मेरे इस अच्छे रहने से कुछ मांस के टुकड़े तुम्हारी ओर भी उछाल दूँगा और इसके बदले सारी दुनिया के अगणित मनुष्यों को खराब दशा में रहने को बाध्य करूँगा। और क्योंकि वह मांस का फेंका हुआ टुकड़ा हम पाते हैं और उसी से हमारे पास अलग से फ्लैट होते हैं, गाड़ी होती है, बर्गर होता है, पिज्जा होता है, इसीलिए हम मस्ती से हाथ झुलाते हुए उनकी ओर से बाजार कर देते हैं, गाड़ियों में तेल भर देते हैं, घर-द्वार की साफ-सफाई कर देते हैं। उन लोगों ने इसीलिए हमारे लिए नाम दिया है 'कॉलोनी'। 'नई कॉलोनी'। हम लोग ही उनके लिए नेताजी नगर, आजादगढ़, बेलपुर का किनारा हैं। यद्यपि आप

सभी जानते हैं कि अब आकाश में कोई सीमा निर्धारण नहीं है, वह आजाद है, जबकि जमीन पर सीमा है, वीसा है, और हैं काँटा लगे तारों की दीवार! सोचिए तो मैं आप यदि पूँछ लगे साइबेरियन पक्षी होते, कितने चाव से हम लोग भूमध्य सागर के ऊपर से अटलांटिक के ऊपर से होकर नाचते-नाचते इस देश से उस देश में घूमते हुए पहुँचते और समझते कि सचमुच वैश्वीकरण किसे कहते हैं। तो जो हो यही, सब समझते-बूझते, जानते-जानते, और थकते-थकाते इस लड़की को जब मैंने देखा तब यह कहना ही अतिशयोक्ति है कि वह मुझे...*(रुकता है)* डिसगस्टिंग लगी। *(कोयल आकर खड़ी होती है)* नॉन प्रोफेशनल, झगड़ालू और थोड़ी नकचढ़ी टाइप।

कोयल : *(जैसे अनिरुद्ध से कहती है)* बहुत छोटी उम्र में मैं जब मुम्बई चली गई थी, उससे पहले मैं मेरे मुहल्ले में फुटबाल खेलती थी। लड़कों के साथ। मेरे साथियों के नाम थे—नन्दू, बोंचा और जोगाई। नाकतला में मेरे बाबा *(पिता)* का क्वार्टर था। माँ मेरी छोटी उम्र से ही ज्वर से पीड़ित रहती थी।

अनिरुद्ध : *(दर्शकों से कहता है)* उस ढंग से कोई बात करता है क्या? जैसे (उसने) मेरा सब कुछ समझ लिया है? यह शब्द ही 'वेग' लगता है अब। मैं सिर्फ समझता हूँ एक डॉलर अर्थात् कितने रुपए और उसका भाव कितना चढ़ता और कितना उतरता है।

कोयल : नन्दू जो थ्रू देता था वह देखनेवाला होता था। मेरी तब छः वर्ष उम्र थी। काफी दुबली थी, उसके ऊपर से छोटे-छोटे कटे हुए बाल। पाजामा पहनकर खेलती थी अतः पता ही नहीं चलता था कि मैं लड़का हूँ या लड़की। नन्दू के थ्रू पास को पकड़कर गोल करती थी यही मैं कोयल सेनगुप्ता।

अनिरुद्ध : मैं नन्दिनी के साथ कभी-कभार सेक्स करता हूँ अब भी। शायद छः माह में एक बार। तो जिस दिन अन्तिम बार हम मिले थे उस दिन मध्यरात्रि में कैनेडियन डॉलर की रेट ने अमेरिकी डॉलर की रेट को टच किया था। मुझे यह खबर 'मोबाइल' से मिली। कैनेडियन एक कम्पनी का नाम 'हू द हीरो' है, उनके साथ तब कस्टमर शेयर और बैंक ऑफिस प्रोसेसिंग का काम चल रहा था। हम लोग कुछ ना-नुकुर कर रहे थे। तो उसी अवस्था में उठकर मुझे उन्हें मेल करना पड़ा। घड़ी देखी थी। रात के दो बजकर पाँच मिनट हुए थे।

कोयल : मुझे नन्दू वगैरह ने कभी लड़की के रूप में नहीं माना। किसी भी दिन नहीं। वर्षा के मौसम में खेल समाप्त होने पर वे सभी मेरे सामने ही गार्टर लाइन के किनारे के तालाब में नहाया करते थे, एकदम नंगे होकर। मैं नहीं नहाती, इस पर उन्हें बुरा भी नहीं लगता था।

अनिरुद्ध : सोचकर देखिए *(पॉकेट से पर्स निकालता है)* मेरी हिप-पॉकेट में कड़कड़ाते नोट हैं, यह देखिए मेरे दो-दो डेबिट कार्ड और क्रेडिट कार्ड हैं, यह देखें एच.एस.वी.सी, यह देखें ए.बी.एन. एमरो, यह देखें सिटी बैंक और यह देखें आई.सी.आई.सी.आई. प्रूडेंशियल। कहिए, मैं फतेहपुर सीकरी के गार्ड जैसा लग रहा हूँ न! जैसे घूम-घूमकर दिखा रहा हूँ बुलन्द दरवाजा, दीवान-ए-खास अथवा सलीम चिश्ती का तन्दुरुस्त कब्रिस्तान। बोलिए, लगता हूँ न?

कोयल : मुम्बई चले जाने पर और फिर थोड़ी बड़ी हो जाने पर सारी दुनिया ने मुझे लड़की के रूप में देखा। तिरछी नजरों से मेरी शारीरिक बनावट को देखा। मेरी छाती, मेरा शरीर। मेरा स्टैटिसटिक्स कितना वाइटल है यह समझने की चेष्टा की। कल्पना किया कि ये सारे कपड़े उतार देने पर मैं सही-सही कैसी दिखूँगी। खाल खिंची बकरी के समान कि पंख उधेड़ी ब्रायलर मुर्गी के समान। भाप उठते एक प्लेट में मुझे तलकर सर्व किया जाए, कैसा लगेगा बताओ मुझे। रेशमी टिक्का कबाब न कि मटन कीमा विथ ऐस पैरागस। बताओ ठीक कैसा?

अनिरुद्ध : और इसीलिए एक ओर व्यस्तता के घोड़े की अक्लान्त दौड़, मेरी पीठ पर बैठे हुए अदृश्य साईस का लहराता चाबुक है, दूसरी ओर रेसकोर्स के बाहर से दूरबीन चलाकर हठात् जैसे अपने को दिखाकर वही पुराना शब्द ही मुझे आपके सामने दोहराने की इच्छा हुई। बहुत ही थका हुआ, बहुत ही फैटिग लग रहा है। प्रायः रोज। प्रायः प्रत्येक मुहूर्त में।

[संगीत की गति तेज होती है। अनिरुद्ध मन्थर गति से सिर झुकाए पैंट की पॉकेट में हाथ डालकर चलने लगता है। कोयल थोड़ा और आगे आकर कहती है। अनिरुद्ध जैसे नहीं सुन पा रहा है। वह धीरे-धीरे बाहर निकल जाता है। कोयल अकेली खड़ी बातें करती है।]

कोयल : तुम्हारी पत्नी ने आज रात को मेरे माता-पिता को अपने घर पर आमंत्रित किया है। सुन पा रहे हो? तुम्हारी पत्नी ने मुझे भी ले आने के लिए कहा है। मेरी बहुत इच्छा नहीं हो रही है। किन्तु बाबा ने कहा तुम्हारी बेटी से परिचय करना होगा। मुझे अच्छा नहीं लग रहा है। सुन पा रहे हो? मैं जानती हूँ वहाँ क्या-क्या बातें होंगी, किस तरह सभी हँसेंगे, किस तरह ड्रिंक करेंगे—हरेक चेहरे को मैं पहचानती हूँ। फिर भी मैं जा रही हूँ। तुम सुन पा रहे हो? मैं जा रही हूँ। क्योंकि मैं वहाँ तुमको देख पाऊँगी। अनिरुद्ध। तुम्हें।

[दृश्य बदलता है। अन्धकार। कुछ क्षणों तक। फिर प्रकाश होता है। स्टेज के ऊपर चार छोटे-छोटे टूल्स हैं और उनके आगे टेबल। टूल पर अनिरुद्ध, नन्दिनी, प्रियव्रत और महुआ हैं। अनिरुद्ध और प्रियव्रत शतरंज खेल रहे हैं। उनके हाथों में व्हिस्की के ग्लास हैं। महुआ और नन्दिनी पास-पास बैठी हैं। उनके हाथों में वाइन भरी गिलास हैं। महुआ की उम्र 40 वर्ष है।]

अनिरुद्ध : यह ले विशप। देख कैसा लगता है। *(प्रियव्रत सोच रहा है)* तूने कुन्देश की 'कर्टेन' पढ़ी है?

प्रियव्रत : हूँ, पढ़ी है। यह ले घोड़े की अढ़ाई चाल। धक्के का नाम बाबाजी है। हूँ हूँ बाबा!

(अनिरुद्ध देखता है) तूने बाल्जाक की 'मास्टर एंड मार्गरिट' पढ़ी है?

अनिरुद्ध : नहीं *(सोचता है)* हूँ, क्रिटिकल चाल है। ए ले देख कैसा लगता है।

नन्दिनी : मैं तो बाबा बँगला सीरियल नहीं देखती। सब हिन्दी। विशेषतः बालाजी वाले। वह भी समय मिलने पर। काम का कितना दबाव है!

महुआ : मैं तो बँगला। वह देखा है तुमने एक दिन भी?

नन्दिनी : कौन सा?

महुआ : 'पृथ्वी बदले गेछे'। नए लड़के-लड़कियाँ अभिनय कर रहे हैं। कितना अच्छा है। पहले एपिसोड से ही जम गया है।

नन्दिनी : नहीं, नहीं। बँगला तो न असल में मैं ठीक—वैसे कितने बजे होता है?

महुआ : साढ़े आठ बजे।

नन्दिनी : मैं उस समय 'ख्वाब' देखती हूँ।

महुआ : ओ वो सास-दामाद के प्रेम पर?

नन्दिनी : नहीं-नहीं। साली-दामाद। बिल्कुल अच्छा नहीं लगता। टू सिली, फिर भी देखती हूँ।

महुआ : ऐ तुमने 'फन्दे पोड़े बोगाय कान्दे' *(जाल में फँसकर बगुला रोए)* सिनेमा देखा है? अयूब और निकिता हैं। देखा है?

नन्दिनी : नाम ही नहीं सुना। बँगलादेश का चलचित्र है क्या?

महुआ : नहीं-नहीं, इसी बंगाल का है। हीरो बँगलादेश का है। निकिता तो कलकत्ते की लड़की है। कसबा में रहती है।

नन्दिनी : मुझे परवीन मित्सी अच्छी लगती है। ब्राडमान दत्त के साथ सिनेमा किया है न, ओ हो! बोलो तो क्या नाम है? राइट—'मैं और मेरी तन्हाई'—सुपर्ब। म्यूजिक दिया है वेदान्त यूसुफ ने।

[अन्दर से श्रेया और कोयल आती हैं]

श्रेया : माँ, कोयल के साथ तुम्हारे कमरे में जा रही हूँ।

नन्दिनी : जाओ न, किसने मना किया है? जाओ कोयल, अन्दर जाओ। मेरे और अनि चाचू के कमरे में जाकर बैठो। *(कोयल देखती है)* अनिरुद्ध शतरंज में मगन है।

श्रेया : चल अन्दर जाते हैं।

[दो जन दाहिनी ओर नीचे अनिरुद्ध के कमरे में घुसती हैं। प्रकाश घटता जाता है। अनिरुद्ध वगैरह के जोन में प्रकाश होता है।]

अनिरुद्ध : देख कैसा लगता है? *(प्रियव्रत सोच रहा है)* वाल्टेयर को पढ़ा है तूने? जॉन वाल्टेयर।

प्रियव्रत : पढ़ा है। तूने सूसान सटैग पढ़ा है? ये लो! तेरा पान खा गया।

अनिरुद्ध : ऐसा है क्या? ए ले अब अपने नाइट को सँभाल। *(प्रियव्रत ध्यानपूर्वक देखता है)* एडवर्ड सईद पढ़ा हुआ है तेरा?

प्रियव्रत : नहीं। ज्याँ पॉल लूथर?

[चाल चलता है]

अनिरुद्ध : हाँ। गायत्री चक्रवर्ती स्पिवॉक?

[चाल चलता है]

प्रियव्रत : हाँ। पेरी एडर्सन?

[चाल चलता है]

अनिरुद्ध : नहीं। फ्रेडरिक जेम्सन?

[चाल चलता है]

प्रियव्रत : नहीं। ये ले चेक।

अनिरुद्ध : देर है चन्दू, ये ले तब फ्रेंज काफ्का।

प्रियव्रत : क्या?

अनिरुद्ध : सॉरी। कैंसल करता हूँ। इतना आसान गुरु चेक? चेक के बदले बँगला काली नागिन का हमला? इतना सस्ता नहीं? स्वप्न कुमार को पढ़कर बड़ा हुआ हूँ। दीपक चटर्जी। जानकारी है? साथ में असिस्टेंट रतन?

महुआ : 'रत्नमणि' नाम का एक सिनेमा देखा था। कितना अच्छा तुम सोच नहीं सकतीं। मुम्बई का एक लड़का था। नायक के भाई का रोल किया था अंकुश खान ने। उफ! देखने में कितना सुन्दर! एक गीत था कितना प्यारा—झूमुर का संगीत 'सोनामुखी कलंकिनी टोना किया रे'!

नन्दिनी : बँगला सिनेमा हमसे देखा नहीं जाता। डायरेक्टर सब भी जाने किस तरह—कुछ नहीं सोचते। कितनी अच्छी-अच्छी पुस्तकें निकलती हैं उन पर सिनेमा बनाया जा सकता है। उस दिन एक नॉवेल पढ़ा था—माइकेल ट्रैव्हर का लिखा हुआ है 'लास्ट एटम बाज औ-सम्!'—बोर्नियो के मास मूवमेंट को लेकर। कितना अच्छा सिनेमा बँगला में हो सकता है। बनाता नहीं है कोई क्यों कौन जाने!

अनिरुद्ध : जिम जार्मुश।

प्रियव्रत : मिके टाकाशी।

अनिरुद्ध : ओंकार भाई।

प्रियव्रत : किम क्यू डाक।

अनिरुद्ध : टोरेंटिनो।

प्रियव्रत : ईनार्टू।

[श्रेया वगैरह के जोन में प्रकाश होता है। श्रेया और कोयल। श्रेया कम्प्यूटर के सामने बैठती है।]

श्रेया : ऑर्कुट में लड़के को पाया था। जस्ट हंट करते-करते। राकेश पुरकायत। *(हँसती है)* पिता हलवाई है, सदर्न एवेन्यू की 'मिष्टीमुख' दुकान उन्हीं लोगों की है। ...'जावा' सीखे हुए हैं। मुझे वह सिंपली सिजलिंग लगा।

कोयल : इसके बाद ?

श्रेया : मीट किया। सी-सॉ में। ही ऑफर्ड मी व्हिस्की। दो पैग मार दिया था। रेड लेबल। स्मूथ एक किक जैसा लगा। लिफ्ट में ही धर दबोचा।

कोयल : बस ?

श्रेया : बस। फिर क्या ? उसके बाद दो बार मैसेज किया है। उत्तर नहीं दिया। बट ही वाज सुपर्ब। व्हाट ए किस !

कोयल : फिर कभी मुलाकात नहीं हुई तुम लोगों की ?

श्रेया : नो। *(रुकती है)* ऐ कम ऑन। मैं तुझे तब से तू-तू कर रही हूँ, तू मुझे तुम बोलती है क्यों ?

कोयल : मैं भी तुमको तू ही बोल रही हूँ। तुम्हें जैसा सुनाई पड़ रहा है। *(रुकती है)* मैं उस तरह किसी को झट से तू बोल नहीं पाती। बोलूँगी। एक-दो दिन और दो।

श्रेया : ओके। किन्तु मैं तुझे तू ही बोलूँगी।

कोयल : बोलो।

श्रेया : अब तेरी कहानी बोल। कोई नया चक्कर-वक्कर।

कोयल : नहीं। उस तरह कुछ नहीं।

श्रेया : टोपी न पहना, तेरा पहले कोई अफेयर हुआ था ?

कोयल : नहीं।

श्रेया : रियली ?

कोयल : हाँ, मुझे पहले कोई लड़का ही पसन्द नहीं था।

श्रेया : आमिर ? या शाहरुख ? *(हँसती है)*

कोयल : *(हँसती है)* दूर ! मुझे सारे सिनेमा के स्टार एक जैसे लगते हैं। हाँ, मुम्बई में फिल्में देखती थी।

श्रेया : अकेले ?

कोयल : कम्प्लीट। हॉल में घुसती, पॉपकॉर्न खाती थी। हाफ टाइम में चिल्ड कोक, हॉल से निकलकर सीधे सी-बीच। भेलपूरी

खाते-खाते घर। *(रुकती है)* बताया तो तुम्हें पहले मुझे कोई पसन्द नहीं आता था।

श्रेया : पहले नहीं आता था, अब आता है?

कोयल : सोचना होगा।

श्रेया : तू क्या लेस्बियन है?

कोयल : *(हँसती है)* नहीं।

श्रेया : ऐ हशीश चखेगी? मेरे पास एक पुड़िया है।

कोयल : बनाओ। बहुत दिनों से चखा नहीं।

[श्रेया ड्रॉयर से निकालती है— साथ में सिगरेट भी]

श्रेया : माँ जानती हैं कि मैं अकेज़नल स्मोकर हूँ। बीच-बीच में डाँटती भी है। लेकिन हशीश सच में अकेज़नली ही लेती हूँ। टू सेलिब्रेट न्यू फ्रेंडशिप। कहाँ जा रही है?

[कोयल उठ गई है]

कोयल : टॉयलेट। तुम बनाओ। मैं आती हूँ।

श्रेया : निकलते ही। बाईं ओर।

[कोयल मिड स्टेज पर आती है। श्रेया के कमरे में प्रकाश घट जाता है। भीतर से अनिरुद्ध निकल आता है। वह थोड़ा ड्रैंक है। कोयल उसे रोकती है]

कोयल : हाय!

अनिरुद्ध : हाय! हटो, टायलेट जाऊँगा।

कोयल : आर यू ड्रंक?

अनिरुद्ध : नहीं जानता।

कोयल : मतलब?

अनिरुद्ध : मतलब तुम्हें क्यों बताऊँ? हटो।

कोयल : तुम्हें नहीं बताना पड़ेगा। मैं जानती हूँ।

अनिरुद्ध : जानती हो। और क्या जानती हो, सुनूँ?

कोयल : यही तुम व्हिस्की पीते हो। कभी सोडा मिलाकर, कभी पानी मिलाकर और कभी अनन्नास।

अनिरुद्ध : पीता हूँ, तो?

कोयल : किन्तु समझ नहीं पाते कि नशा हुआ कि नहीं।

अनिरुद्ध : मतलब?

कोयल : नशा करना नियम है इसलिए करते हो, तीन पैग के बाद सिर चकराने का नियम है इसलिए सिर चकराता है, पाँच पैग के बाद कै करना उचित मानकर कै करते हो—

अनिरुद्ध : शटअप।

कोयल : छः पैग के बाद दूसरे के कन्धे पर सिर रखकर बड़बड़ाने का नियम है इसलिए बड़बड़ाते हो। किससे बातें करते हो तब?

अनिरुद्ध : आई से शटअप।

कोयल : कहती हूँ रुको। ईश्वर के साथ, यही न? न कि कल वाले 'तुम' के साथ?

अनिरुद्ध : कोयल!

कोयल : आगामी काल के 'तुम' के साथ नहीं बात करते, यह श्योर है। इनफैक्ट आनेवाले दिनों के 'तुम' को तुम पहचानते ही नहीं, और पहचानना चाहते भी नहीं।

अनिरुद्ध : बहुत बकवास कर लिया, हटो अब।

कोयल : तुम जानते हो (कि) मैं सच बोल रही हूँ। *(निकट आती है)* अपने को पहचानने में इतना डर क्यों है तुम्हें?

अनिरुद्ध : तुम बहुत अनुभवी लड़की हो। इतनी बुकीश बातें क्यों बोलती हो? सारी बातें कठिन हैं।

कोयल : सही बात बोलने पर लोगों का अपमान करते हो तुम। मुझे विश्वास नहीं हो रहा है। जानबूझकर ऐसा कर रहे हो।

अनिरुद्ध : तुमसे किसने कहा कि मैं अपने को पहचानने से डरता हूँ?

कोयल : डरते हो। तुम वास्तव में सब कुछ ठीकठाक देखना चाहते हो। एकदम दुरुस्त। यहाँ तक कि तुम्हारी गाड़ी जिस रूट से ऑफिस जाती है, तुम्हारा ड्राइवर कृष्णराम यदि थोड़ा भी रूट चेंज करे—तुम्हारा सिर भन्ना जाता है। *(अनिरुद्ध देखता रहता है)* क्योंकि शाम क्या होती है, तुमने बहुत दिनों से नहीं देखा, इसीलिए शाम के समय ऑफिस से निकलना पड़े तो तुम गाड़ी के काले शीशे उठा देते हो। ताकि शाम का रंग तुम्हें देखना न पड़े। कहीं भूल से शाम का इन्द्रधनुष न दीख जाए। *(अनिरुद्ध देख रहा है)* गलत कहा बोलो? *(अनिरुद्ध मुँह फेर लेता है, कोयल उसकी ओर जाकर आमने-सामने*

खड़ी होकर बोलती है) यदि कोई कम्प्लीकेशन हो जाए? यदि स्कैंडल हो जाए? क्यों—न जाने कितने काम नष्ट हो जाएँगे? इसके बाद लड़कियाँ क्या चीज हैं समझने की जरूरत नहीं है।

अनिरुद्ध : क्या बोल रही हो यह सब?

कोयल : देखा तो एक माह ऑफिस में। मैं सही बता रही हूँ। लड़कियों को फोन करते समय भी सावधान रहते हो ताकि फोन में लड़कियों की देह देख सको।

अनिरुद्ध : एकदम नहीं।

कोयल : रहो-रहो, सावधान रहो। शराब पीकर किसी लड़की को फोन करने से डरते हो—कहीं मुँह से निकल न जाए कि 'आओ तुम्हारे कन्धे पर सिर रक्खूँ।'

अनिरुद्ध : चुप हो जाओ।

कोयल : जीवन में पहली बार एक आदमी देखा जो जबर्दस्ती अपने को बूढ़ा सिद्ध करना चाहता है, अनिरुद्ध! कम ऑन। यू आर यंग। डैम यंग।

अनिरुद्ध : मेरी उम्र आगामी जून से उनचास हो जाएगी।

कोयल : सो फकिंग व्हाट? फिर तुमने झूठ क्यों बोला? आगामी जून में तुम्हारी उम्र एक सौ बारह वर्ष हो जाएगी।

अनिरुद्ध : बिल्कुल ही नहीं।

कोयल : हाँ-हाँ, वही। तुम्हारे हाव-भाव वही कहते हैं। अनि, प्लीज़ एक बार कोशिश करो। अन्तत: जिससे एक प्रेम कर पाओ। अपने सिर पर टूटकर गिरे आकाश को एक सॉलिड हेड से फोड़ डालो। क्रिश्चियन रोनाल्डो की तरह। हो से रेमिरेज बैरोटा की तरह। एलमिटो डी कुन्हों की तरह। गले के नीचे नीले-आसमानी आकाश-चादर को लपेटकर बोलो, प्रात:काल उठकर इस तरह नाक-मुँह में गूँजनेवाली दौड़ को मैं नहीं मानता।

अनिरुद्ध : कोयल, मत बोलो—

कोयल : इस अकारण मादर फकर सफोकेशन को मैं नहीं मानती।

अनिरुद्ध : कोयल प्लीज़!

कोयल : प्रतिदिन एक घोड़ा बनकर घर से निकलकर एक हाँफता हुआ कुत्ता होकर घर लौटने को मैं नहीं मानती।

अनिरुद्ध : कोयल!

कोयल : एक बार स्वयं से चुपचाप कहो अनिरुद्ध, (कि) मैं दूसरी तरह का हूँ। फुसफुसाते हुए खुद को बताओ। मैं वास्तव में दूसरी तरह का हूँ।

[कोयल धीरे-धीरे श्रेया के कमरे में चली जाती है। अनिरुद्ध कुछ पल निःशब्द खड़ा रहता है। अन्दर से नन्दिनी आती है।]

नन्दिनी : क्या हुआ, चलो। नशा हो गया है? बार-बार कहती हूँ तीन से अधिक मत पीओ। चलो, अब डिनर सर्व करूँगी। सुनो रोहू-काजू वाली कढ़ी लगता है अच्छी नहीं बनी। क्या हुआ चलो?

अनिरुद्ध : हाँ, चलो।

नन्दिनी : सुना—कोयल ने भाड़े पर नया घर लिया है। कल उसकी शिफ्टिंग होगी।

अनिरुद्ध : ऊँ?

नन्दिनी : हाँ जी। पियरलेस के निकट। जो भी कहो—वो महुआ एकदम देहातिन है। कैसे तुम्हारे साथी ने ऐसा एक विवाह किया! पूरी इनह्यमून। एक छोटी बच्ची को कोई इस तरह अलग करता है—*(अन्दर से प्लेट टूटने की आवाज आती है)* एइ, रे देहातिन ने लगता है कुछ तोड़ डाला। जल्दी आओ। डोंट माइंड महुआ, कुछ नहीं होगा। मैंने बुरा नहीं माना। मैं साफ कर दे रही हूँ। रुको। अरे, इसमें कोई बात ही नहीं है। तुम क्यों अफसोस करती हो? देखिए तो प्रियव्रत बाबू—महुआ अकारण ही कैसी फॉर्मेलिटी कर रही है। कह तो रही हूँ बाबा, कोई बात नहीं। श्रेया, कोयल—तुम लोग आ जाओ।

[पिछले जोन में प्रकाश एक जैसा है। श्रेया के कमरे में दूसरे प्रकार का प्रकाश होता है। देखा जाता है श्रेया सिगरेट का एक बार कश लेकर कोयल को देती है। कोयल कश लेती है। मिड स्टेज पर से अनिरुद्ध धीरे-धीरे एक कोने में जाता है। भूत की तरह अँधेरे में वह निःशब्द खड़ा रहता है।]

[अन्धकार]

द्वितीयार्द्ध

[संगीत समाप्त होते ही पर्दा हट जाता है। अनिरुद्ध का ऑफिस। अनिरुद्ध बैठा है। सामने देवद्युति है। देवद्युति अनिरुद्ध को एक कागज दिखा रहा है।]

देवद्युति : अंकल चाहते हैं कि कॉन्फ्रेंस समुद्र के किनारे हो। मैंने मन्दारमणि नामक एक जगह की तलाश की है।

अनिरुद्ध : हाँ, जानता हूँ। सुना है, अच्छी जगह है। पुरी में है न?

देवद्युति : नहीं, दीघा के करीब है। मैंने वहाँ के एक होटल से बात की है। एक मिनिमम बजट भी तैयार किया है। इसके अलावा रूम रिक्वायरमेंट, फेसिलिटीज़ आदि के बारे में बातें कर ली हैं मैंने।

अनिरुद्ध : गुड। देखूँ क्या किया है? *(देवद्युति अनिरुद्ध को देता है। अनिरुद्ध देखता है।)* वेरी गुड! तुम अंकल को बता दो कि सब ठीक है। कब निकल रहे हैं?

देवद्युति : नेक्स्ट वीकेंड।

अनिरुद्ध : ऑफिस से कितने लोग जा रहे हैं?

देवद्युति : सभी।

अनिरुद्ध : नहीं-नहीं, वह तो जानता हूँ। ड्राइवरों की संख्या भी काउंट किया है?

देवद्युति : किया है। कुल मिलाकर तीस जन हैं। नौ गाड़ियाँ जाएँगी।

अनिरुद्ध : ओके। तब तो ठीक है। *(देवद्युति चला जा रहा था। अनिरुद्ध ने संकोच करते हुए उसे बुलाया)* देवद्युति!

देवद्युति : जी सर, बोलिए।

अनिरुद्ध : कोयल ने मुझसे कुछ कहने के लिए कहा था। उसे पाँच मिनट बाद मेरे रूम में भेज देना तो।

देवद्युति : राइट सर!

[देवद्युति चला जाता है। अनिरुद्ध सेल फोन उठाता है। डाउन राइट पर प्रकाश है। नन्दिनी के स्कूल का कमरा। नन्दिनी के सामने योगा टीचर अतनू मौलिक बैठा है।]

अतनू : मैडम! क्लास नाइन की लड़कियों को नहीं सम्हाला जा रहा, विशेष रूप से उस विदिशा बेग को।

नन्दिनी : क्यों, क्या हुआ?

अतनू : वह कोई भी आसन नहीं करेगी। कल अन्तिम पीरियड में भुजंगासन सिखाने गया था। विदिशा ने कहा कि वे लोग पद्मासन के अलावा कुछ नहीं करेंगी। जबकि परीक्षा में मैं भुजंगासन दूँगा ही। उसके बाद शलभासन है। कुक्कुटमार्तंडासन है।

नन्दिनी : क्या कुक्कुट—

अतनू : कुक्कुटमार्तंडासन। करके दिखाऊँ मैडम?

नन्दिनी : नहीं-नहीं, रहने दो। तो वे लोग करेंगी क्यों नहीं?

अतनू : समझ नहीं पा रहा रहा हूँ। हो सकता है इसमें थोड़ा पाँव-साँव उठाना पड़ता है।

नन्दिनी : ओ! अच्छा उनके क्लास में जाकर मैं बात करती हूँ।

अतनू : बात करिए मैडम। उसके अलावा मैंने खुद एक आसन का आविष्कार किया है। रौप्यहलधरासन। आप देखेंगी मैडम?

नन्दिनी : अहा! कहा न रहने दो।

अतनू : नहीं, इस तरह कन्धे के पास हाथ ले जाकर बायाँ पाँव उठाकर—

नन्दिनी : कह रही हूँ न रहने दो। *(रुकती है)* यह सब थोड़ा मुझे भी अश्लील लगता है। आप आ सकते हैं।

अतनू : तो अन्ततः पवनमुक्तासन का एक डेमो देता हूँ।

नन्दिनी : नहीं। बोल तो रही हूँ कि आप जाइए अभी।

अतनू : *(नन्दिनी के पास थोड़ा आगे आता है। भारी आवाज में बोलता है)* मैडम!

नन्दिनी : *(आँख चढ़ाकर)* जाइए कह रही हूँ।

[अतनू रुआँसा चेहरा बनाकर चला जाता है। नन्दिनी चश्मा उतारकर मुँह पोंछती है। उसका मुँह थोड़ा रक्तिम हो जाता है। उसका फोन बजता है। नन्दिनी फोन उठाती है। अनिरुद्ध के जोन में प्रकाश होता है। अनिरुद्ध बात कर रहा है।]

नन्दिनी : हाँ, बोलो।

अनिरुद्ध : हैलो, हाँ नन्दिनी। नेक्स्ट वीकेंड में हम लोगों का मन्दारमणि में एक कॉन्फ्रेंस होने की बात है। तुम जाओगी?

[कोयल कमरे में प्रवेश करती है।]

नन्दिनी : एब्सर्ड। नहीं होगा। स्कूल में टीचर्स काउंसिल की मीटिंग है शनिवार को।

अनिरुद्ध : ओ! किसी तरह नहीं होगा? सुना है, सुन्दर जगह है। जा सकती थीं।

नन्दिनी : नहीं होगा। यह मीटिंग बहुत क्रूशियल है। पी.एफ.ए ग्रैच्युटी, पर्फोमेंस ऑफ टीचर्स--ढेर सारी वाइटल इश्यूज़ हैं।

अनिरुद्ध : ओके। ठीक है तब?

नन्दिनी : ऐ, सुनो-सुनो, एक सेकंड।

अनिरुद्ध : हाँ, बोलो।

नन्दिनी : तुम पवनमुक्तासन जानते हो?

अनिरुद्ध : क्या?

नन्दिनी : पवनमुक्तासन? अ काइंड ऑफ योगा। आसन।

अनिरुद्ध : आर यू क्रेज़ी? हाऊ डू आई नो?

नन्दिनी : नहीं, वही सोचा।

अनिरुद्ध : हठात् आसन की बात सोच ली, क्यों?

नन्दिनी : नहीं, ऐसे ही। वैसा कुछ नहीं। *(नन्दिनी फोन रख देती है। उसके ज़ोन में अन्धकार हो जाता है। अनिरुद्ध के जोन में प्रकाश तेज़ होता है। अनिरुद्ध कोयल की ओर देखता है।)*

अनिरुद्ध : कहो, क्या बोलना चाहती थी। रीटा बता रही थी कि तुम मिलना चाहती थी?

कोयल : हम लोग मन्दारमणि जा रहे हैं?

अनिरुद्ध : हाँ। हम लोगों का कॉन्फ्रेंस होगा। सुबह आठ बजे से लेकर रात आठ बजे तक।

कोयल : फालतू बकवास होगा।

अनिरुद्ध : क्या?

कोयल : कुछ नहीं। तुम्हारी पत्नी नहीं जा पा रही है?

अनिरुद्ध : नहीं, कैसे जाना?

कोयल : यहीं तो सुना। सुबह आठ बजे कॉन्फ्रेंस शुरू होगा?

अनिरुद्ध : हाँ, ठीक आठ बजे।

कोयल : ठीक, तब छः बजे उठकर मैं और तुम समुद्र के किनारे टहलेंगे निकलेंगे।

अनिरुद्ध : क्या?

कोयल : तुम मुझे ले जाओगे। चाहती हूँ हम लोग टहलते-टहलते शंकरपुर तक चले जाएँगे।

अनिरुद्ध : नो वे। कोई प्रश्न ही नहीं उठता। मैं साढ़े छः से पहले नींद से नहीं जागता हूँ।

कोयल : तुम तो सारी रात सो ही नहीं पाओगे।

अनिरुद्ध : क्यों?

कोयल : मैं रात में तुम्हारे साथ रहूँगी तो।

अनिरुद्ध : व्हाट?

कोयल : हाँ। बकबक करके तुम्हारा दिमाग़ खराब कर दूँगी। मैंने रूम एलॉटमेंट देख लिया है। तुम्हारे लिए एक अलग सूट रहेगा *(वहाँ)*। मैं रीटा के साथ नहीं रहूँगी।

अनिरुद्ध : ऐ, तुम जाओ तो अभी।

कोयल : मैं रहूँगी। देखूँ कोई क्या करता है? डरो मत, तुम्हें मेरे साथ सेक्स नहीं करना पड़ेगा। मैं सूट के बाहर वाले कमरे में सोऊँगी।

अनिरुद्ध : तुम जाओगी यहाँ से?

कोयल : अवश्य! नहीं तो सोऊँगी कब साढ़े पाँच-छः बजे तो हम लोग टहलने निकल जाएँगे। मैं सीपी चुनूँगी। तुम समुद्र की लहरों की आवाज़ सुनोगे।

अनिरुद्ध : मेरा दिमाग तो खराब नहीं हुआ है। खा-पीकर कोई काम नहीं, भोर में उठकर समुद्र की लहरों की आवाज़ सुनूँगा—

कोयल : रात के अन्तिम प्रहर के तारों में से एकाध तब भी आकाश में विचरण कर रहे होंगे, हम लोगों की खिड़कियों की छड़ों पर अन्धकार के चिह्न एकाध तब भी रहेंगे, और ऐसे समय में मैं तुम्हें बया *(बाबुर्ड)* कहकर बुलाऊँगी।

अनिरुद्ध : क्या कहकर बुलाओगी?

कोयल : बाबुर्ड (बया)। पक्षी। तुम बया मैं कोयल।

अनिरुद्ध : *(सूखी हँसी हँसता है)* एक काम करो। तुम मुझे 'घायल' कहकर पुकारो। मैं घायल तुम कोयल!

कोयल : डोंट जोक। बताओ तुम मुझे प्यार करते हो न? कहो प्यार नहीं करते?

अनिरुद्ध : बिल्कुल नहीं।

कोयल : डोंट से लाई। तुम्हारी आँखें बता रही हैं कि तुम मुझसे प्यार करते हो। केवल स्वीकारने से डरते हो, यही न!

अनिरुद्ध : मैंने तुमसे अनेक बार कहा है, ये सारी किताबी बातें मुझसे एकदम मत बोलना। मैं इनके अर्थ नहीं समझता।

कोयल : अर्थ तुम्हें समझना ही होगा। मैं तुम्हें मैदान में ले जाऊँगी—

अनिरुद्ध : मैं जाना नहीं चाहता।

कोयल : मैं तुम्हें इन सब ई-मेल, फैक्स, नेट से बाहर निकालकर म्यूजियम में ले चलूँगी—

अनिरुद्ध : मैं वहाँ ममी बनकर रहूँगा या फोसिल।

कोयल : फोसिल तुम्हें मैं नहीं बनने दूँगी। इसके बाद तुम्हें मोहनबागान-गैलरी में ले जाऊँगी। वहाँ हम लोग कागज के दोंगे में दालमोठ खाएँगे।

अनिरुद्ध : रबिश! इतनी चीप रोमांटिक बातें-वातें—

कोयल : खेल समाप्त हो जाने पर दोनों आदमी राजभवन के बगल से पैदल चलते-चलते सेंट्रल एवेन्यू से कोलू टोला होते हुए सीधे कॉलेज स्ट्रीट कॉफी हाउस—

अनिरुद्ध : मैंने नाम सुना है। जीवन में गया नहीं।

कोयल : हम जाएँगे। वहाँ बैठकर इनफ्यूशन और पकौड़ा खाएँगे। उसके बाद पैरामाउंट जाकर शर्बत।

अनिरुद्ध : पकौड़े के बाद शर्बत पीने पर एसिड हो जाएगा मुझे।

कोयल : तब दोनों जन एक साथ सीधे छोटा ब्रिस्टल चले जाएँगे। वहाँ लड़कियों का अन्दर जाना मना है। किन्तु मैं हल्ला करके घुसूँगी।

अनिरुद्ध : अब वह कहाँ है?

कोयल : मेट्रो की गली में। एक बार है। कच्चा चना और अच्छा क़ीमा मिलता है। एक पैग पीते ही तुम्हारा एसिड ठीक हो जाएगा।

अनिरुद्ध : देशी शराब है क्या?

कोयल : नहीं-नहीं। बहुत अच्छी जगह है। यदि तुम देशी पीना चाहो तो तुम्हें बार्दोआरी ले जा सकती हूँ। एक पिंट खरीद बैग में रखकर पैदल चलते-चलते सीधे आउट राम घाट। आगे पानी मिलेगा। मिलाकर पीएँगे। एक सुन्दर बैठने की जगह भी है।

अनिरुद्ध : मैं देशी शराब नहीं पीता। मिनिमम टीचर्स फिफ्टी।

कोयल : एक बार तो फेरिनी फिफ्टी पी जा सकती है।

अनिरुद्ध : मैं पीना नहीं चाहता।

कोयल : अनि—वहाँ जीवन है। वहाँ—

अनिरुद्ध : नहीं। जीवन यहाँ है। बाइपास में, सेक्टर फाइव में।

कोयल : नहीं, जीवन है मित्र कैफे में, यादवपुर की कैंटीन में।

अनिरुद्ध : हाईलैंड पार्क में, अम्बुजा में।

कोयल : टी थ्री में, शहीद मीनार के नीचे—

अनिरुद्ध : बिग बाजार में, तंत्रा* में, अंडरग्राउंड* में—

कोयल : कॉलेज स्ट्रीट में, पुरानी किताबों की दुकानों के सामने, पुटीराम में, पातीराम में—

अनिरुद्ध : टयोटा कोरोला में, सीटी होंडा में, स्कार्पिओ में—

कोयल : बोलपुर में, नहर किनारे, पुरुलिया के जंगलों में—

अनिरुद्ध : जोबांग में, सी सॉ में, पैंटालून्स में—

कोयल : सैमसिंग में, चालसा में, बी टी रोड के किनारे-सिन्धी में, सोदपुर में, बैरकपुर में।

अनिरुद्ध : आई टी सी में, हयात में, टॉली क्लब में—

कोयल : चाँग में, मैजेस्टिक में, टावर में—

अनिरुद्ध : ग्लेनफिडिक में, ब्लैकलेबेल में, सिवर्स रीगल में—

कोयल : रॉयल स्टैग में, ब्लेंडर्स प्राइड में, डी एस ब्लैक में—

अनिरुद्ध : अमिताभ घोष में, झूम्पा लाहिड़ी में, सलमान रश्दी में—

कोयल : सुधीन्द्रनाथ दत्त में, विभूति विभूषण में, जय गोस्वामी में—

अनिरुद्ध : *(हाँफता है)* मैं विश्वास नहीं करता। नहीं करता विश्वास। यह सब मध्यवर्गीय लोगों की न मिलनेवाले स्वप्नों की रोमांटिक पूर्ति है। रिएलिटी से एस्केप करना। ये सारे नौकरों, कुलियों, दरबानों के दृष्टिकोण हैं। *(रुकता है। फिर बड़बड़ाते हुए बोलता है।)* अवश्य ही मैं भी वही हूँ। किसी का नौकर। किसी का कुली। किसी का दरबान।

कोयल : एक बार रोमांटिक हो ही जाए अनिरुद्ध—एक बार यही विश्वास कर लो कि जिस जीवन में तुम दौड़ रहे हो, उसके बाहर भी एक जीवन है। वह जीवन भी दौड़ रहा है केवल तुम्हारी खोज में।

अनिरुद्ध : *(उत्तेजित होकर)* तुम लोग साले प्रगति-विरोधी हो, तुम लोग नहीं चाहते कि हम लोगों की उन्नति हो—प्रगति हो—तुम लोग चाहते हो वर्ष-दर-वर्ष हम और पिछड़ते जाएँ—और भी। तुम लोग साला स्वभाव से एक से बढ़कर एक नाकारा, नाकारी चेतना के हो।

कोयल : अच्छा मैं वही हूँ। लेकिन तुम प्लीज गुस्सा न करो। मैंने देखा है कि अधिकांश लोग अपनी अक्षमता को ढकने के लिए गुस्सा करते हैं। गुस्सा या क्रोध क्या है, वे वास्तव में जानते

---

* ये कलकत्ते के नामचीन होटलों के विख्यात 'डिस्कोथेक' हैं।

ही नहीं हैं। तुम्हारा यह गुस्सा देखना मुझे अच्छा नहीं लग रहा है अनिरुद्ध।

अनिरुद्ध : कोयल—मैं तुम्हें—

[अन्धकार। तुरन्त प्रकाश होता है। पीछे मंच की सज्जा बदल जाती है। समुद्र का आभास होता है। डाउन राइट में होटल का रिसेप्शन है। वहाँ होटल के मैनेजर दीपू बसाक बैठे हैं। उनकी उम्र 45-50 वर्ष है। दीपू के सामने देवद्युति, रीटा, कोयल और देवाशीष। रात का समय है।]

देवद्युति : ओके। अब सभी अपना-अपना कमरा देख लें। देवाशीष, तुम और मैं रूम नम्बर छ: में, यह लो चाभी।

देवाशीष : थैंक्स। तुम अभी कमरे में नहीं जाओगे?

देवद्युति : नहीं, मैं कॉन्फ्रेंस रूम को एक बार देखकर जाता हूँ।

देवाशीष : ओके। तब मैं कमरे में जाता हूँ।

देवद्युति : जाओ। सर तो सूट में प्रवेश कर गए हैं?

रीटा : गए हैं। मेरा और कोयल का कमरा?

देवद्युति : रूम न. सात। यह रही चाभी। *(देवाशीष घुस जाता है।)* जाओ कोयल।

कोयल : मैं थोड़ा रिसेप्शन पर बैठती हूँ। बाद में जाऊँगी।

रीटा : अच्छा। मैं फ्रेश होकर आती हूँ। समुद्र के किनारे टहलने चलोगे देवद्युति?

देवद्युति : चल सकता हूँ। मैं कॉन्फ्रेंस रूम देखकर एक बार सर के कमरे में जाऊँगा। कुछ पेपर्स समझ लूँगा। देन वी कैन गो फॉर वॉक। मि. बसाक डिनर रूम में सर्व कर देंगे न?

दीपू : जैसा कहेंगे। हमारे डायनिंग में बुफे भी हैं। बैठकर भी खा सकते हैं।

देवद्युति : नहीं। रूम सर्विस कर दें। जैसा कहा था।

दीपू : ठीक है सर।

[देवद्युति बाहर, रीटा अन्दर चली जाती है।]

कोयल : आप लोगों का सूट किधर है?

दीपू : उसके लिए आपको रिसेप्शन से निकलकर बाईं ओर जाना होगा। देखिएगा, एक और एंट्री है।

कोयल : राइट। रूम न. सात में एक ही डिनर भेजिएगा। उन मैडम के लिए।

दीपू : यह क्या, आप नहीं खाएँगी?

कोयल : नहीं।

[कोयल दाईं ओर से निकलती है। साथ-साथ मंच के दोनों ओर से देवद्युति और रीटा घुसते हैं। उनके बीच आँखों ही आँखों में बात होती है। हलका संगीत बजता है। देवद्युति और रीटा हाथों में हाथ डाले समुद्र के किनारे की ओर निकलते हैं। दीपू रिसेप्शन से उठकर बीच से उन्हें देखता है। रिसेप्शन की उलटी दिशा में कोयल और रीटा के कमरे की ओर जाता है। पीछे प्रकाश होता है। अनिरुद्ध का कमरा। घर का दरवाजा मंच के एकदम पीछे की ओर है।]

[अनिरुद्ध बाहर वाले कमरे में चेयर पर बैठकर कुछ पढ़ रहा था। दरवाजे पर दस्तक होती है। अनिरुद्ध उठता है।]

अनिरुद्ध : एक सेकंड देवद्युति।

[अनिरुद्ध ने हाफ पैंट पहना था। उसके ऊपर ट्रेक सूट का लोअर चढ़ा लेता है। जाकर दरवाजा खोलता है। कोयल प्रवेश करती है।]

अनिरुद्ध : यह क्या तुम? शीघ्र ही चली जाओ। अभी, तुरन्त! यहाँ देवद्युति आएगा।

कोयल : मैं नहीं जाऊँगी।

अनिरुद्ध : तुम्हें जाना ही होगा।

कोयल : नहीं जाऊँगी मैं। मुझे बाहर निकालने पर मैं शोर मचाऊँगी।

अनिरुद्ध : कोयल, डोंट मेक न्वाएज़। कह रहा हूँ अभी बाहर निकलो।

कोयल : नहीं। मैं समुद्र के किनारे जाऊँगी। रीटा वगैरह की तरह।

अनिरुद्ध : क्या मतलब? देवद्युति और रीटा क्या समुद्र के किनारे गए?

कोयल : अवश्य। वे क्या तुम्हारे जैसे बोरिंग हैं? चलो, तुम भी चलो।

अनिरुद्ध : असम्भव, देवद्युति कुछ देर बाद ही मेरे कमरे में आएगा। कल की मीटिंग की पूरी ब्रीफिंग उसे देनी है।

कोयल : आता है तो आए। वह ठीक समझ पाएगा। वह काफी समझदार है।

अनिरुद्ध : क्या, क्या समझेगा वह?

कोयल : यही कि रात में पति-पत्नी अपने घर में बैठकर गप्पें मार ही सकते हैं।

अनिरुद्ध : कौन पति-पत्नी?

कोयल : तुम और मैं। और कौन? मैं तो तुम्हारी पत्नी हूँ।

अनिरुद्ध : मरणदशा! पगला गई हो क्या?

कोयल : वाह! चलो इतने दिनों में तुम्हारे मुँह से पहली बार 'एक तो' बंगाली फ्रेज निकला है। आई एम सो लकी! रुको। अपने पतिदेव को इस खुशी में एक बार प्रणाम कर लूँ।

[अनिरुद्ध को दंडवत् नमस्कार करती है]

अनिरुद्ध : अरे? यह, यह क्या कर रही हो, *(कोयल उठकर अनिरुद्ध से लिपट जाती है)* अरे बाप रे! कोयल ऐसा मत करो—अच्छी बच्ची मेरी। मेरी कसम—ऐसा मत करो। *(कोयल छोड़ देती है)* देवद्युति किन्तु अभी आ जाएगा। प्लीज तुम जाओ। *(कोयल फिर लिपट जाती है)* अरे बाप रे! क्या कर रही हो तुम?

कोयल : चिल्लाने से देवद्युति सुन लेगा, वे सम्भवत: उलटी दिशा में झाऊ पेड़ के नीचे अँधेरे में बैठे हैं।

अनिरुद्ध : *(रुक जाता है। फुसफुसाकर कहता है)* प्लीज, तुम जाओ।

कोयल : मूर्ख मत बनो! तुम्हारे निकट एक कमसिन लड़की आकर कहती है चलो कुछ करें, कुछ कर दिखाएँ—और तुम एकबारगी ही लवंगलता बन गए हो—ए जी, मेरा क्या होगा जी, मेरा सतीत्व चला गया जी... *(रोने का अभिनय करती है)*।

अनिरुद्ध : नहीं, प्लीज नहीं। मेरे कमरे में नहीं।

कोयल : तो कहाँ बताओ? समुद्र के किनारे?

अनिरुद्ध : पागल हो? वहाँ देवद्युति वगैरह हैं।

कोयल : अच्छा, तब मेरे कमरे में चलो।

अनिरुद्ध : असम्भव! वहाँ रीटा है।

कोयल : क्या सुना क्या? रीटा समुद्र के किनारे है।

अनिरुद्ध : अच्छा, ठीक है चलो। मैं तुम्हें कमरे में पहुँचाकर मगर चला आऊँगा।

कोयल : वह देखा जाएगा। चलो हम लोग अभी कविता पढ़ेंगे। जीवनानन्द दास की।

[वे दो जन बाहर निकलते हैं। विंग्स से रीटा और देवद्युति प्रवेश करते हैं। दोनों जन इधर-उधर देखते हैं। इसके

बाद उलटी दिशा में विंग्स से दौड़कर निकल जाते हैं। कुछ पलों बाद आगे कोयल पीछे अनिरुद्ध प्रवेश करते हैं। अनिरुद्ध के हाथ में जूता है। वह चोर की तरह प्रवेश करता है। उसका लोअर उतरा हुआ है।]

कोयल : आओ जल्दी। इस कॉरीडोर को पार करके बाईं ओर।

[अनिरुद्ध बाएँ हाथ में जूता सहित मुँह पर अँगुली रखकर रुकने को कहता है। इसके बाद थू-थू करके हाथ हटा लेता है।]

अनिरुद्ध : बोल तो रहा हूँ। आहिस्ता बोलो। *(हठात् अनिरुद्ध का मोबाइल बज उठता है)* अब कौन? किसका फोन बज रहा है?

कोयल : तुम्हारा। अपना रिंग टोन भी नहीं पहचानते!

अनिरुद्ध : *(जूते फेंककर मोबाइल ऑन करता है)* हैलो।

[अप लेफ्ट में नन्दिनी दिखती है। वह अपने मोबाइल से फोन करती है।]

नन्दिनी : हैलो, डिनर किया है?

अनिरुद्ध : हाँ, नहीं। अब करूँगा। क्यों बताओ?

नन्दिनी : क्यों क्या? यूँ ही। आवाज ऐसी क्यों हो गई है, तबीयत ठीक है तो?

अनिरुद्ध : तबीयत? किसकी तबीयत?

नन्दिनी : किसकी क्या? तुम्हारी?

अनिरुद्ध : नहीं। ठीक है। क्यों खराब होगा क्यों?

नन्दिनी : नहीं, ऐसे ही कहा। देवद्युति सामने है कि नहीं?

अनिरुद्ध : ना। मैं तो यहाँ लाउंज में हूँ। क्यों?

नन्दिनी : आवाज फॉर्मल सी है इसीलिए। याद करके प्रेशर की दवा लेना।

अनिरुद्ध : खा लूँगा। मैं एक बार कॉन्फ्रेंस रूम देख आऊँ। इसके बाद आकर खा लूँगा।

नन्दिनी : ओके। गुडनाइट।

अनिरुद्ध : गुडनाइट।

नन्दिनी : ऐ सुनो-सुनो!

अनिरुद्ध : क्या हुआ अब?

नन्दिनी : ये—तुम कूर्मासन जानते हो ?

अनिरुद्ध : क्या ?

नन्दिनी : कूर्मासन। कछुए की तरह पेट के बल लेटकर—ए माँ! छी:-छी: जाने दो।

अनिरुद्ध : तुम क्या पागल हो गई नन्दिनी ? रात के समय हठात् कूर्मासन क्यों ?

नन्दिनी : नहीं, ऐसे ही याद आ गया।

अनिरुद्ध : नहीं, मैं नहीं जानता।

नन्दिनी : अच्छा कॉलेज स्ट्रीट में जाकर आसनों की कोई पुस्तक पा सकती हूँ न ? हम लोगों के ड्रिल टीचर असल में बता रहे थे। नीलमणि दास द्वारा लिखी हुई है।

अनिरुद्ध : मैं नहीं जानता।

नन्दिनी : अच्छा बाबा, अच्छा। मैं रखती हूँ। सभी बातों में गुस्सा हो जाते हो।

[फोन रख देती है। नन्दिनी के यहाँ प्रकाश बुझ जाता है। . कोयल अनिरुद्ध को लेकर अपने कमरे में चली जाती है। कमरे में एक बेड है।]

कोयल : तुम्हारी पत्नी हठात् आधी रात में आसन करना चाहती है, क्यों ?

अनिरुद्ध : नहीं। उसे असल में योगा में थोड़ा इंटरेस्ट है, इसीलिए—

कोयल : उसी कारण इस समय कूर्मासन! क्या जानूँ बाबा!

अनिरुद्ध : उसके अलावा उसे रेकी, टच-हिलिंग इन सबमें भी काफी इंटरेस्ट है।

कोयल : ओ! तुम लोग आजकल सेक्स नहीं करते, यही न ?

अनिरुद्ध : तुम्हारा क्या इससे ? अच्छा मैं चला।

कोयल : चला माने ? मामा का घर है क्या ? मुझसे लिपट पड़ो।

अनिरुद्ध : असम्भव।

कोयल : सोचकर देखो, एक महिला के शरीर को दबोचने की बात सोचते ही कैसा एक्साइटमेंट होता था पहले ?

अनिरुद्ध : वो सारा कुछ में भूल गया हूँ। वो सारी मेरे बचपन की बातें थीं।

कोयल : तुम तभी पवित्र थे। अब अपवित्र हो गए हो।

अनिरुद्ध : फिर वही टिपिकल किताबी बातें!

कोयल : मैं सही कह रही हूँ।

अनिरुद्ध : बोल नहीं रही हो।

कोयल : बोल रही हूँ। *(निकट आती है)* मुझे जकड़कर पकड़ना ही होगा। मोराल्टीलेस, टैबूलेस यहाँ तक कि सेक्सलेस होकर मुझे सिम्पली जकड़कर पकड़ लो, तुम्हें अच्छा लगेगा।

अनिरुद्ध : मैं खुद को अच्छा लगने देना नहीं चाहता।

कोयल : तुम चेष्टा करके देखो।

अनिरुद्ध : मैं चेष्टा-वेस्टा नहीं समझता।

कोयल : तुम खुद को समझ नहीं पा रहे हो।

अनिरुद्ध : नहीं चाहता मैं। मैं चला जाऊँगा।

कोयल : खुद से डरते हो तुम। हिप्पोक्रेट।

अनिरुद्ध : मैं वही हूँ। मैं जाऊँगा।

कोयल : तुम्हें मुझे जकड़कर पकड़ना ही होगा।

अनिरुद्ध : नहीं सकूँगा। मुझे जाने दो।

कोयल : पकड़ना ही होगा। *(अनिरुद्ध का हाथ पकड़ती है)*

अनिरुद्ध : *(धक्का देता है)* नहीं सकूँगा। *(कोयल धक्के से खाट पर बैठ जाती है। अनिरुद्ध बड़बड़ाता है)* इतना सच क्यों बोलती हो तुम। हर समय? साला जानती नहीं हो कि इतना सच नहीं बोला जाता। लोग सदैव डराते रहते हैं कि सत्य मत बोलो, सत्य मत सोचो, सत्य का उच्चारण मत करो। तुम साला मेरी कौन हो, हठात् मेरे विवेक में प्रवेश कर आलतू-फालतू बोलकर मुझे नरक में भेज रही हो। मेरी आदत बुरी कर रही हो! साला नौटंकी!

[प्राय: रो पड़ता है, बाएँ हाथ से आँखों में आ गए आँसू को पोंछता है। कोयल उठकर अनिरुद्ध को जकड़ लेती है। अनिरुद्ध पैशनेटली कोयल को भी भींच लेता है। उसके बाद छोड़ देता है, कारण खाट के पीछे से अचम्भित नेत्रों से ताकते हुए देवद्युति और रीटा उठकर बैठ जाते हैं। समझ में आता है कि वे कमरे के अन्दर ही थे। सभी सभी को देखते हैं। नीरवता है, देवद्युति नीरवता भंग करता है।]

देवद्युति : इट्स ओके सर। फाइन। नो प्रॉब्लम सर। डोंट माइंड।

अनिरुद्ध : ये माने मैं—

देवद्युति : नेवर माइंड। हमने कुछ नहीं देखा सर। आपने भी।

अनिरुद्ध : चलो न हम कॉफी पीएँ।

रीटा : नो सर। थैंक्यू। *(नीरवता)* कोयल तू कॉफी पीएगी?

[कोयल मुँह फेरकर खड़ी है। दीपू प्रवेश करता है।]

दीपू : वो आप लोग यहाँ? अब चलिए। बुफे तो ठंडा हो गया। समुद्र की ठंडी हवा तो आदमी को, भोजन को, सभी कुछ को ठंडा कर देती है। आइए–आइए, चलिए।

[पहले दीपू उसके बाद देवद्युति, रीटा और कोयल निकल जाते हैं। अनिरुद्ध दर्शकों की ओर बढ़ आता है]

अनिरुद्ध : 1999 में जब यूरोप में यूरो का प्रचलन शुरू हुआ तब उसका मूल उद्देश्य ही था वन मार्केट, वन मनी। याद रखना होगा कि 1993 में जब गैट बना तब यहाँ तक कि गार्डियन पत्रिका ने भी लिखा था कि यह मूल रूप से अमेरिका की दादागिरी है। शायद उसी को यूरोप में बैठे फिलिप्स के चेयरमैन डेकर ने अथवा फिएट कम्पनी के इटालियन लाल मुँह वाले जिओवेन्नी ऐग्नेल ने अथवा वेलजियन रासायनिक शिल्प कम्पनी के हेड जैकसाल्वे आदि ने काउंटर करना चाहा था। उसी वर्ष 1998 में ही अमेरिकी एग्जीक्यूटिव्स की आय आठ वर्ष में तेजी से बढ़कर प्राय: 419 गुना अधिक हो गया था। किन्तु आनेवाले अगले दस वर्षों में देखा गया कि यूरोप में भी बेकारी नहीं घटी, और अमेरिका में भी दरबान, पिज्जा बर्गर परोसनेवालों की संख्या बढ़ती ही रही। हालाँकि इराक युद्ध से यूरोपियन यूनियन और अमेरिकी कॉर्पोरेशन के बीच एक प्रकार का समझौता करवा दिया गया है किन्तु शीघ्र ही इनमें पारस्परिक द्वन्द्व उभरकर आ सकता है। फलत: कॉलसेंटर में नौकरी करने या शॉपिंग मॉल में पिज्जा बेचने या टेरिलीन की शर्ट बेचने जैसे कामों के रूप में जो उन्नति हम देख रहे हैं, ये सब भी हमारे देश में बढ़ते ही जाएँगे। और क्या आश्चर्य की बात है कि जिस वर्ष अमेरिकी एग्जीक्यूटिव्स की सैलरी बढ़ती है और उसी के साथ ताल मिलाते हुए दस वर्ष के अन्दर हम लोगों के भी वेतन बढ़ते हैं। उसी 1998 में ही भारत सरकार जमीन अधिग्रहण कानून बदल देती है। सरकार कहती है कि जिनकी जमीन ली जा रही है, रपट लिखवाने के लिए केवल 21 दिन उन्हें मिलेंगे। और उसी

वर्ष विश्व बैंक एक रिपोर्ट में हमें बतलाता है कि आगामी दस वर्षों में हमारे देश में चरम दारिद्र्य सीमा के नीचे जीवनयापन करनेवाले लोगों की संख्या 35 प्रतिशत से 6.3 प्रतिशत हो जाएगी। यद्यपि आर्थिक प्रगति काफी मात्रा में होगी आदि। उन्होंने इंडोनेशिया का उदाहरण दिया था कि पिछली शताब्दी के अन्त में इंडोनेशिया में उसी दारिद्र्य सीमा के नीचे रहनेवाले लोगों की संख्या 58 प्रतिशत से 8 प्रतिशत हो गई थी। इसके बाद पिछले दस वर्षों में इंडोनेशिया में क्या हुआ है, हम लोगों ने देखा है। वहाँ की अर्थनीति सम्पूर्ण रूप से ध्वस्त हो गई और करोड़ों देशवासी चरम दुर्दशा के शिकार हुए। बात थी कि जरूरत होगी तो पैसा विश्व बैंक देगा। फलत: हम लोग भी ऐसे समय के सामने हाजिर होने जा रहे हैं जब तेल का दाम साला बढ़ता ही रहेगा, गाड़ी की ई.एम.आई. बढ़ती ही रहेगी, वस्तुओं के दाम बढ़ते ही रहेंगे, फ्लैट के लोन चुकेंगे ही नहीं, रुपए की कीमत हू-हू कर घटेगी, बहुजातीय बैंक जबर्दस्ती क्रेडिट कार्ड थमाएँगे, उसके बाद न चुकाने पर गुंडे भेजेंगे, उनके मुँह देखने में अंकल के मुँह जैसा लगेंगे, अंकल से भी खीस निपोरवाएगी अमेरिकी कम्पनी, उनकी खीस कौन निपुरवा रहा है कौन जाने—मैं अर्थात् केवल मैं और हम लोग लगातार कर्ज की बाढ़ में गले तक डूबते जाएँगे, चारों ओर शॉपिंग मॉल, बड़े-बड़े चकाचौंध कर देनेवाले चौड़े रास्ते और कॉफी मेज बढ़ेंगे, और मैं आपसे कर्ज लूँगा, आप करीबी साथी से, वह साथी अपने साथी से इस तरह करते करते हम सभी एकमेक हो जाएँगे।

[पीछे मंच परिवर्तन हो गया है। प्रियव्रत का घर। पीछे से प्रियव्रत कहता है।]

[...नन्दिनी और महुआ भी दिखाई देती हैं।]

प्रियव्रत : तुझसे तब एक बात कहूँ।

अनिरुद्ध : हाँ बोल।

[जाकर अपनी कुर्सी पर बैठता है।]

प्रियव्रत : सरकार ने उस कानून को क्यों बदला था? तब?

अनिरुद्ध : क्यों?

प्रियव्रत : मैं तब बॉम्बे में था। मेरी कम्पनी से एक ब्रिटिश कम्पनी की बात चल रही थी। वे उड़ीसा के गोपालपुर में एक कोक आवेन तैयार करने के लिए इन्वेस्ट करना चाह रहे थे। यह चौरानबे-पंचानबे की बात बता रहा हूँ।

अनिरुद्ध : उसके बाद ?

प्रियव्रत : कई विदेशी कम्पनियों को एक भारतीय कम्पनी ने उस समय गोपालपुर में बुलाया था। उड़ीसा गवर्नमेंट उनकी सहायता कर रही थी। वे सभी मिलकर बता रही थीं कि रोजगार होगा, उद्योग की उन्नति होगी। मुझे देखभाल करने के लिए मेरी कम्पनी ने वहाँ भेजा।

अनिरुद्ध : तू गया ?

प्रियव्रत : गया। जाकर देखा काफी बड़ा प्रोजेक्ट है। एक स्टील प्लांट होगा, नदी पर बाँध बनेगा, ओपेन कस्टमाइन होगी, हवाई अड्डा होगा, पूरे इलाके में रेल लाइन बिछेगी। कुल तीन हजार हेक्टेयर अर्थात् प्राय: ग्यारह वर्ग मील जमीन लगेगी।

अनिरुद्ध : क्या बोलता है ?

प्रियव्रत : हाँ, उसके बदले में वह भारतीय कम्पनी विशेष कुछ नहीं माँग रही थी। वे केवल चाह रहे थे कि एक सैंक्चुयरी अथवा संरक्षित वनभूमि को ध्वंस करना होगा, इसके बाद आसपास के 37 गाँवों और उनमें बसे पच्चीस हजार लोगों को 7.8 वर्गमील से जीरो प्वाइंट पर आठ वर्ग मील के भीतर ठसाठस भरके रखना होगा। गवर्नमेंट सोत्साह साथ दे रही थी। कितने लोगों की नौकरी लग जाएगी!

अनिरुद्ध : उसके बाद ?

प्रियव्रत : विराट बवाल मचा। पंचानबे से लेकर सत्तानबे तक पुलिस और पब्लिक के बीच खींचातानी चली। मैं कुल पाँच बार गया। अच्छी संख्या में लोग मरे, रेप हुए, बच्चे मरे, कोर्ट में केस दायर किए गए किन्तु उस भारतीय कम्पनी ने हठ नहीं छोड़ा। उन्होंने राज्य छोड़कर चले जाने की धमकी दी। मेरे-तेरे जैसे लोग इस पर अरे-अरे कर उठे। जहाँ उद्योग बढ़ेगा, रोजगार बढ़ेगा और लोग नहीं मरेंगे, परिवेश को नुकसान नहीं होगा— ऐसा कभी होता है क्या! जबकि कोर्ट में देखा जा रहा था कि सरकार और वह भारतीय कम्पनी बार-बार परास्त हो रही हैं, कारण जिस पद्धति से जमीन ली गई थी, वह हर तरह से

दादागिरी थी। जो लोग आन्दोलन कर रहे थे उन्हें हालाँकि तीन ऑप्शन दिया था उन लोगों ने—अन्य तीन स्थानों पर उन प्रोजेक्ट को पूरा करने के लिए किन्तु वह भारतीय कम्पनी वहीं करने के लिए ज़िद कर रही थी। जमीन उर्वरा है, अच्छे खेत हैं, जलावन के लिए लकड़ी काफी है और आसपास की नदियों और मिट्टी की क्वालिटी काफी अच्छी है। अत:—

अनिरुद्ध : अत: ?

प्रियव्रत : अत: सन् 1998 में सरकार ने नियम बदला। तूने जो कहा। वहीं जबर्दस्त प्रोजेक्ट पूरा हुआ। कई हज़ार गरीब आदमी हवा में विलीन हो गए एवं पिछले दस वर्षों में हमने देखा कि उस क्षेत्र में शोषण और अत्याचार सबसे अधिक बढ़ा है। क्या करेगा बोल, राइटिस्टगवर्नमेंट है। वे तो पूँजी और बड़ी-बड़ी कम्पनी का ही साथ देंगे। हम लोगों ने हवा खराब देख फूट लिया। इतनी बड़ी कम्पनी की बात थी।

अनिरुद्ध : कौन थी वह भारतीय कम्पनी ?

प्रियव्रत : ओं! *(जम्हाई लेता है)* टाटा! टाटा! ले व्हिस्की डाल!

अनिरुद्ध : और मत पी।

प्रियव्रत : क्यों ?

अनिरुद्ध : तुझे धुँधला दीख रहा है।

[दोनों जन हँसते हैं]

नन्दिनी : ऐ सुनते हो, महुआ क्या कह रही है ?

अनिरुद्ध : क्या ?

नन्दिनी : कोयल शायद प्रेम कर रही है ?

अनिरुद्ध : *(हिचकी लेता है)* अँ!

महुआ : अँ नहीं, हाँ। मेरा सेंस बता रहा है। वो पूरी तरह से बदल गई है।

नन्दिनी : यह तो ठीक है। विवाह कर दो न!

प्रियव्रत : तब तो बात ही हो जाती। किन्तु किसके साथ उसका सम्बन्ध है वहाँ खुलकर नहीं बता रही है।

नन्दिनी : दबाव डालिए न, ठीक बता देगी। हाँ जी, देवद्युति के साथ तो नहीं ?

प्रियव्रत : कौन, अनि के ऑफिस का वह लड़का ? एब्सर्ड।

नन्दिनी : कैसे जाना ?

महुआ : अरे, उसे तो कोयल पीछे रँगा सियार, रँगी हुई मूली कहती है।

अनिरुद्ध : देवद्युति से? छी:-छी: यह बहुत अन्याय है। देवद्युति बहुत अच्छा लड़का है।

प्रियव्रत : अच्छा होने पर क्या मूली नहीं हो सकता?

महुआ : नहीं-नहीं, देवद्युति नहीं, अन्य कोई है। *(अनिरुद्ध से)* कौन हो सकता है बताएँ तो?

अनिरुद्ध : मुझे कैसे पता होगा? मैंने तो इस बात पर सोचा ही नहीं।

महुआ : हूँ। कौन है तब?

अनिरुद्ध : आपको सन्देह कैसे हुआ?

महुआ : कहा न! उस दिन देखा गुनगुनाते हुए गीत गा रही थी।

अनिरुद्ध : ओ! कौन सा गीत?

महुआ : 'आजकल पाँव जमीं पर नहीं पड़ते मेरे।' घर। विनोद मेहरा। रेखा। और दो लाइन गाऊँ?

प्रियव्रत : अहा! बाद में सुनाना।

महुआ : मेरे गीत गाने से तुम क्रोधित क्यों हो जाते, बोलो तो?

नन्दिनी : आप लोग इस बीच उसके फ्लैट में गए थे?

प्रियव्रत : नहीं। वह तो प्राय: रविवार को हम लोगों के यहाँ आती है। इस सप्ताह शनिवार को आई थी। रात में रुकी थी।

महुआ : रात में भोजन बनाने में मेरी सहायता भी की। कहा उसके लिए जूस निकालेगी। तभी मुझे सन्देह हुआ।

अनिरुद्ध : क्यों, बताएँ तो? मतलब जूस के साथ प्रेम का क्या सम्बन्ध है?

महुआ : आहा! वो नहीं। वह लड़की भोजन बनानेवाली लड़की है क्या! मुम्बई से पहली बार आई, एक दिन कहा मैंने, कोई मछली-वछली कुछ बना लो, कहा बीफ पकाएगी। हमारी ही रसोई में। वह शायद बहुत अच्छा भूना गोश्त पकाती है। समझिए इस कांड को!

अनिरुद्ध : ओह! मैं अवश्य ही भूना हुआ बीफ पसन्द करता हूँ। तो जो हो, वो सब छोड़िए। हो गया है सम्बन्ध किसी से। इससे क्या आता-जाता है!

महुआ : नहीं-नहीं। यह केस क्या है, मुझे इसे खोज निकालना ही होगा।

अनिरुद्ध : क्या?

महुआ : वह केस? मतलब उस आदमी को?

अनिरुद्ध : कौन?

[फुसफुसाता है]

नन्दिनी : *(उसके मोबाइल पर फोन आता है)* हाँ, अतनू बाबू बोलिए। हाँ, वह पुस्तक पा गई। कॉलेज स्ट्रीट में ही पाया। ...नहीं-नहीं, अभी मैंने नहीं पढ़ा। केवल देखा है। हाँ, प्राय: छियासठ आसनों का डेमांस्ट्रेशन है। ठीक है, मैं कल ही क्लास नाइन के साथ बात करूँगी। हैलो—क्या? कौन सा आसन? उत्थित पद्मासन? नहीं-नहीं, देखा। क्यों? नहीं-नहीं, सुनिए—हैलो।

[नन्दिनी बात करती रहती है। प्रियव्रत अनिरुद्ध की गिलास में शराब डालता है। महुआ सन्देहजनक स्थिति में बड़बड़ाती रहती है। अन्धकार। धीमा संगीत! पीछे प्रकाश होता है। देवद्युति का ऑफिस है। रिसेप्शन पर रीटा और कोयल हैं।]

रीटा : तू अभी सर के चैम्बर में जाएगी?

कोयल : जाऊँगी।

रीटा : वेट कर। देवाशीष है।

कोयल : ठीक है।

रीटा : तुझे तो फिर अकेले में बात करने की जरूरत है।

कोयल : धूर—क्या बोलती है! तू और देवद्युति आज क्या कर रहे हो?

रीटा : अरे, आज एक धमाकेदार बात होगी।

कोयल : क्या?

रीटा : मेरी बहन ने गूगल में ऐड दिया था न—

कोयल : क्या वही तेरे ब्याह के बारे में?

रीटा : हाँ। काफी संख्या में रिस्पांस आए हैं। उसमें से एक लड़का मुझे और बहन को बहुत पसन्द आया है।

कोयल : क्या नाम है?

रीटा : अनुभव। शेयर कंसलटेंसी करता है। मेरे साथ दो दिन डेटिंग भी हुई है।

कोयल : रियली? हाऊ इज ही?

रीटा : पूरा बिन्दास। एकदम मेरे टाइप का। खाओ, पीओ, मस्त रहो। नो टेंशन। जिन्दगी तो एक ही है न!

कोयल : वाह! तो आज क्या होने वाला है?

रीटा : आज देवद्युति के साथ अनुभव का परिचय करा दूँगी। देवद्युति बहुत एक्साइटेड है। अनुभव भी अपनी एक गर्लफ्रेंड को ले आएगा। स्मिता पॉल। बैंकर। सिटी बैंक में है।

कोयल : क्या कहती है ?

रीटा : अनुभव चाहता है देवद्युति के साथ स्मिता की भी दोस्ती हो। हल्की सी।

कोयल : कहाँ मिलोगे तुम सब ?

रीटा : मार्कोपोलो। उसके बाद वहाँ से स्ट्रेट माराकेश। अनुभव हर सटर्डे वहाँ नाचने जाता है। मैं भी गई हूँ। 'डिस्कोथेक' काफी बड़ा है।

कोयल : तूने देवद्युति के केस के बारे में अनुभव से अच्छी तरह डिस्कस कर लिया है न ?

रीटा : आर यू क्रेजी ? अनुभव बहुत कंजर्वेटिव है। बाहर से देखने में वैसा ही लगता है। अन्दर से काफी सीरियस है। उसे सिनेमा बहुत प्रिय है। वो जानता है देवद्युति मेरा साथी है। कलीग। बस्।

कोयल : और स्मिता ?

रीटा : वो-वो अनुभव की दोस्त है। बस। और क्या ?

[देवद्युति आता है। वह चंगामन दीख रहा है।]

देवद्युति : हाय गर्ल्स! मेरे पास एक मजेदार एम.एम.एस. आया है। वांट टू सी ?

रीटा : कहाँ ? देखूँ-देखूँ।

देवद्युति : नॉट इन माय सेल, टू माय लैपटॉप। कम हियर।

रीटा : चलो, चलो, देखूँ। आओ कोयल।

[देवद्युति और रीटा निकलते हैं। कोयल एक बार अनिरुद्ध की ऑफिस की ओर देखकर निकलती है। अनिरुद्ध के चैम्बर में प्रकाश होता है। अनिरुद्ध और देवाशीष हैं।]

अनिरुद्ध : बेस्ट ऑफ लक देवाशीष। नई कम्पनी में तुम्हारी और उन्नति हो।

देवाशीष : थैंक्यू सर।

अनिरुद्ध : कब फ्लाई कर रहे हो ?

देवाशीष : वीसा आ जाए। सामने सप्ताह में हो जाएगा।

अनिरुद्ध : किस फ्लाइट से जा रहे हो ?

देवाशीष : एस ए एस। कोलकाता-दुबई-हेग। दुबई में एक छोटा सा हॉल्ट है।

अनिरुद्ध : हो सके तो दुबई में थोड़ा घूम लेना।

देवाशीष : समय नहीं पाऊँगा सर। कम्पनी चाहती है जितनी जल्दी सम्भव हो, मैं ज्वाइन कर लूँ।

अनिरुद्ध : पीटर वैन का काम क्या है?

देवाशीष : कम्पनी नई है सर। वे मछली सप्लाई करते हैं। बेडेन सी में उनका एक लीज लिया हुआ है। कॉड, हेरिंग, डेब वोयाटिंग—इस तरह की नाना प्रकार की समुद्री मछली पकड़कर वे नीलामी के लिए भेजते हैं। इकोसाउंडर की सहायता से वो मछलियाँ पकड़ते हैं।

अनिरुद्ध : बीडिंग कहाँ होती है?

देवाशीष : एक पोर्ट पर, नाम है स्केविनिनयेन।

अनिरुद्ध : बीच में नेट पर देख रहा था। अधिकांश मछलियाँ शायद मरी जा रही हैं। विशेष रूप से फ्लैटफिश सारी।

देवाशीष : हाँ। इसके अलावा समुद्र में सेवार बढ़ रहा है। पानी जब बहुत ठंडा हो जाता है तब मछलियाँ अंडे देती हैं। फलस्वरूप मछलियों के अंडे भी नष्ट होते जा रहे हैं।

अनिरुद्ध : हाँ। पढ़ा था कि यूरोपियन यूनियन के सारे देश शायद चाहते हैं कि जितना अधिक सम्भव हो मछलियाँ पकड़ी जाएँ। हायर लिमिट शायद वे लोग ही डिसाइड करेंगे।

देवाशीष : वही तो समस्या है सर। समुद्र के देने की भी तो एक लिमिट है। जो भी हो, मुझे जाकर पहले एक प्रोजेक्ट-रिपोर्ट बनानी होगी। किस तरह मीठे जल से खाद और कीटनाशक साफ करके उसमें प्लेस-प्रजाति की मछलियों की खेती की जाए। नहीं तो जैसे चल रहा है उससे तो एक दिन समुद्र से सारी मछलियाँ खत्म हो जाएँगी।

अनिरुद्ध : तुम कर पाओगे? ये सब जानते हो तुम?

देवाशीष : सर मैंने पीसी कल्चर लेकर दो वर्ष पढ़ा है।

अनिरुद्ध : पीसी कल्चर? मतलब पीसी *(बुआ)* को लेकर संस्कृति?

देवाशीष : नो सर। अबाउट फिशरीज़। वही दिखाकर तो नौकरी पाई है। और आप तो जानते हैं कि डच कम्पनियाँ मछली पकड़ने में सिद्धहस्त हैं।

अनिरुद्ध : जिस किसी भी व्यवसाय में ही। ओके देवाशीष। तुम आओ फिर।

देवाशीष : थैंक्यू सर।

[देवाशीष निकलता है। साथ ही साथ कोयल प्रवेश करती है]

कोयल : तुम मुझसे मिल क्यों नहीं रहे हो?

अनिरुद्ध : यह क्या, तुम फट से चली क्यों आई?

कोयल : अच्छा किया है मैंने। बताओ, मिल क्यों नहीं रहे हो? फोन करने पर उठाते नहीं हो, एस.एम.एस. का उत्तर नहीं दे रहे हो—क्या हुआ है तुम्हें?

अनिरुद्ध : नहीं, सुनो कोयल—

कोयल : कुछ नहीं सुनूँगी। बताओ तुम्हें हुआ क्या है?

अनिरुद्ध : मतलब—तुम्हारी—तुम्हारी—माँ—मतलब महुआ—

कोयल : हाँ, मेरी माँ—क्या हुआ?

अनिरुद्ध : कुछ-कुछ सन्देह कर रही है। मुझे बहुत टेंशन हो रहा है।

कोयल : यह नीचता है। उस महिला से मेरा कुछ नहीं लेना-देना।

अनिरुद्ध : मुझे है। *(कोयल देखती है)* मुझे फिक्र है। प्रियव्रत मेरा घनिष्ठ मित्र है। कितने दिनों पहले से।

कोयल : मैं वह सब नहीं जानती। तुम मेरे हो। तुम सिर्फ मेरे हो।

अनिरुद्ध : आय एम मैरिड।

कोयल : इससे मेरा कुछ नहीं आता-जाता।

अनिरुद्ध : तुम क्या मुझे हानि पहुँचाना चाहती हो? *(नीरवता)*

कोयल : यह बात तुम मुझसे बोल पाए? बोल सके? अनिरुद्ध, मैंने सारा जीवन सिर्फ अपने को हानि पहुँचाई है। अपने को। दूसरे को हानि पहुँचाना क्या होता है, किसे कहते हैं—यह मैं नहीं जानती। कैसे तुमने मुझे हार्मफुल सोच लिया अनिरुद्ध?

अनिरुद्ध : कोयल—

कोयल : तुम मुझे नहीं समझते, जानती हूँ—इसीलिए प्लीज उस न समझने का दायित्व मेरे ऊपर मत डालना—

अनिरुद्ध : आश्चर्य! क्यों इतना रिएक्ट कर रही हो तुम?

कोयल : मैं कर रही हूँ। मेरे माता-पिता—वे मेरे कोई नहीं हैं। *(अनिरुद्ध कुछ बोलने को होता है)* तुम्हीं मेरे सब कुछ हो। नहीं-नहीं, तुम मत सोचो कि मैं किसी तरह की इलेक्ट्रा कॉम्प्लेक्स से भुगत रही हूँ। यही कि मैं असल में तुम्हारे भीतर अपने खो गए पिता का आइकोन खोज रही हूँ—जो—नेवर माइंड। मैं तुमसे प्यार करती हूँ, क्योंकि मेरी स्नायु, मेरी हड्डियाँ, मेरा मांस सब कुछ मुझसे यह बात कहते हैं। मेरा समस्त शरीर, मन सभी मिलकर मुझसे यह बात कहते हैं। सुन पा रहे हो अनिरुद्ध? इसके पीछे कोई लॉजिक नहीं है, कोई एक्सप्लानेशन नहीं है

और अपने उस इललॉजिकल स्टेट ऑफ माइंड में ही मैं रहना चाहती हूँ। आजीवन। चलो!

[कोयल एक झटके में निकल जाती है। अनिरुद्ध पीछे से उसे रोकने जाता है। कोयल निकल जाती है। देवद्युति प्रवेश करता है। देवद्युति और अनिरुद्ध टकरा जाते हैं]

देवद्युति : ओह! सॉरी सर। आपको लगी तो नहीं?

अनिरुद्ध : नहीं। ठीक है। बोलो, क्या बोलोगे?

देवद्युति : मैं जरा जल्दी चला जाऊँगा। मेरी एक मीटिंग है।

अनिरुद्ध : ओके। नो प्रॉब्लम।

देवद्युति : असल में—

अनिरुद्ध : नो प्रॉब्लम, अब जाओगे क्या?

देवद्युति : मैं मतलब—

अनिरुद्ध : टाइमली आना।

देवद्युति : मेरी मीटिंग—

अनिरुद्ध : इट्स ओके। टेक केयर। बाई। बेस्ट ऑफ लक।

[देवद्युति को अनिरुद्ध लगभग धक्का देकर बाहर निकाल देता है। फोन बज उठता है। अनिरुद्ध फोन उठाता है।]

अनिरुद्ध : हाँ, अंकल बोलिए। हाँ, रीटा ने कहा है मुझसे। मैंने उन लोगों से बात कर ली है। कोई असुविधा नहीं है। क्या हुआ है? गैस? आप एक काम करें अंकल। कलकत्ता चले आएँ। मुझे एक अच्छे गैस्ट्रो-एंट्रोलॉजिस्ट की जानकारी है। आपकी गैस-एसिडिटी—छाती की जलन सब ठीक कर देगा। इमिडिएट मेडिसिन? अच्छा लिखें। पेंटोडाक अभी, और कल सुबह खाली पेट लैन थर्टी लीजिएगा। सात दिन खाएँ। ठीक हो जाएगा। ओके अंकल। थैंक्यू।

[फोन रखता है। ढेर सारे रिंग की आवाज आती है। उन आवाजों के साथ अनिरुद्ध रिएक्ट करता है। वह जैसे डरता है। रिंग मिश्रित हो जाते हैं। अनिरुद्ध अपना सिर अपने दोनों हाथों में रख निश्चेष्ट बैठा रहता है। मद्धिम लय में संगीत की आवाज़ आती है। अनिरुद्ध ताकता है। जैसे कोयल आकर खड़ी हो गई हो।]

कोयल : अनि, मैं चली जाऊँगी। नहीं, मुम्बई नहीं। कैलिफोर्निया भी नहीं। डुआर्स भी नहीं। मैं किसी और शहर में चली जाऊँगी। जहाँ अन्ततः तुम नहीं होगे। मैं नहीं हूँगी। या हम लोगों की कोई स्मृति नहीं होगी। शहर का क्या नाम है, नहीं जानती। मैंने निश्चय किया है कि शहर का नाम रखूँगी अलडोराडो अथवा मोहनजोदड़ो। मैं अपनी तरह से जीवित रहूँगी। और हर रोज तुम्हें भूलूँगी। थोड़ा-थोड़ा करके।

[कोयल जब ये बातें बोल रही थी, तब उसके पीछे का मंच भी बदल रहा था। हलके प्रकाश में देखा जाता है कि वह कोयल का फ्लैट है। अनिरुद्ध उसके निकट आता है।]

अनिरुद्ध : कोयल, तुम जाना नहीं, प्लीज। मैं तुम्हें बिना देखे नहीं बचूँगा।

कोयल : बचोगे। तुम्हारा घर, तुम्हारा ऑफिस, तुम्हारा काम, तुम्हारी मीटिंग, तुम्हारी लेट नाइट पार्टी—इन्हीं सबको लेकर तुम बचोगे।

अनिरुद्ध : मैं नहीं सकूँगा कोयल। मैं नहीं सकूँगा। मेरा दम घुट रहा है। रोज सुबह अवसाद मेरी आँखों की पुतलियों से सट जाता है। पूरे दिन के लिए। मैं एक मशीन बनकर रह जाता हूँ।

कोयल : वो तुम्हें लगता है। तुम वास्तव में अच्छे हो अनिरुद्ध—तुम अच्छे हो।

अनिरुद्ध : मैं अच्छा नहीं हूँ। बिलकुल भी अच्छा नहीं हूँ। तुम्हारे चले जाने पर मुझे कष्ट होगा। कोयल मुझे कष्ट होगा।

कोयल : नहीं होगा। वह कष्ट अर्थहीन है। हम लोगों के सम्बन्ध की तरह। अर्थहीन, परिणतिविहीन एक कष्ट। कष्ट को सीने से उतारकर डस्टबिन में फेंक दो।

अनिरुद्ध : मैं नहीं कर पाऊँगा। कोयल, मैं नहीं कर पाऊँगा।

कोयल : तुम कर पाओगे। *(बैग से किताब निकालती है)* यह लो। जीवनानन्द की श्रेष्ठ कविताएँ हैं। तुम्हें अच्छी लगती थीं। मेरी यह पुस्तक तुम्हारे पास रहेगी।

अनिरुद्ध : मुझे किताब नहीं चाहिए। मैं तुम्हें चाहता हूँ। कोयल, मैंने जीवन में कभी किसी से इस तरह से नहीं कहा। शायद और कभी, किसी दिन, किसी से नहीं कह पाऊँगा। तुम रहो कोयल, मेरे साथ रहो।

कोयल : नहीं। यह नहीं हो सकता। मैं तुम्हारी क्षति कर बैठूँगी।

अनिरुद्ध : वो एक बात के लिए बात थी। मैंने मीन करके नहीं कहा था।

कोयल : जानती हूँ मैं। तब भी मेरे न चाहते हुए भी तुम्हारी हानि हो सकती है।

अनिरुद्ध : नहीं होगी। हो नहीं सकती। कोयल, मुझे छोड़कर न जाओ। मुझे कसकर पकड़ो तुम।

कोयल : अनिरुद्ध, प्लीज मुझे दुर्बल मत बनने देना। मैं अपने मन को कड़ा बनाना चाहती हूँ।

अनिरुद्ध : नहीं, तुम ऐसा न करो। तुम मेरे लिए क्रुएल न बनो।

कोयल : मैं तो वही हूँ। मुझे सभी वही समझते हैं। और मैं वही हूँ।

अनिरुद्ध : नहीं, कभी नहीं, वे गलत समझते हैं। मैं तुम्हें जानता हूँ। तुम वास्तव में एक छः वर्ष की लड़की से भी अधिक कोमल हो। मैं जानता हूँ तुम्हें।

कोयल : तुम्हारे उस जानने को मैं अब और नहीं चाहती। मैं जीवन को दूसरी तरह से जानना चाहती हूँ। मुझे उसी को अब चाहना ही होगा।

अनिरुद्ध : कोयल, डोंट बी सो व्हीम्सकल।

कोयल : मैं वही हूँ। मैं सारा जीवन व्हीम्स में ही चली हूँ। और जितने दिन सकूँगी, इसी प्रकार जीऊँगी। बाई।

अनिरुद्ध : नहीं, न जाओ। रुको। तुमने मैदान में मुझे खड़ा करके कविता सुनाई थी—

कोयल : हाँ, हो ही सकता है।

अनिरुद्ध : मेरा जीवन उस दिन से बदल गया था—मेरी आँखों के आगे बादल का टुकड़ा भी तैर रहा है। रेसकोर्स की दिशा की ओर से एक काला बादल का टुकड़ा घोड़े की तरह दौड़ता हुआ सेकंड ब्रिज की ओर उड़ता चला गया। थोड़ी-थोड़ी वर्षा की आँच— तुमने कहा, 'दुर्गम पथ छोड़कर सन्ध्या के अँधेरे में उस एक नारी ने आकर पुकारा मुझे, कहा—तुम्हें चाहती हूँ। बेंत के फल के समान नीलाभ व्यथित तुम्हारे दो नयन। खोजा है नक्षत्रों में मैंने—कुहासे के पंखों में...वनलता सेन'!

कोयल : मुझे याद है। रहने दो अभी।

अनिरुद्ध : 'सन्ध्या की नदी के जल में नाम से जिस प्रकाश को जुगनुओं की देह में ढूँढ़ा, तुम्हें ही वहाँ— '

कोयल : कहती हूँ बन्द करो।

अनिरुद्ध : 'धूसर उल्लू की तरह डैने फैलाकर अघ्राण के अन्धकार में धान सीडी नदी—'

कोयल : तुम्हें चुप रहने को कहती हूँ।

अनिरुद्ध : 'सोने की सीढ़ी की तरह धान के बाद धानों में तुम्हें ही ढूँढ़ा मैंने, निर्जन में उल्लू की तरह प्राणों में।'

कोयल : *(चीखती है)* रुको।

(अनिरुद्ध रुकता है। कोयल रो पड़ती है। अनिरुद्ध आकर उसे जकड़ लेता है। कोयल उसके माथे पर हाथ रखती है। इसके बाद छोड़ देती है। उठने को होती है। किन्तु रुक जाती है। कारण, कमरे में प्रियव्रत और महुआ ने प्रवेश किया है। वे यह दृश्य देखकर हतप्रभ रह जाते हैं। एक सेकंड की नीरवता है। उसके बाद कोयल कंधे पर बैग लेकर झटके से निकल जाती है।)

महुआ : छी:-छी:-छी:। अन्त में आप? छी:। मैं तो सोच भी नहीं सकती थी!

[कोयल जिधर गई थी उधर चली जाती है। प्रियव्रत अनिरुद्ध की ओर देखता है। मंच पर केवल दो जन! नीरवता]

अनिरुद्ध : सॉरी प्रियव्रत। *(प्रियव्रत देखता रहता है)* वास्तव में कोयल प्रेम कर रही थी। और मुझसे ही कर रही थी।

प्रियव्रत : इट्स ऑल राइट।

[बैठ जाता है]

अनिरुद्ध : आएम सॉरी। प्लीज तू मुझे ट्रेटर मत समझना।

प्रियव्रत : मैं वह नहीं सोच रहा हूँ।

[उठकर एक कोने में चला जाता है]

अनिरुद्ध : *(पीछे-पीछे जाता है)* तू क्या एक गिलास पानी पीएगा?

प्रियव्रत : नहीं, ठीक है। *(रुकता है)* थोड़ी ब्रांडी मिलती तो अच्छा होता।

अनिरुद्ध : मेरे पास नहीं है। *(नीरवता)* सॉरी प्रियव्रत।

प्रियव्रत : मैंने कहा तो ठीक है। *(रुकता है)* कब से?

अनिरुद्ध : यही लगभग पाँच महीने से। *(सोचकर)* हाँ, पाँच महीना ही होगा।

प्रियव्रत : किन्तु तूने—तूने तो कॉलेज-जीवन में भी कभी किसी से प्यार नहीं किया था?

अनिरुद्ध : वही तो। कैसे हो गया—मैं नहीं जानता। मैं रियली नहीं जानता।

प्रियव्रत : हूँ। तू पानी पीएगा थोड़ा?

अनिरुद्ध : नहीं, रहने दे। *(रुकता है)* व्हिस्की मिलती तो कुछ होता—

प्रियव्रत : नहीं है। तू प्लीज नर्वस मत हो। तुझे नर्वस होते हुए देखना अच्छा नहीं लगता। नर्वसनेस तो मेरा स्वभाव है। *(निकट आकर सान्त्वना देता है)* प्लीज अनि—नर्वस मत हो।

अनिरुद्ध : थैंक्यू प्रिय। *(रुमाल से आँख पोंछता है)* थैंक्यू।

प्रियव्रत : मुझे अनबिलिवेबुल लग रहा है। तू—अनि—तेरे पास बेटी को यही कुछ दिनों पहले ही तो भेजा था और तू *(क्रोधित होकर हठात्)* क्यों किया तूने ऐसा? क्यों? मेरा जानी दोस्त होकर मेरी ही बेटी को तूने—

अनिरुद्ध : प्रिय, तू मेरी बात सुन—

प्रियव्रत : सुनने के लिए कुछ नहीं है। मैं सोच नहीं पा रहा। तुझसे कितनी छोटी, तेरी बेटी की उम्र की—तूने उसके ओह-ओह-हो! अनि, तू-तू मेरा इतना गहरा मित्र। तू यह कैसे कर पाया, बता—

अनिरुद्ध : *(निकट आकर सान्त्वना देता है)* रोना मत प्लीज। तुझे रोना शोभा नहीं देता।

प्रियव्रत : *(रोता है)* लड़कपन में स्कूल में बॉक्सिंग करता था। सभी मुझे मारते थे। घर लौटकर आईना देखता था। ठीक उस समय जो चेहरा मैं देखता था अभी तेरा चेहरा उसी तरह लगा।

अनिरुद्ध : *(रुमाल देता है)* रो मत। अकारण नयनों में आँसू का आना मेरे स्वभाव में है—तुझे एकदम अच्छा नहीं लगता। प्लीज प्रियव्रत तू रो मत।

प्रियव्रत : *(रुमाल से आँखें पोंछता है)* थैंक्यू। याद है अनि, तू और मैं कॉलेज में पढ़ने के दिनों में शम्मी कपूर का सिनेमा देखने जाते थे। तू केवल वही गीत गाता था, 'आजकल तेरे मेरे प्यार के चर्चे हर जबान पर। सबको मालूम है और सबको खबर हो गई।'

अनिरुद्ध : तो क्या?

[महुआ कुछ देर पहले आई थी]

महुआ : तो बहुत-कुछ। सुनो—कोयल चली गई।

प्रियव्रत : कहाँ गई?

महुआ : नहीं जानती। कहा तुम्हें बाद में फोन करेगी। लो उठो। फोन करो।

प्रियव्रत : किसे?

महुआ : नन्दिनी को। उसे यह जानना उचित है कि उसका पति कितना लम्पट है।

प्रियव्रत : आह महुआ!

महुआ : नहीं, नहीं, मैं जो कहती हूँ वही करो। उसे जानना होगा।

प्रियव्रत : पागलपन न करो।

महुआ : कैसा पागलपन? करो फोन मैं कह रही हूँ। करो।

प्रियव्रत : अनिरुद्ध ने यदि कोई अपराध किया है तो अनिरुद्ध से बोलो। उसकी पत्नी बेचारी ने तो कोई अपराध नहीं किया है। उसे खामखाह कष्ट देने जा रही हो, क्यों?

महुआ : *(सोचती है)* नहीं—फिर भी—बात तो—

प्रियव्रत : 'सात करोड़ सन्तानों की हे मुग्ध जननी, रखा है बंगाली बनाकर, मनुष्य बनाया नहीं।'* मुझे और किसी अश्लील कथा के साथ जुड़ने के लिए मत कहो, मैं और सहन नहीं कर पाऊँगा।

महुआ : *(अनिरुद्ध से)* आप क्या कह रहे हैं?

अनिरुद्ध : *(पॉकेट से फोन निकालकर रिंग करता है)* हैलो—हाँ नन्दिनी। महुआ बात करेगी।

महुआ : हैलो। हाँ बोलो। नहीं—मतलब—अच्छा पकड़ो एक सेकंड। यह लो न—फोन पर नन्दिनी है।

प्रियव्रत : हैलो नन्दिनी। अच्छी हो? हाँ, सुनो न—आनेवाले बुधवार को हम लोगों की मैरिज एनवर्सरी है। सन्ध्या समय तुम और अनि हमारे घर आ रहे हो। हम और किसी को नहीं बुला रहे हैं। सिर्फ तुम लोग हो। और हो सकता है महुआ की बहन और बहनोई आएँ। ठीक है।

[फोन बन्द कर अनिरुद्ध के हाथ में देता है। अनिरुद्ध थोड़ा हँसता है। महुआ गम्भीर मुद्रा में रहती है।]

अनिरुद्ध : लेकिन यह कोयल कहाँ गई रे प्रिय?

प्रियव्रत : ऊँ?

[बैकग्राउंड म्यूजिक! डाउनलेफ्ट में कोयल आकर खड़ी होती है। दाहिनी ओर अनिरुद्ध अकेला आता है। एक प्रकाशवृत्त कोयल पर है। प्रियव्रत, महुआ गायब हो जाते हैं]

---

* कवि सुकान्त भट्टाचार्य की कविता की पंक्ति।

कोयल : प्रिय बाबा, मैं अभी मुम्बई में हूँ। एक फिल्म स्टूडियो में स्टिल फोटोग्राफी की ट्रेनी के रूप में काम कर रही हूँ। भाग्य से एक-दो वर्ष पहले यह काम सीखा था। फिलहाल यही काम करना मुझे भला लग रहा है। नहीं जानती कि कितने दिन लगेंगे! इसके अलावा एक एन.जी.ओ. के साथ बात कर रही हूँ। वे मुझे केरल भेजना चाहते हैं। मैं नहीं चाहती। नए किसी भी शहर में अब जाने की इच्छा नहीं हो रही है। मुझे जो करना है, इसी शहर में करूँगी।

अनिरुद्ध : कोयल, प्लीज लौट आओ। मेरे इस मेल का कम से कम जवाब तो दो। ठीक है, मेरे लिए न सही अपने माता-पिता के लिए लौट आओ। मुझे एक बार अपने संग मिला दो। प्लीज!

कोयल : माँ, मुझे तुम लोग ढूँढ़ने की कोशिश न करो। मैं मुम्बई में ही हूँ। दादू के घर पर थी। किन्तु यहाँ से गोरेगाँव बहुत दूर है। इसीलिए मैं लोखंडवाला में शिफ़्ट कर गई हूँ। और एक बंगाली लड़की के साथ ही रूम शेयर कर रही हूँ। उसका नाम रिंटू है। दिल्ली की लड़की है।

अनिरुद्ध : कोयल, मैं कल मुम्बई जा रहा हूँ। सिर्फ तुम्हारे लिए। नहीं जानता कि तुम्हें कहाँ खोजूँगा। प्रियव्रत ने बताया था कि तुम गोरेगाँव में एक फिल्म स्टूडियो में काम कर रही हो। तुम प्लीज मेरे इस मेल को रिस्पांड करो। मैं सुबह की फ्लाइट से जा रहा हूँ। किंगफिशर। सुबह साढ़े आठ बजे पहुँचेगी। एयरपोर्ट पर उतरकर तुम्हें देख पाऊँगा तो?

कोयल : प्रिय बाबा, मैं आज पुणे चली जा रही हूँ। वहाँ शूटिंग है। उन लोगों ने मुझे चीफ फोटोग्राफर के रूप से सेलेक्ट कर लिया है। सिनेमा सभी नए लड़के-लड़कियों के लिए बन रहा है। दो सप्ताह का आउटडोर है। बाबा, तुम्हें याद है, मुझे और माँ को लेकर तुम मेरे बचपन में एक बार पुणे गए थे? थोड़ा-थोड़ा याद है वह शहर। बहुत सुन्दर है। तुम्हें याद है बाबा?

अनिरुद्ध : मैं विवश होकर तुम्हें लिख रहा हूँ कोयल। सोचा था और सम्पर्क नहीं करूँगा। किन्तु, सफल नहीं हो सका। तीन महीने हो गए, तब भी तुम्हारा शहर मुम्बई मेरी आँखों के सामने आ जा रहा है। विशेषत: वह दिन। जब एक गाड़ी लेकर पूरे गोरेगाँव, फिल्म सिटी बार-बार घूमता फिर रहा था और प्रत्येक स्टूडियो का दरवाजा बाहर से ही मुझे विदा कर दे रहा था। रबड़ के

गद्दे से शायद सूई खोजी जा सकती है किन्तु एक बड़े शहर में एक 'खुद से खो गए' इन्सान को खोज पाना असम्भव है। कोयल कम से कम एक बार तो जवाब दो। एक बार।

कोयल : प्रिय सुदीप, रिंटू आज घर जाएगी। उसने तुझे बता देने को कहा कि मौसी को एक फोन कर देना है। और पर्टीकुलर्ली तुझे शरारत न करने के लिए कहा है। कहा कि मेरा प्यारा भाई लड्डू खाना पसन्द करता है। वह सी.आर. पार्क से तुम्हारे लिए अच्छे लड्डू ले आएगी। और तुम्हें खाने में असुविधा लगे तो यहीं आकर एक-दो दिन खाकर जा सकते हो।

अनिरुद्ध : कोयल, तुम अच्छी रहो, जहाँ जिस अवस्था में रहो, तुम अच्छी रहो। तुम्हें धन्यवाद। तुम मेरे जीवन से चली गई हो, ठीक है पर मैं अपने अनेक सपनों की, अनेक खोई हुई यादों की, अपने जीवन के कई खूबसूरत पल सिर्फ तुम्हारे लिए नए सिरे से, नवीन रूप में आविष्कार कर पाया हूँ। सिर्फ तुम्हारे कारण मेरे लिए मेरे खुद का महत्त्व बहुत सार्थक हो उठा है। यह बात सही है कि अब मैं किसी के साथ भी ठीक-ठाक ढंग से बात नहीं कर पाता, असुविधा होती है—किन्तु अकेले-अकेले तुम्हारे साथ तो बात कर पाता हूँ। वह जो किताब तुमने दिया था, वह पानी की तरह घूम-घूमकर अकेली बातें करती है। तुम मेरा सब-कुछ छीन सकती हो, तुम्हारे साथ अकेले-अकेले मेरा बात करना बन्द नहीं कर पाओगी। मेरा निस्सहाय शरीर फिर सम्पूर्ण सजग हो उठता है, जब मैं सिर्फ तुम्हारे साथ बातें करता हूँ। इतनी उत्तेजना मैंने अपने जीवन में पहले कभी नहीं महसूस किया। इसी कारण तुम मेरी अपनी हो कोयल। मेरी अपनी। अच्छी रहो।

[संगीत बदलता है। ऑफिस मंच पर लौट आया है। अनिरुद्ध अपने चेयर पर जा बैठता है। रीटा अपने रिसेप्शन पर। अनिरुद्ध के निकट देवद्युति खड़ा है।]

देवद्युति : सर, अंकल सेन्फ्रांसिस्को की गाड़ी की कम्पनी से बात करने को कह रहे हैं। जरूरत हो तो उनको कॉन्फ्रेंस काल करके ले जा सकते हैं।

अनिरुद्ध : जानता हूँ। वही पार्ट्स कम्पनी। पर उनका मोड ऑफ पेमेंट अच्छा नहीं है।

देवद्युति : नहीं। उनका नया सी.ई.ओ. आया है। मैंने देखा है, वह बहुत अधिक प्रॉम्प्ट है। मेल करने के आधे घंटे के भीतर उत्तर आ जाता है।

अनिरुद्ध : तुमने हम लोगों की मीटिंग कब तय किया है?

देवद्युति : नेक्स्ट वीकेंड में।

अनिरुद्ध : कहाँ?

देवद्युति : रायचक।

अनिरुद्ध : रैडिसन?

देवद्युति : नहीं। उसके निकट। मिल्यू के कारण एक नई जगह बनी है।

अनिरुद्ध : वह तो कुक्राहाटी में है।

देवद्युति : *(चकित)* आप जानते हैं, अमेजिंग!

अनिरुद्ध : जानने की कोशिश करता हूँ अब। अखबारों के पन्ने उलटता हूँ। पहले तो यह भी नहीं देखता था। छोटी जगहों को पहचानना भी तो उचित है। *(हँसता है)*

देवद्युति : सर, अंकल ने फोन किया है। *(फोन में)* हाँ, अंकल बात कर ली है। सर आज ही कॉन्फ्रेंस कॉल कर लेंगे। अभी तो वहाँ सभी सो रहे हैं। शाम हो जाए। हाँ, हाँ, सर हैं यहाँ। सर अंकल चाहते हैं।

अनिरुद्ध : हैलो, अंकल कहिए। क्या हुआ है! माइग्रेन। सिरदर्द बढ़ा है? अच्छा एक काम करें। नहीं-नहीं, इतनी भारी औषधि नहीं लेनी होगी जल में घोलकर एक डिस्पिरिन खा लें। शरीर हल्का हो जाएगा। अच्छा अंकल। मैं बात कर लूँगा। आप फिक्र न करें।

[फोन देवद्युति को लौटा देता है। देवद्युति चला जाता है। अनिरुद्ध के लिए फिर फोन आता है। प्रकाश घटने लगता है।]

अनिरुद्ध : हाँ प्रियव्रत, कहो।

[डाउन में प्रियव्रत दिखता है। प्रियव्रत बात करता है। अनिरुद्ध की आवाज नहीं सुनी जा रही। वह जैसे बात कर रहा है। प्रियव्रत की ही बातें सिर्फ सुनाई पड़ती है।]

प्रियव्रत : हैलो अनि, सुनो—रशीद का प्रोग्राम रविवार को है। अकेले का। कलामन्दिर में। मैंने चार टिकट ले ली है। तू नन्दिनी से बात कर ले। चारों जन देखकर ऐस्ट्रे में डिनर करके लौटेंगे।

महुआ बार-बार बोल रही है। तू बात कर ले, ले। बाय!

[प्रियव्रत अदृश्य हो जाता है। दूसरी ओर श्रेया फोन करती है। प्रकाश घटता है।]

श्रेया : पापा, मैंने जी.आर.ई. ट्रेनिंग की सोची है, मुझे नीलांजना हेल्प करेगी। दूँ न पापा? मैंने स्कीम के बारे में जान लिया है। थोड़े अधिक रुपए लगेंगे। मुझे दोगे न पापा? अच्छा लोन के रूप में दो। मैं नौकरी पाकर चुका दूँगी। अरे, आई एम जोकिंग पापा। नहीं-नहीं, बोलो न पापा, सीरियसली दूँ न जी.आर.ई.?

[फिर फोन के रिंग टोन की आवाज। श्रेया अदृश्य हो जाती है। दूसरी ओर नन्दिनी है। प्रकाश घटता है।]

नन्दिनी : हैलो, सुन रहे हो? तुम प्लीज आते समय बेक्ड बीन लेते आना न। और हाँ, कुछ मिक्स्ड वेजीटेबल्स। और ओ हाँ, माँ ने कहा था कि जलपाई की चटनी बनाएगी। मुझसे...। देखना मॉल में पाते हो कि नहीं। ओ हाँ, सुनो, आसन की किताब मैंने पढ़ी। मैं सोच रही हूँ कि एक योगा का ड्रेस खरीदूँगी, पहनने पर बुरा लगेगा?

[फिर रिंग की आवाज। आवाज कट जाती है। स्वर सुनाई पड़ता है, 'जिस वोडाफोन नम्बर पर आपने डायल किया है इस वक्त उसका स्विच ऑफ है। कुछ देर बाद आप फिर कोशिश करें। धन्यवाद।']

[अनिरुद्ध सामान सम्हालते हुए निकलने को है। अचानक रुक जाता है। सामने कोयल खड़ी है। प्रकाश बढ़ता है। संगीत पूरी तरह रुक जाता है। नीरवता]

कोयल : हाय!

अनिरुद्ध : *(नीरवता। उसके बाद बोलता है)* हाय!

कोयल : कैसे हो?

अनिरुद्ध : अच्छा हूँ। तुम?

कोयल : बहुत अच्छी। रुको, तुम्हारे साथ किसी का परिचय करा दूँ। *(बुलाती है)* सुदीप। सुदीप राय।

[सुदीप आता है। साफ-सुथरा चेहरा]

कोयल : मि. सुदीप। सुदीप मेरी मित्र रिंटू का भाई है। और, सुदीप, ये हैं अनिरुद्ध। अनिरुद्ध चटर्जी। मेरे बाबा के मित्र। मेरे अनि चाचू।

सुदीप : हाय! सुदीप। सुदीप राय।

[नीरवता]

कोयल : असल में अनि चाचू क्या हुआ कि सुदीप कलकत्ता में सेटल करना चाहता है। वह विजुअल ग्राफिक्स डिज़ाइन का काम करता है। कलकत्ते में एक कम्पनी में उसे काम मिला है। तो वह इसी साल्टलेक की सीमा में एक फ्लैट खोज रहा है। तुम्हारी जान-पहचान के तो कई लोग हैं। तुम देखो न अगर एक अच्छा फ्लैट पाया जा सकता।

सुदीप : नहीं, साल्टलेक में ही होना चाहिए, ऐसा कुछ नहीं है। एनी प्लेस। लेकिन सेंट्रली लोकेटेड हो तो बढ़िया।

कोयल : मैं भी तब कलकत्ता आ जाऊँगी। सुदीप के बिना मेरा रहना असम्भव है। ठीक है न, बोलो?

सुदीप : *(कोयल का सिर हिलाता है)* कम ऑन। यू क्रेजी।

कोयल : यू आलसो क्रेजी। जानते हो अनि चाचू, सुदीप कितना सुन्दर फोटो खींचता है तुम सोच भी नहीं पाओगे। लास्ट मन्थ में हम लोग रणथम्भौर गए थे। वहाँ से भरतपुर। जो फोटोग्राफी की है न—ऑ सम।

सुदीप : तुम चुप रहो तो।

कोयल : तू चुप रहो। स्टुपिड कहीं के!
(सुदीप को घूँसा मारती है। सुदीप मजे लेता है। उसका एक फोन आता है। सुदीप 'एक्सक्यूज मी' कहकर एक ओर सरक जाता है। अनिरुद्ध और कोयल आमने-सामने हैं।)

सुदीप : तुम्हें अच्छा नहीं लगा? *(अनिरुद्ध कन्धे हिलाता है)* मैं जानती थी तुम्हें अच्छा लगेगा। ही इज अ फैंटास्टिक चैप। एनी वे फ्लैट खोजोगे तुम?

अनिरुद्ध : देखूँगा। साल्टलेक में न होने पर भी देखता हूँ कहीं-न-कहीं हो जाएगा।

कोयल : प्लीज देखो और सुनो, घर का इंटेरियर मैं खुद करूँगी।

अनिरुद्ध : निश्चित ही।

कोयल : अन्दर के एक कमरे को स्टूडिओ बनाऊँगी। हम लोग खुद चित्र खींचकर प्रोसेस करेंगे।

अनिरुद्ध : अच्छा।

कोयल : तुम्हें उसकी सारी फोटोग्राफी दिखाऊँगी। कितना टैलेंटेड है, तुम सोच नहीं पाओगे!

अनिरुद्ध : उसे देखकर ही वैसा लगता है।

कोयल : लगता है न, बताओ? सभी कहते हैं। वैसे कई महीने छोटा है मुझसे। पर हावभाव देखो—लगता है पक्का बूढ़ा।

अनिरुद्ध : ए कोयल!

कोयल : हाँ, बोलो।

अनिरुद्ध : तुम्हारी यह किताब मेरे पास रह गई है।

कोयल : ओह! जीवनानन्द की श्रेष्ठ कविता? दो। अच्छा रहने दो तुम्हारे पास। *(किताब वापस देता है)*

अनिरुद्ध : क्यों, रहेगी क्यों? तुम्हारी किताब तुम ले लो। मेरा पढ़ना हो गया है।

कोयल : नहीं रहने दो। रहने दो उसे तुम्हारे पास।

[अनिरुद्ध कोयल को देखता रहता है। सुदीप फोन रखता है।]

सुदीप : कोयल, मुझे एक बार, क्या जाने क्या नाम बताया जगह का, हाँ तारातला जाना होगा। मेरा एक साथी चेन्नई से आया है। रामू। उससे मिलूँगा।

कोयल : चलो, मैं भी चलूँगी। तुम अकेले पहचान पाओगे क्या? कलकत्ता में खोकर भूत हो जाओगे। चलती हूँ अनि चाचू। बाद में तुमसे हम लोग कन्टैक्ट करते हैं।

सुदीप : चलता हूँ आज। नाइस मीटिंग।

अनिरुद्ध : सेम टू हियर। फिर मिलेंगे।

कोयल : बाय!

[कोयल और सुदीप चले जाते हैं। धीमा संगीत बज उठता है। अनिरुद्ध उठकर फ्रंट स्टेज पर आता है। मन ही मन हँसता है। वह हाथ में पकड़ी हुई जीवनानन्द की किताब पलटता है। 'शंखमाला' कविता का शेषांश पढ़ता है। कविता पढ़ना समाप्त होता है। कविता के अन्त की ओर संगीत बन्द हो जाता है। नीरवता। अनिरुद्ध जाकर अपनी चेयर पर बैठता है, अपने मन से हँसता है। ढेर सारी रिंग्स की आवाज होती है। संगीत फिर बज उठता है।

अनिरुद्ध दर्शकों की ओर पीछे घूमकर बैठता है। साइक्लोरामा में असंख्य तारे हैं। अनिरुद्ध आकाश देखता रहता है। संगीत का लय बढ़ जाता है। परदा गिरता है। पीछे से जीवनानन्द की पंक्तियों की आवृत्ति होती है।]

शंख की तरह सफेद मुख उसका
हाथ दोनों उसके हिम,
नयनों में उसके हिजल* भरे मैदान की रक्तिम चिता जले।
दक्खिन सिरहाने सिर शंखमाल ज्यों जली जाए आग में हाय!
नयनों में उसके मानो बीती शताब्दी का अन्धकार।
स्तन उसके कोमल शंख से, दुग्ध से आर्द्र। कब की शंखिनी माला
ये पृथ्वी एक बार पाए उसको—पाए न बार-बार।

---

* 'हिजल' एक वृक्ष।

बम (बोमा)

पात्र-सूची

1. उल्लासकर दत्त,
2. बारीन घोष,
3. प्रफुल्ल चक्रवर्ती,
4. नलिनी गुप्त,
5. विभूति सरकार,
6. कल्पना चक्रवर्ती,
7. फ्रेडरिक हैलिडे,
8. शार्लेट हैलिडे,
9. स्टीवेंसन मूर,
10. चार्ल्स टेगार्ट,
11. परेश मल्लिक,
12. बेयरा,
13. चाबुकधारी,
14. सुशील मुखर्जी,
15. किंग्सफोर्ड,
16. अरविन्द घोष,
17. हेमचन्द्र कानूनगो,
18. उपेन्द्रनाथ बन्द्योपाध्याय,
19. उमापति दत्त,
20. 5 लोग देशी,
21. सरोजिनी घोष,
22. मतिलाल राय,
23. लेले महाराज,
24. अविनाश भट्टाचार्य,
25. खुदीराम बोस,
26. प्रफुल्ल चाकी,
27. कैप्टन एम्स्ट्रांग,
28. पुलिस कांस्टेबल,
29. पूर्णचन्द्र लाहिड़ी,
30. कृष्ण कुमार मित्र,
31. कन्हाई लाल दत्त,
32. सत्येन बसु,
33. नरेन्द्रनाथ गोसाईं,
34. चित्तरंजन दास,
35. कैप्टन मरे,
36. अरविंद का शिष्य।

प्रारम्भ

[फैले हुए अन्धकार के बीच पर्दा खुलता है। पीछे धीरे-धीरे दिघिरिया पहाड़ प्रकट होता है, देवघर, सुबह 6.15 बजे 29 जनवरी, 1908। मंच पर सुबह के सूर्य का प्रकाश पड़ रहा है। मंच के चारों ओर उल्लासकर दत्त बारीन घोष, प्रफुल्ल चक्रवर्ती, नलिनी गुप्त और विभूति सरकार मंच पर आते हैं। प्रफुल्ल के हाथ में बम है। बारीन नलिनी को इशारा करता है। नलिनी एक पेड़ की ओट में जाती है। बारीन उल्लास से कहता है।]

बारीन : कौन फेंकेगा, उल्लास?

उल्लासकर : प्रफुल्ल कहता है कि वह यह काम करेगा। मैं उसके साथ हूँ।

बारीन : मैं साथ रहूँ?

उल्लासकर : नहीं, बारीन दा। तुम और विभूति उस पत्थर के पीछे चले जाओ। मैं प्रफुल्ल के साथ रहता हूँ।

बारीन : बंगाल में अग्नि-युग शुरू हो रहा है उल्लास। इस बम का परीक्षण यदि सफल हो जाता है तब तुम इतिहास में अमर हो जाओगे।

उल्लासकर : ठीक है बारीन दा। अभी तुम लोग हटो। इसमें भयानक विस्फोटक भरे हैं। नाइट्रोग्लिसरीन मर्करी फाल्मिनेट और पिकरिक एसिड। इसमें उपस्थित मर्करी फाल्मिनेट पर हलका दबाव पड़ते ही यह फट सकता है। तुम चले जाओ बारीन दा। *(बारीन और विभूति को धकेलते हुए हटा देता है)* और चिल्लाकर बोलता है प्रफुल्ल रेडी?

प्रफुल्ल : रेडी उल्लास दा।

उल्लासकर : याद है। तुम उस दिघिरिया पहाड़ के पीछे बम फेंकोगे।

प्रफुल्ल : फेंकूँ?

उल्लासकर : फेंकने के साथ-साथ हम लोग दौड़ेंगे। ठीक है।

प्रफुल्ल : दौड़ेंगे उल्लास दा!

उल्लासकर : नाउ चार्ज। अब फेंको।

प्रफुल्ल : वन्दे मातरम्।

उल्लासकर : वन्दे मातरम्।

[प्रफुल्ल बम फेंकता है। विस्फोट! धुआँ और आवाज। धुआँ के हटने के बाद दिखता है कि प्रफुल्ल रक्त से भीग गया है। जमीन पर गिरता है। उल्लासकर भी थोड़ा घायल हो गया है]

उल्लासकर : प्रफुल्ल! प्रफुल्ल!

प्रफुल्ल : *(उल्लास की गोद में गिर पड़ता है)* कल्पना की देखरेख करना उल्लास दा। उसका तो और कोई नहीं है।

[प्रफुल्ल की मृत्यु हो जाती है। बारीन और अन्य दौड़कर आते हैं। नलिनी भी।]

बारीन : उल्लास, उल्लास! प्रफुल्ल!

उल्लासकर : प्रफुल्ल नहीं रहा। जमीन पर गिरने से पहले ही बम फट गया। स्प्रिंटर प्रफुल्ल की खोपड़ी में घुस गया।

विभूति : तो अब?

उल्लासकर : मृतदेह हटाना होगा। और उसके घर पर भी खबर देनी होगी। कल्पना नाम वाली किसी की बात कर रहा था। कल्पना कौन है?

नलिनी : कल्पना उसकी पत्नी है। उन लोगों का और कोई नहीं है।

[अन्धकार। मंच के एक कोने पर कल्पना दिखाई देती है। विधवा के वेश में खड़ी है। अन्धकार में ही विभूति और नलिनी प्रफुल्ल का शव स्ट्रेचर पर लाकर रखते हैं। कल्पना पत्थर-सी निश्चल खड़ी रहती है। अन्धकार में से बारीन की आवाज आती है।]

बारीन : तुम हम लोगों के दल में आ जाओ कल्पना! मेरी बहन सरोजिनी भी है। उसी के घर में रहना। तुम्हें कोई असुविधा नहीं होगी। कम होने पर भी महिलाएँ हमारे साथ जुड़ रही हैं। तुम भी आ सकती हो।

कल्पना : *(सिर हिलाती है)* उसने जब बम फेंका था तब उसके साथ कौन था?

बारीन : उल्लास। उल्लासकर दत्त।

कल्पना : उसके कहने पर ही बम फेंका था?

बारीन : हाँ। उल्लास की लेबोरेटरी में बना बम था। *(हँसता है)* हम लोग कहते हैं काली माँ का बम।

[अन्धकार फैलता रहता है]

प्रथम दृश्य

[कलकत्ता के पुलिस कमिश्नर फ्रेडरिक हैलिडे के किड स्ट्रीट पर स्थित घर का बैठकखाना। 6 फरवरी, 1908। हैलिडे फोन कर रहे हैं।]

हैलिडे : हैलो! मैं जो बोलता हूँ पहले उसे समझने की चेष्टा कीजिए। मेरी टिप्पणी-शीट को अच्छी तरह से पढ़कर समझें। मैंने तीन टाउन (नगर) कहा है। तीन टाउन (नगर) और दो सबार्व *(उपनगर)।*

[हैलिडे की पत्नी शार्लेट आकर उनकी टाई बाँधती रहती हैं। हैलिडे फोन पर बोलते हैं।]

मूर्ख! ब्लैकबोर्ड देखिए। फर्स्ट टाउन का पहला थाना श्याम पुकुर थाना है। बड़ा बाजार होगा सेकंड टाउन का पहला थाना। फेनिक बाजार थाना थर्ड टाउन के शुरू में है। लीजिए अब लिस्ट मिलाइए। ठीक है। ऑफिस में मेरे आने से पहले मैप को रिऑर्गनाइज करके रखिएगा। ठीक है, रखता हूँ। *(फोन रखता है)* काश, ये लोग एक भी बात ठीक-ठीक समझ पाते!

शार्लेट : कौन सी बात!

हैलिडे : अरे, टाउंस को फिर से क्रमबद्ध कर रहा हूँ। स्पेशल ब्रांच का शेप मिल गया तो सभी को मिलाकर एक बड़ा काम हो जाएगा। चौधरी आज भी ऑफिस में देर से आएगा।

शार्लेट : *(कॉफी के बर्तन से कॉफी उड़ेलती है)* क्यों ?

हैलिडे : अरे, आज हिन्दुओं की सरस्वती पूजा है न। चौधरी के घर पूजा होती है। बोलता है कि आरती करके ही आ जाएगा। *(कॉफी पीता है)* अच्छा, कल फर्स्ट लेडी से मिलकर कैसा लगा ?

शार्लेट : लेडी मिंटो ? ओ ! बहुत अच्छा ! गले में एमरल्ड था, देखा था ? अच्छा, कितना दाम होगा उसका ?

हैलिडे : कौन जाने कितना ! बड़े लाट की पत्नी के गहने का दाम यदि कलकत्ते का पुलिस कमिश्नर जानता तब तो हो ही जाता !

शार्लेट : तुमने कल पार्टी में बहुत ज्यादा ड्रिंक कर लिया था।

हैलिडे : नो मैडम। ओनली थ्री। देखा 'बॉस' है।

शार्लेट : बॉस माने ? फर्स्ट लेडी ?

हैलिडे : नो मैडम। व्हिस्की। खाँटी स्कॉटिश चीज !

शार्लेट : उफ्फ।

हैलिडे : मैंने तो देखा शोवर्स ने तुम्हारे साथ खूब फ्लर्ट किया !

शार्लेट : हाँ। तुम भी तो बैठे-बैठे मजे से देख रहे थे। सोच रहे थे कि देखो पत्नी कितना बिगड़ सकती है !

हैलिडे : अरे, हमारा प्रिडिसेशर *(पूर्व-ऑफिसर)*। रिटायरमेंट के बाद पार्टी में आया है। रिलैक्स्ड मूड! आखिर थोड़ा सा अपने अगले कमिश्नर की पत्नी के साथ हँसी-मजाक कर ही सकता है। लेकिन वह विशुद्ध ब्रिटिश है। बॉल डांस के समय भी देखा तुम्हारी कमर से ऊपर उसका हाथ नहीं गया।

शार्लेट : उफ्फ फ्रेडरिक ! तुमने उस पर भी ध्यान दिया था।

हैलिडे : मैडम, मेरा नाम फ्रेडरिक लक् हैलिडे है। नाम के लिए पुलिस कमिश्नर ऑफ कैलकटा किन्तु वास्तव में मुझे स्कॉटलैंड यार्ड में जासूसों का प्रधान होना चाहिए था।

शार्लेट : फ्रेडरिक, हम लोग इस बार गर्मियों में बकिंघम चलेंगे न ?

हैलिडे : कहाँ बकिंघम ? कलकत्ता की जो दशा है (उसमें) मुझे खुद को ही कभी-कभी बीच में वेकन और कभी हैम लगता है। क्या मैं शौक से कलकत्ता पुलिस को नए सिरे से व्यवस्थित कर रहा हूँ! इंडियन चूहे अब स्वाधीनता की गन्ध पा गए हैं। बंगाल विभाजन के बाद ये और भी बौखला गए हैं।

शार्लेट : हाँ! उस दिन यूनाइटेड सर्विस क्लब के डिनर पर भी सभी यही बात कर रहे थे। होम सेक्रेटरी के माथे पर शिकन देखा था।

हैलिडे : पिछले महीने 'युगान्तर'* के प्रिंटर को अरेस्ट किया है। अब इस महीने सान्ध्य पत्रिका के प्रिंटर को भी जेल में बन्द करूँगा। फिर नए बने नारायण गढ़ रेल स्टेशन पर विस्फोट *(एक्सप्लोशन)* हुआ है। इतना सब सम्हालने में...आह!

शार्लेट : क्या हुआ?

हैलिडे : पिछले महीने लाल बाजार में नया कंट्रोल रूम खोला है न, उसका एक वायरलेस परसों बिगड़ गया था। ओलरिज कॉल रिपोर्ट करेगा, कहकर भी नहीं किया। रुको तो उसको फोन करता हूँ। तुम देखो हमारा लंच (भोजन) तैयार हुआ कि नहीं।

[फोन करने के लिए बढ़े। फोन ही बज उठा।]

अभी कौन फोन कर रहा है?

[फोन उठाते हैं]

कमिश्नर ऑफ कोलकाता स्पीकिंग। हाँ, आई.जी. ऑफिस। दीजिए, लाइन दीजिए। हाँ, बोलिए, हूँ, क्या वे स्वयं आ रहे हैं? निकल पड़े हैं? ठीक है, ठीक है। थैंक्यू।

[फोन रखते हैं]

शार्लेट, अच्छी कॉफी बनाने को कहो। आई.जी. स्वयं हमारे घर आ रहे हैं।

शार्लेट : अर्थात् मि. मूर? स्वयं आ रहे हैं?

हैलिडे : हाँ। ऑफिस से पन्द्रह मिनट पहले निकल चुके हैं। तुरन्त ही आ पहुँचेंगे। इसका मतलब है कि कुछ सीरियस है।

[इंटरकॉम बजता है। हैलिडे फोन उठाते हैं]

भेज दो। *(फोन रखते हैं)* आ गए हैं। तुम अन्दर जाओ। कॉफी भेजो।

[शार्लेट अन्दर चली जाती है। बाहर से स्टीवेंसन मूर आते हैं।]

---

* तत्कालीन प्रमुख बँगला समाचार-पत्र।

हैलिडे : सर आप? एकदम सुबह ही घर चले आए? मुझे बुलवा लेते तो मैं ही आ जाता।

मूर : नहीं। इट्स वेरी अर्जेंट। सोचा, मैं ही आ जाऊँ। लेकिन मैं अकेला नहीं आया। मेरे साथ और एक जन हैं।

हैलिडे : कौन?

मूर : तुम्हारे डेपुटी कमिश्नर, स्पेशल ब्रांच।

हैलिडे : ओ! तो वे बाहर क्यों रह गए? उनहें अन्दर बुला लें।

मूर : बुलाता हूँ। उसके पहले तुम्हें बता दूँ कि क्यों सुबह उठकर ही तुम्हारे किड स्ट्रीट वाले घर में दौड़ा आया। असल में सुबह डी.आई.जी. साहब का ट्रंक कॉल आया था।

हैलिडे : दिल्ली से? स्टूयार्ड साहब का?

मूर : हाँ। तुमने क्या पिछले सप्ताह की दिघिरिया की घटना सुनी है?

हैलिडे : सुना है। डिटेल रिपोर्ट भी देखा है। एक्सप्लोशन तो?

मूर : कुछ टेररिस्टों ने फिर बम फोड़ा है। देवघर के निकट दिघिरिया पहाड़ पर। उनमें से एक मर भी गया है।

हैलिडे : देख रहा हूँ कि दो वर्षों से बम का प्रयोग बहुत बढ़ गया है!

मूर : हाँ। पहली बार पिछले वर्ष के नवम्बर में मानकुंडू, फिर दिसम्बर में खड़गपुर के निकट नारायणगढ़ में। दोनों बार ही टार्गेट थे बंगाल के छोटे लाट सर एंड्रू फ्रेज़ार।

हैलिडे : सर!

मूर : उसके बाद गार्डेनरिच में। चीफ प्रेसीडेंसी मजिस्ट्रेट किंग्सफोर्ड के लिए भेजा गया वो किताब-बम।

[पीछे की ओर सारे दृश्यों का पुनर्निर्माण दिखता है। डाकिए की पोशाक पहनकर परेश मल्लिक प्रवेश करता है। उसके हाथ में भूरे रंग के पैकेट में किताब है। किंग्सफोर्ड का बेयरा आता है। पीछे दृश्य का वर्णन करते हुए मूर की आवाज आती है।]

मूर की आवाज : एक हजार पचहत्तर पृष्ठों की किताब । किताब का नाम 'अ कमेंटरी ऑन द कॉमन लॉ डिजाइंड ऐज इंट्रोडक्टरी टू इट्स स्टडी'। लेखक हर्बर्ट ब्रूस। बाहर से देखने में किताब है। वास्तव में उसके भीतर एक संहारक बम है। किताब फीते से

बँधी थी। और किताब के भीतर के कई पन्नों को काटकर एक बाक्सनुमा जगह बनाकर एक पाउंड पिकरिक एसिड और डिटोनेटर से ठूँसा हुआ विस्फोटक था। उसके साथ एक स्प्रिंग ऐसी जोड़ी गई थी कि जैसे ही किताब खोली जाए बम आवाज के साथ फट जाए।

परेश : मजिस्ट्रेट साहब के लिए किताब है?

बेयरा : कौन भेजा?

परेश : हाई कोर्ट के जज साहब ने। इसके साथ साहब के लिए एक चिट्ठी भी है।

[बेयरा पैकेट ले लेता है। परेश चला जाता है। किंग्सफोर्ड प्रवेश करते हैं। पीछे से मूर की आवाज आती है]

मूर की आवाज : किंग्सफोर्ड पर इन आतंकवादियों का गुस्सा पुराना है। चौदह वर्ष के लड़के सुशील मुखर्जी को हाल ही में किंग्सफोर्ड ने सबके सामने पन्द्रह बेंत मारने का आदेश दिया था।

[सुशील को बेंत मारने का दृश्य पीछे से दिखाया जाता है। चाबुकधारी मारता है]

अतः किंग्सफोर्ड पर उनका गुस्सा बढ़ता ही गया था।

बेयरा : सर, आपके लिए जज साब ने एक किताब भेजी है और एक चिट्ठी भी।

किंग्सफोर्ड : लाइब्रेरी में रखो। पैकेट खोल लेना। किताब रखकर चिट्ठी मुझे दो।

[बेयरा गर्दन झुकाकर अन्दर जाता है, किंग्सफोर्ड टोपी उतारते हैं। भीतर प्रचंड विस्फोट की आवाज होती है। अन्धकार। हैलिडे का कमरा वापस मंच पर दिखाया जाता है।]

मूर : बम-विशेषज्ञ इंस्पेक्टर मासप्रैट विलियम्स हमें बताते हैं कि इतना खतरनाक बम इससे पहले बंगाल में नहीं देखा गया। और इसके समूचे कल कब्जे को देखकर समझ में आता है कि इसे पूरे का पूरा विदेश में जाकर सीखा गया है, सम्भवतः यह पहाड़ी शहर की मेकैनिक्स है। किंग्सफोर्ड अभी मुजफ्फरपुर में पोस्टेड हैं।

हैलिडे : हुम्म। मानकुंडू, नारायणगढ़, देवघर, गार्डेनरिच एक के बाद एक बम। दूसरी ओर रंगपुर में विधवा के घर डकैती, पाबता में डकैती, बाँकुड़ा में लूट—इन दोनों में क्या कोई कनेक्शन है, सर ?

मूर : है ही। दिल्ली से कॉल आया है। समझे नहीं क्या ? वे लोग सोचते हैं कि हम उतने सीरियस नहीं हैं।

हैलिडे : उनकी बातें छोड़िए। मैं सोच रहा हूँ कि अवश्य ही कोई बड़ा दिमाग उसके साथ जुड़ा है।

मूर : इक्जैक्टली। सुबह जब दिल्ली से कॉल आया तुम्हारा डेपुटी वहीं था।

हैलिडे : हाँ! मैं तो उसे हर दिन सुबह आपको वर्क-समरी ब्रीफ करने के लिए बोलता हूँ।

मूर : हाँ! सुना है स्पेशल ब्रांच का दायित्व भी उसे दे दिया गया है। *(हँसता है)* आफ्टर ऑल तुम दोनों आइरिश वंशी हो।

हैलिडे : नहीं सर। ही इज वेरी सीनियर। इनफैक्ट एंटायर केस ही वह देखता है।

मूर : उसने बताया कि कोई बड़ा महत्त्वपूर्ण इन्फॉर्मेशन मिला है। हम दोनों के सामने ही बोलेगा।

हैलिडे : बुलाऊँ उसे ?

मूर : बुलाओ।

[हैलिडे फोन करते हैं]

हैलिडे : चार्ल्स अगास्टस टेगार्ट को भेजो।

[टेगार्ट अन्दर आता है, सैल्यूट करता है]

मूर : यस मि. टेगार्ट!

टेगार्ट : सर!

मूर : मुझे और हैलिडे साहब को तुम्हारे पास जो खबर है, उसके बारे में बताओ।

[शार्लेट कॉफी बनाकर लाती है। सभी को देती है। मूर और टेगार्ट सिर झुकाकर शार्लेट का अभिवादन करते हैं]

टेगार्ट : सर, अपनी इन्फॉर्मेशन आप लोगों को बताने से पहले घटना का थोड़ा सा वर्णन करना चाहता हूँ। सर! पर्सपेक्टिव न समझने-

जानने पर केवल इन्फॉर्मेशन देकर कोई लाभ नहीं। हालाँकि इस सम्बन्ध में अधिकतर आप लोग जानते ही हैं।

मूर : नो प्रॉब्लम। गो अहेड।

टेगार्ट : घटना चार-पाँच वर्ष पहले प्रारम्भ होती है। मैंने उसके दो वर्ष पहले पटना के एस.डी.पी.ओ. का रोटेशन समाप्त कर कलकत्ता पुलिस में ज्वाइन किया था। स्पेशल ब्रांच तो दूर की बात है आई.बी. ही अच्छी तरह तैयार नहीं हो पाई थी। मैं हर शाम सर की परमिशन लेकर कलकत्ता के सभी थानों का राउंड मारता था। तो उस दिन मैं बऊबाजार थाने पर गया था। देखा कि कई एक छिछोरे चोरों के साथ एक भद्र-परिवार का बंगाली मिडिल क्लास का लड़का भी पकड़ा गया है। उसने शायद एंटाली में एक साहब सार्जेंट को सबके सामने ही रास्ते पर पकड़कर एक थप्पड़ मार दिया था। काले चमड़े के इस साहस ने मुझे थोड़ा अचम्भित कर दिया था सर! मैंने किन्तु मैकाले का लिखा हुआ पढ़ा है सर! मैकाले ने स्पष्ट रूप से बंगालियों के बारे में लिखा—

मूर : जानता हूँ, जानता हूँ। लम्बी-लम्बी बातें, बेकार बहाने, फॉकी-बाजी, वाहियात झूठी बातों को कलात्मक रूप देना, दूसरों से चालाकी व धोखा बंगालियों का एकमात्र आधार है। केवल यही नहीं, ये मुख्यतः कायर हैं, दास हैं, मानसिक रूप से हिंसक और कलहप्रिय हैं।

टेगार्ट : सर!

मूर : मैकाले ने आगे भी कहा कि इंडियन लोगों को अंग्रेजी सिखानी ही होगी। क्यों ? कारण देश चलाने के लिए किरानी/लिपिक की जरूरत होगी ही और इससे भी बड़ी बात इनमें दो क्लास बन जाएँगे। एक अंग्रेजी जाननेवाला और दूसरा अंग्रेजी न जाननेवाला दल। और जो अंग्रेजी जानेगा, वह अंग्रेजी न जाननेवालों से घृणा करना सीखेगा। और इस प्रकार हमारे चले जाने पर भी हमारी कॉलोनियाँ रह जाएँगी। मैकाले ये सारी बातें कितना पहले लिख गया है चार्ल्स!

टेगार्ट : राइट सर। तो इस लड़के को देखकर मुझे एक दूसरे तरह के विचार के साथ ही सन्देह भी हुआ। उसे अपने ऑफिस में ले गया। थर्ड डिग्री पर कसा। तब मुझे एक बहुत बड़े नेक्सस की खबर लगी सर। *(संगीत का बदलता लय)*

मूर : किस प्रकार की ?

टेगार्ट : पूरे बँगलादेश में अनेक सिक्रेट समितियाँ बनी हैं सर! छोटी-छोटी जगहों पर। ये लोग जरूरत पर हमें मारकर अपने नेटिवलैंड को स्वाधीन बनाना चाहते हैं।

मूर : बोलते रहो।

टेगार्ट : कई नाम से ग्रुप होने के बावजूद वास्तव में तीन ही प्रमुख हैं सर। एक ढाका की अनुशीलन समिति है।

हैलिडे : 1902 में बनी है। नटों के गुरु बैरिस्टर पी. मित्र हैं।

टेगार्ट : राइट सर। ये अनुशीलन के नाम पर लाठी चलाना, छुरा-तलवार से खेलना, घुड़सवारी करना, और प्रदर्शन करना—समझे सर! पूरे पूर्व बंग और इसके बाद पश्चिम बंग में इनके अखाड़े फैल गए हैं। इस दल के मुखिया का नाम पुलिनदास है।

मूर : हुम्म!

टेगार्ट : किन्तु सबसे अधिक खतरनाक, सबसे अधिक क्रेजी ऑर्गनाइजेशन है सर यह कलकत्ता का ऑर्गनाइजेशन ही। कोई इसे बंगाल रिवोल्यूशनरी पार्टी कहता है, कोई कहता है युगान्तर समिति और कोई कहता है कि यह सिक्रेट एनार्किस्ट संगठन है।

हैलिडे : हाँ, इसे लेकर तो मेरी और तुम्हारी कई बैठकें हुई हैं।

मूर : उस मीटिंग की सूचना तो मैंने लन्दन भी भेजी है।

टेगार्ट : सर, दो वर्ष पहले मार्च महीने में इनका मुखपत्र साप्ताहिक युगान्तर पत्रिका प्रकाशित हुई थी। पहले वर्ष ज्यादा नहीं बिकी सर। किन्तु पिछले वर्ष 1907 का सर्कुलेशन प्राय: सात हजार था। इस वर्ष और बढ़ रहा है। खबर मिली है कि इस वर्ष लगभग पच्चीस हजार हो गई है। मुख्य रूप से बारीन घोष नाम का एक व्यक्ति इसे निकालता है सर।

मूर : ओके।

टेगार्ट : देखिए सर, गत वर्ष के मार्च का उनका एडिटोरियल *(सम्पादकीय)* क्या लिखता है। मैंने द्विभाषिए से ट्रांसलेट करवाया है। *(कागज निकालकर पढ़ता है।)* ''देश के अन्दर ही शस्त्र है। आसानी से इसे जुटा सकते हैं। और बम बनाने की व्यवस्था तो हमने कर ही लिया है। किन्तु इस सम्बन्ध में गोपनीयता का सहारा लेना होगा।''

शार्लेट : कितना खतरनाक!

टेगार्ट : यस मैडम। इसके बाद देखें सर। गत वर्ष ही अगस्त में उसी 'युगान्तर' में एक पत्र प्रकाशित होता है। लिखता है मानो, हाँ कोई 'योगी'। क्लियरली फॉल्स नेम सर।

मूर : क्या लिखता है? ट्रांसलेट किया है?

टेगार्ट : सर! *(और एक दूसरा कागज निकालकर पढ़ता है)* मैं उन्माद, विकृत मस्तिष्क और अफवाह हूँ। इसीलिए जब सुनता हूँ कि चारों ओर अशान्ति शुरू हो गई है, तो मेरी खुशी का कोई अन्त नहीं होता, मैं अब और काना-गूँगा होकर नहीं रह सकता। मेरे पास चारों ओर से डकैती की खबरें आती हैं। और मैं स्वप्न देखता हूँ कि भावी गोरिल्ला दल चारों ओर डकैती करते घूम रहे हैं, डकैती के नाम से हमारा युद्ध शुरू होने जा रहा है। लूट—आज मैं तुम्हारी पूजा करूँगा। तुम हमारे सहायक बनो। *(संगीत थम जाता है)*

मूर : डैंजरस, वेरी-वेरी डैंजरस!

टेगार्ट : अब मेरे इस इन्फॉर्मेशन के साथ यदि इस लिखे हुए को मिलाएँ सर तब समझ जाएँगे कि विगत एक वर्ष से क्यों इस बंगाल में क्रमशः इस प्रकार का अपराध बढ़ता गया है! *(हैलिडे को दिखाता है)* सर अधिकांश ही जानते हैं।

मूर : हुम्म! बेंगाल रिवोल्यूशनरी पार्टी! युगान्तर समिति!

टेगार्ट : सर।

शार्लेट : कितने लोग हैं इसमें?

टेगार्ट : अनेकों लोग। कुल संख्या अभी तक नहीं जान पाया। क्योंकि मेदिनीपुर में भी उनका एक सेंटर है। उसे उसी बारीन घोष का कजिन सत्येन बसु संचालित करता है।

हैलिडे : कलकत्ते में उनका निवास (डेरा) कहाँ है?

टेगार्ट : माणिकतल्ला के निकट। घर की खबर भी मिली है। 32 बी, मुरारी पुकुर रोड। यह उसी बारीन घोष का ही बाग है।

मूर : ग्रुप का प्रमुख पंडा कौन है? अर्थात् लीडर?

टेगार्ट : प्रधानतः अरविन्द घोष सर।

मूर : हुम्म! वही आई.सी.एस.?

टेगार्ट : सर, बारीन घोष उसी का भाई है।

मूर : अरविन्द घोष ने सूरत में कांग्रेस के किस ग्रुप का सपोर्ट किया था?

हैलिडे : किसी का भी नहीं। गत वर्ष उसे अरेस्ट भी किया गया था। किन्तु कुछ प्रमाणित नहीं हो सका। छूटने के बाद ही टैगोर ने उस पर कविता लिखी थी सर।

मूर : तो यही मुख्य पंडा है? और कौन-कौन?

टेगार्ट : कई लोग हैं। किन्तु मान सकते हैं कि प्रधान पाँच लोग हैं।

हैलिडे : कौन? कौन?

टेगार्ट : आइए, इनके साथ आपका परिचय करा दूँ।

[फाइल खोलता है। अन्धकार। टेगार्ट की आवाज आती है। उसके वर्णन के अनुसार एक आदमी प्रवेश करता है। पीछे से सस्पेंस का तेज संगीत बजता है। अरविन्द घोष प्रवेश करते हैं।]

टेगार्ट की आवाज : पहले ही इनका लीडर अरविन्द घोष। उम्र छत्तीस। ब्रिलियंट स्टूडेंट। कैम्ब्रिज से पढ़े हैं। आई.सी.एस.। किन्तु सरकारी नौकरी करने से इनकार करते हैं। भारतवर्ष की स्वाधीनता और सशस्त्र आन्दोलन ही इनका एकमात्र लक्ष्य है। बड़ौदा के राजा के कॉलेज में नौकरी करते थे। उसे छोड़कर तीन वर्ष पहले कलकत्ता आ गए। आते ही बंग-भंग विरोधी आन्दोलन को नेतृत्व देना शुरू कर दिया। कांग्रेस में रहते हुए भी कांग्रेस के स्वराज के दावे के पथ पर विश्वास नहीं करते। उनके निर्देश पर ही मुरारी पुकुर में उस सिक्रेट संगठन का जन्म हुआ। किन्तु वर्तमान में इनकी राजनीति से अधिक धर्म-कर्म में रुचि अधिक देखी जा रही है। कई दिन पहले महाराष्ट्र से एक साधु को बुलवाकर अपने स्काटलेन के घर में रखकर उससे योग-विद्या सीख रहे हैं। इस साधु का नाम लेले महाराज है।

[अरविन्द चले जाते हैं। बारीन घोष आता है।]

टेगार्ट की आवाज : अरविन्द का छोटा भाई बारीन घोष। उम्र अट्ठारह वर्ष। वर्तमान में इस दल के मूल एक्टिविस्ट। छः वर्ष पहले बड़े भाई के निर्देश से कलकत्ता आए। दो वर्ष पहले बड़े भाई के प्रमुख शागिर्द जतिन बन्द्योपाध्याय को दल से निकाल दिया था। दल के अधिक लोगों के साथ खटर-पटर रहने पर भी काफी

उद्योगी-कर्मठ लड़का है। राजनीति के साथ धर्म मिलाना चाहते हैं। बारीन एक साथ देवी काली की शक्ति को जापानियों की शक्ति से मिलाने के पक्ष में हैं। इसके साथ ही यह भी सोचते हैं कि रशियन एनार्किस्ट देश की क्रान्ति के लिए एकमात्र पथ है। बारीन खुद भी चरम एनार्किस्ट हैं। इसके कोई-कोई साथी इसे उद्‌भट कल्पनाजीवी कहते हैं।

[बारीन चला जाता है। हेम कानूनगो आता है।]

टेगार्ट की आवाज : हेमचन्द्र दास कानूनगो। उम्र सैंतीस वर्ष। खतरनाक आदमी। घर मेदिनीपुर में है। डाक्टरी की पढ़ाई छोड़कर चित्र बनाने की पढ़ाई की। केमिस्ट्री के बड़े जानकार। कम उम्र से ही मेदिनीपुर की सिक्रेट समिति से जुड़ाव। तीन वर्ष पहले बंग-भंग के समय यह आदमी एक वर्ष तक पूर्वी बंग के लाट साहब वैमफिल्ड फूलर की हत्या करने के लिए पूर्व बंग और आसाम के विभिन्न जगहों पर धावा बोलता रहा। इसके बाद स्वयं बम बनाना सीखने के लिए दो वर्ष पहले अपने घर बगीचे को बेचकर यूरोप चले गए थे। पेरिस पहँचकर वहाँ के सिक्रेट विप्लवी दल के साथ सम्पर्क किया था। उसके बाद लन्दन जाकर बम बनाने की लेबोरेटरी खोली थी। शीघ्र ही स्कॉटलैंड यार्ड की नजर में आ गए। तब फिर पेरिस भाग गए। हमारे सोर्स कहते हैं कि पेरिस में ही स्वाधीन भारत का झंडा कैसा होगा, इसकी रूपरेखा तैयार किया था। साथ ही पेरिस में सीखे हुए सबसे अधिक खतरनाक बम बनाने का नक्शा इनकी जेब में रहता है। गत माह देश लौटे हैं। देश लौटकर पहले बॉम्बे गए थे। वहाँ महाराष्ट्र की सिक्रेट समिति के साथ सम्पार्क करके शायद बंगाल की सिक्रेट समिति के साथ एक सम्बन्ध बनाना चाहा था। इसके बाद देवघर के उसी विस्फोट के आसपास जनवरी के अन्त में पहले मेदिनीपुर गए फिर गत माह के प्रारम्भ में कलकत्ता लौटकर बम बनाने के काम में लग गए। ये उम्मीद रखते हैं कि पार्टी में एक बड़ी जगह पाएँगे। यद्यपि कि शायद बारीन के साथ इनका सम्बन्ध अच्छा नहीं है।

[हेमचन्द्र चले जाते हैं। उल्लासकर दत्त आते हैं। टेगार्ट की आवाज आती है।]

टेगार्ट की आवाज : उल्लासकर दत्त। उम्र तेईस वर्ष। त्रिपुरा का लड़का। प्रेसीडेंसी कॉलेज का छात्र। तीन वर्ष पहले एफ.ए. की फाइनल परीक्षा से ठीक पहले डॉ. रसेल नामक एक प्रोफेसर को जूते से मारकर कॉलेज छोड़ दिया था। कुछ दिन नाममात्र के लिए बॉम्बे में टेक्सटाइल इंजीनियरिंग पढ़ने के लिए गए थे। इसके बाद गत दो वर्षों से इसी सिक्रेट समिति में बारीन के साथ है। हाबड़ा के शिवपुर में उसका घर है। वहीं से माणिकतल्ला तक आता-जाता है। गत वर्ष के अक्तूबर में सुना है उसके घर की लेबोरेटरी में बम के उपादान पाए गए थे। मेरा सोर्स कहता है कि मानकुंडू, नारायणगढ़ और देवघर के विस्फोट इसी के हाथ से बने बमों से हुए।

[उल्लासकर चला जाता है। उपेन्द्रनाथ बन्द्योपाध्याय आते हैं]

टेगार्ट की आवाज : एंड नॉट लास्ट बाट द लिस्ट—उपेन्द्रनाथ बनर्जी। उम्र उनतीस वर्ष। चन्दननगर का लड़का। कुछ दिन पहले विवेकानन्द के आदर्श से प्रभावित होकर रामकृष्ण मिशन में साधु बन गए थे। लौटकर अरविन्द के साथ ही राजनीति करते हैं। युगान्तर के नियिमित लेखक हैं। इनके मित्र बताते हैं कि बारीन और हेम के मध्य यही बैलेंस करते चलते हैं। साधु और विप्लवी का कॅम्बीनेशन इस देश में हमेशा ही बहुत विपत्तिदायक रहा है।

[संगीत का लय तेजी से बढ़ता है। पाँच लोग एक साथ आकर खड़े होते हैं।]

टेगार्ट : इनके अलावा भी जिन कई लोगों के नाम मिले हैं, वे हैं—नलिनी गुप्त, विभूति सरकार, अविनाश भट्टाचार्य, देवव्रत बसु, परेश मल्लिक, कन्हाईलाल दत्त इत्यादि। और कई लोगों के नाम याद आ रहे हैं। इसी लिस्ट में पा जाऊँगा।

[वे कई लोग आते हैं, आकर अरविन्द के साथ खड़े होते हैं, इसके बाद सभी मंच पर से विलुप्त हो जाते हैं। हैलिडे के घर पर प्रकाश तेज होता है। प्रसंगवश पाँच

लोगों के परिचय के साथ-साथ बैकग्राउंड में एनिमेशन भी चलेगा।]

मूर : द बास्टड्‌र्स। अनग्लोरियस बास्टड्‌र्स।

टेगार्ट : सर!

हैलिडे : शार्लेट, सभी को फिर एक राउंड कॉफी देने को कहो।

[शार्लेट अन्दर जाती है]

टेगार्ट : सर, विवेकानन्द का भाई भूपेन्द्रनाथ दत्त भी इनका और एक पंडा है। वही उनकी पत्रिका का सम्पादक भी है। यह तो अच्छा है कि छह मास पहले जुलाई में उसे हम जेल में बन्द कर पाए हैं।

मूर : *(हँसते हैं)* किस ग्राउंड पर बन्द किया?

हैलिडे : सही है। आधार तो थोड़ा कच्चा ही है सर। कानूनन नहीं ठहरेगा। वह आदमी छूट जाएगा।

टेगार्ट : लेकिन उस भूपेन दत्त ने कोर्ट में खुद खड़ा होकर कहा है कि वही युगान्तर पत्रिका का एडिटर है। किंग्सफोर्ड ने उसे एक वर्ष की सजा दी है।

मूर : हुम्म! विवेकानन्द का भाई? अच्छा!

टेगार्ट : सर, और एक बात शुरू हुई है जो अद्‌भुत है!

हैलिडे : क्या है, बताओ।

टेगार्ट : बम का प्रयोग होने के साथ-साथ यहाँ डकैती और लूटपाट भी बढ़ी है। हमारी आई.बी. रिपोर्ट ही बताती है।

हैलिडे : हाँ, अभी मैं और सर इसी विषय पर बातें कर रहे थे।

टेगार्ट : लास्ट कृष्णनगर की डकैती से सम्बन्धित एक अनोखा इन्फॉर्मेशन हाथ लगा है सर!

मूर : क्या?

टेगार्ट : आप तो जानते हैं जिसके घर डकैती हुई वो कृष्णनगर का एक सम्पन्न गृहस्थ है। उसका नाम उमापति दत्त है। कृष्णनगर से मात्र चार मील दूर कुसुमपुर नामक एक गाँव में उनका निवास है।

[अन्धकार। उमापति दत्त को देखा जाता है। वे पूजा कर रहे हैं। झींगुर की आवाज। निकट एक लालटेन है।]

टेगार्ट की आवाज : उस समय रात के नौ बजे थे। देहात होने के कारण पूरा गाँव ही उस समय सो गया था। उमापति बाबू रोज रात को पूजा करते हैं। पक्के काली भक्त हैं। हठात् वो एक आवाज सुनते हैं। देखा कि चार-पाँच आदमी मुँह पर गमछा बाँधे हुए, हाथ में बन्दूक लिये खड़े हैं। उन्हें उन लोगों ने घेर लिया था।

[चार-पाँच लोग उसी दशा में प्रवेश करते हैं।]

उमापति : यह क्या? कौन हो तुम लोग?

एक न. स्वदेशी : हम देवी भवानी के उपासक हैं।

दो न. स्वदेशी : तुम्हारी देवी काली है और हमारी भवानी हैं। एक ही शक्ति हैं।

उमापति : तुम भीतर कैसे आए?

तीन न. स्वदेशी : दरवाजा तोड़कर। तुम्हारा बेटा हमें रोकने आया था, सिर पर चोट मारकर बेहोश कर दिया।

उमापति : क्या?

चार न. स्वदेशी : हम जो चाहते हैं, यदि तुम नहीं दोगे तो तुम्हारी अवस्था तुम्हारे बेटे के जैसी ही होगी।

उमापति : क्या? क्या चाहते हो तुम लोग?

एक न. स्वदेशी : रुपया। सोने की गिन्नी। जिस धन को पाकर उसके बल पर हम लोग देश से विदेशी शत्रुओं को भगाकर छोड़ेंगे।

दो न. स्वदेशी : रुपया दो। हम लोग भवानी माँ का मन्दिर हर जिले में प्रतिष्ठित करेंगे।

उमापति : और यदि तुम्हें धन न दूँ?

तीन न. स्वदेशी : देना ही होगा। नहीं देने पर देवी चौधरानी आकर तुम्हारा पाप से अर्जित धन छीन लेगी।

उमापति : कौन?

चार न. स्वदेशी : देपी चौधरानी।

[संगीत की लय बढ़ जाती है। दरवाजा खुल जाता है। पावदान लगे डंडे पर देवी चौधरानी यानी कल्पना प्रवेश करती है। हाथ में बन्दूक। साथ में सरोजिनी। उसके हाथ में भी बन्दूक। दोनों ने अपनी बन्दूकें उमापति की ओर उठा दिया।]

कल्पना : उमापति दत्त! लोभी महाजन। गाँव के गरीब किसानों का शोषण करके जो धन मिट्टी के नीचे घड़े में बन्द कर रख दिया है, अभी उसमें से दो घड़े हमारे हाथ सौंप दो अन्यथा तुम्हारे सिर पर यम नाच रहा है।

उमापति : मैं एक सम्पन्न गृहस्थ हूँ। मैं महाजन नहीं हूँ माँ!

सरोजिनी : फिर वही बात?

कल्पना : दो। दो कहती हूँ। नहीं तो मारहट्टा...के शिवाजी ही मेरे हाथों तुम्हारी हत्या करवाएँगे। *(बन्दूक का ट्रिगर खींचती है। अन्धकार हो जाता है। हैलिडे के घर में प्रकाश होता है, शार्लेट है। सबके हाथों में कॉफी है।)*

हैलिडे : महिला?

टेगार्ट : सर, यही आश्चर्य की बात है। ढाका के ग्रुप में कुछ महिलाएँ शामिल हुई हैं, ऐसा सुना था, किन्तु कलकत्ता में तो नहीं जानता। लेकिन सुना था उस बारीन घोष की एक बहन बीच-बीच में मुरारीपुकुर वाले घर में जाती है।

मूर : तब तो वह हो सकती है!

टेगार्ट : नहीं, वर्णन के अनुसार मेल नहीं खाता है। लेकिन यह निश्चित है कि वह जो भी क्यों न हो, उस महिला के साथ युगान्तर के ग्रुप का कनेक्शन है।

हैलिडे : कैसे बोलते हो?

टेगार्ट : देखिए सर! तीन वर्ष पहले उस अरविन्द ने एक पतली-सी किताब लिखी थी। किताब का नाम था—'भवानी मन्दिर'। वह किताब अरविन्द ने शायद बारीन के कहने पर लिखा था। स्वाधीनता प्राप्त करने में पॉलिटिक्स और धर्म का मिश्रण किस प्रकार होगा—इसी पर अरविन्द ने लिखा है। वह किताब शीघ्र ही हमारे हाथ आ गई। इसका कॉन्सेप्ट मोटे तौर पर बंकिम चटर्जी के 'आनन्दमठ' उपन्यास से घुमा फिराकर लिया गया है। सिडिशन कमेटी कहती है कि यह पुस्तक एक तरफ से रशियन विप्लव के मेथड, दूसरी ओर देशीय शिवाजी के लूट मॉडल का कॉकटेल है। मैंने बंकिम का नॉवेल नहीं पढ़ा है। किन्तु सिडिशन कमेटी की रिपोर्ट पढ़ी है। देवी भवानी, शिवाजी मन्दिर स्थापना और उसके साथ देवी चौधरानी को यदि मिलाएँ तो स्पष्ट रूप से समझ जाएँगे कि यह उसी ग्रुप का काम है। अब मुख्य बात है कि वह महिला कौन है?

हैलिडे : और ढूँढ़ो। लेकिन अभी न तो रेड करो और न अरेस्ट करो। क्लोज वाच में रखो।

मूर : राइट! *(रुककर सोचते हैं)* तीन ग्रुप, पहले को तोड़ो और फिर दूसरे को। उसे तोड़कर और एक। लास्ट ग्रुप ही एक्सट्रिमिस्ट, है न?

टेगार्ट : सर! याद रखिएगा, यह पहली बार है कि हिन्दू मिडिल क्लास ब्रिटिश को खदेड़ने के लिए मूवमेंट में इन्वाल्व हो रहा है और वह भी वायलेंट ढंग से। विगत पचास वर्षों में सिपाही विद्रोह कहें या नील विद्रोह कहें या सन्थालों का 'हूल' कहें मिडिल क्लास कभी भी इतना एक्टिवली सामने नहीं आया। तीन वर्ष पहले बंग-विभाजन ने शिक्षित हिन्दुओं के सेंटीमेंट पर बड़ा धक्का मारा था सर। इसके अलावा अब प्रत्येक में स्वाधीनता के प्रति अवेयरनेस दीख रहा है। यह विषय हमारे इंग्लैंड के बॉसों के लिए भी चिन्ताजनक है।

मूर : हुम्म! हमारे लिए यही तो सुविधा है चार्ल्स!

हैलिडे : क्या सर!

मूर : यह जो मिडिल क्लास का इन्वाल्वमेंट है। मैकाले का कमेंट याद करो फ्रेडरिक। मेरा दृढ़ विश्वास है कि मैकाले ने वह बात बंगाली मिडिल क्लास के बारे में ही कही थी। ये शिक्षित हों अथवा न हों, ये ग्रुप बनाएँगे ही। किसी भी तरह से ये अपने ईगो और स्वार्थ के तार को तोड़ नहीं सकते फ्रेडरिक। इसी में चक्कर काटते रहेंगे।

टेगार्ट : सर!

मूर : इसके अलावा याद करो, इस मूवमेंट में कोई मुस्लिम नहीं है। इसका अर्थ यह हुआ कि टैगोर चाहे जितना भी उन्हें राखी बाँधे लार्ज सेक्शंस ऑफ हिन्दूज भीतर या अन्दर की कट्टरता के कारण मुसलमानों को साथ में नहीं लेंगे। इधर मुस्लिम आइडेंटिटी अवेयरनेस भी बढ़ रही है। दो वर्ष हुए मुस्लिम लीग भी बन गई है। वे क्रमवार ढंग से समझ पाए हैं कि ब्रिटिश लोगों के संग को लॉबीरेट करके हिन्दुओं ने सभी स्थानों पर अधिक सुविधा प्राप्त की और उन्हें डॉमिनेट किया है। प्रयोजन के अनुसार हम लोग इसी इश्यू को अच्छी तरह से दुष्प्रचारित कर देंगे फ्रेडरिक। दोनों सम्प्रदाय गलतफहमी के शिकार बन जाएँगे। क्यों?

हैलिडे : राइट सर! चार्ल्स, इस सम्बन्ध में और तलाश करो। अवश्य ही तुमने जो किया है, वह चौंकानेवाला है। मैं तुम्हारे नाम पर अच्छी रिपोर्ट डिपार्टमेंट को भेज रहा हूँ। तब भी तुम इस इश्यू को चेंज करते रहो। लग रहा है कि वो बहुत जल्द कुछ बड़ी गड़बड़ी करेंगे।

शार्लेट : *(हँसती है)* बम फ्रेडरिक बम! पूरे कलकत्ता और बंगाल में फैल गया है नाइट्रोग्लिसरीन, मर्करी कालामिनेट, पिकरिक एसिड द्वारा तैयार किए गए छोटे-छोटे मारक गोले। बम सर बम!

(अन्धकार)

द्वितीय दृश्य

[7 अप्रैल, 1908। 32 बी मुरारीपुकुर। बारीन का घर। सन्ध्या का समय। घर में बारीन अकेले सो रहा है। वह स्वप्न देखता है। स्वप्न में ही बारीन चीख उठता है। उपेन्द्रनाथ प्रवेश करते हैं। प्रवेश करके बारीन को जगाते हैं।]

उपेन : बारीन! ऐ बारीन!

बारीन : *(नींद से जगता है)* कौन? कौन? ओ उपेन! एक खराब सपना देख रहा था।

उपेन : वह तो समझ गया, अब उठ जाओ।

बारीन : कितने बजे हैं अभी?

उपेन : शाम के पाँच के करीब।

बारीन : तो क्या निश्चित किया?

उपेन : मतलब? क्या निश्चित करूँगा?

बारीन : क्या फिर? किंग्सफोर्ड को मारने की बात। सोचा था कि मुजफ्फरपुर में भागकर बच जाएगा। वह बारीन घोष को नहीं जानता है। पाताल में जाकर छुप जाए, उस सूअर को मैं वहाँ से भी बाहर खींच लाकर मारूँगा। हत्या। हत्या करना चाहता हूँ। पराधीन भारत स्वाधीन होने के लिए बलि माँगता है। उस बलि का नाम किंग्सफोर्ड है।

उपेन : नींद से जगते न जगते शुरू हो गए। उफ्फ! *(रुकता है)* बारीन, तुझे एक खबर देता हूँ। पुलिस हम पर नजर रख रही है।

बारीन : ओ ऐसा! अच्छा कर रही है। यह तूने कैसे जाना?

उपेन : कल मुझे अविनाश बता रहा था। माणिकतल्ला थाने का दरोगा शायद शाम को इस घर में आया था।

बारीन : अरे, वो तो अकसर आता रहता है। माणिकतल्ला का सेकंड ऑफिसर न! वह समझता है कि हम साधु के दल हैं। कीर्तन गीत सुनना चाहता है। गेरुआ *(रंग का कपड़ा)* क्या कम काम की चीज है भाई! तू कम से कम अविनाश जैसा डरपोक मत बन उपेन!

उपेन : नहीं-नहीं बारीन! अविनाश डरपोक नहीं है। बड़े मालिक का अपना आदमी है। वह बहुत साहसी है।

बारीन : साहसी? हुँह, हो सकता है! किन्तु वह उस मेदिनीपुर ब्लॉक के साथ कुछ ज्यादा ही सम्बन्ध रखता है। अरे भाई, तुम्हारा घर तो मैं पाऊँगा नहीं—बंगाल का जंगल। तू इतना मेदिनीपुर-मेदिनीपुर क्यों करेगा?

उपेन : रे बारीन! सत्येन तो तेरा ममेरा भाई है। अविनाश उसे थोड़ा ज्यादा पसन्द करता है तो तेरी समस्या क्या है!

बारीन : अच्छा भाई! छोड़ तो। जानते तो हो, सत्येन की मुश्किल कहाँ है! क्यों उकसाते हो? कोई ठीक है उसके चरित्र का?

उपेन : फिर! फिर! उस जतिनदास का खेल फिर से शुरू कर दिया।

बारीन : क्या है जतिन का खेल? फालतू मत बोलो। मोटी बुद्धि का पश्चिमी दरबान। एक्शन का कुछ नामो-निशान नहीं, केवल ट्रेनिंग और ट्रेनिंग। वही सुबह उठकर व्यायाम करो और शाम को लाठी चलाना सीखो। यदि सीखने में ही आधा जीवन बीत जाए तो एक्शन कब करोगे?

उपेन : *(हँसता है।)* इसलिए तू उसके नाम पर स्कैंडल कर देगा?

बारीन : स्कैंडल? ग्रे स्ट्रीट वाले घर की महिला के साथ जतिन का सम्बन्ध नहीं था? सुन उपेन, मैंने अपनी आँखों से देखा है। कहता बहन है! उँह! सत्येन के साथ भी उस महिला की आशनाई थी।

उपेन : तू लोगों के व्यक्तिगत जीवन में इतना घुसता क्यों है?

बारीन : कैसा व्यक्तिगत? व्यक्तिगत है तो बाहर निकल! और जिस घर में हम कम्युन करते रहते हैं वहाँ इतना व्यक्तिगत सम्बन्ध बनाना ही क्यों दादा? सुन भाई उपेन! उस समय यदि मैंने उसे

न रोका होता तो हमारे वही मेदिनीपुरिया भाई सत्येन दरबान, जतिन और वह महिला, इनके बीच एक त्रिकोण सम्पर्क बनकर जो कुत्सा होती, समाज में मुँह दिखाने लायक हमारी स्थिति नहीं रहती।

उपेन : जतिन दा दुखी होकर साधु होकर जो चले गए तो हमारे बीच फिर कभी नहीं लौटे। हजार ऐसी टुच्ची बातें हों, पर वह बड़े मालिक का अपना आदमी था।

बारीन : सेजदा*! उन्होंने बाद में मेरा ही सपोर्ट किया था।

उपेन : हुँह!

बारीन : हुँह क्या? सुन! मैंने सही ही किया था। बाप रे! निरालम्ब स्वामी! जिनकी शायद बहन भोजन बनाकर खिलाती है। रहो अब चन्ने गाँव में। बनाओ अपने हाथों से खाना। साधुगिरी देखो किसे कहते हैं?

उपेन : चन्ना गाँव वर्द्धमान में है न रे?

बारीन : हाँ भाई! तेरा तो देखता हूँ उसके लिए दर्द कम नहीं है। *(बिगाड़ते हुए)* जतिन दादा!

उपेन : समझते क्यों नहीं? मैं भी संन्यासी आदमी हूँ, वह भी है इसीलिए। एक भीतरी खिंचाव तो रहेगा ही। लेकिन एक अन्तर है। मैं साधु से विप्लवी हुआ और वह जतिन दा विप्लवी से साधु हो गया। दोनों के पीछे तू ही है।

बारीन : फालतू न बोल तो! बहुत हुआ। चल हाथ पैर-धोकर युगान्तर के नए अंक का सूचीपत्र क्रमवार कर लें।

[बाहर से विभूति सरकार प्रवेश करता है।]

विभूति : बारीन, चन्दन नगर से मतिलाल आया है।

बारीन : इस समय? अच्छा यहीं भेज दे।

[विभूति चला जाता है।]

बारीन : निश्चय ही कोई सूचना लाया है।

[मतिलाल प्रवेश करता है।]

क्या खबर है मतिलाल?

---

* सेजदा यानी मझले से छोटे भाई। यहाँ अरविन्द को सम्बोधित किया जा रहा है।

मतिलाल : बारीन, और नहीं सहा जा रहा!

बारीन : क्या हुआ?

मतिलाल : हमारे यहाँ के चन्दननगर का वह मेयर—

उपेन : मौसिए तार्दिभ्याल। क्या किया उसने?

मतिलाल : अरे, कल हम लोगों के स्वदेशी जागरण मंच की एक मीटिंग थी। तार्दिभ्याल ने किसी भी तरह से पर्मीशन नहीं दिया।

बारीन : क्या कहते हो मतिलाल! कल ही उस दोगले तार्दिभ्याल की हत्या करूँगा।

उपेन : यह क्या? क्यों?

बारीन : क्यों? पूछते हुए लाज नहीं आती तुझे उपेन? उसके बारे में बहुत दिनों से रिपोर्ट मिल रही है। सुन उपेन! इसी बीच चारू ने चन्दन नगर में हमारे सत्यपथावलम्बी सम्प्रदाय की स्थापना कर ली है। नॉर्थ चन्दननगर में मतिलाल और साउथ में बसन्त दो-दो नए लड़के नेता हैं हमारे। तार्दिभ्याल के पिछवाड़े पर बम फटने के बाद ही वह समझ पाएगा कि पूरे दक्षिण बंगाल में एक ही विप्लवी दल है जिसका नाम बेंगाल रिवोल्यूशनरी पार्टी है—हमारी युगान्तर समिति।

उपेन : अरे भाई, मौसिए तार्दिभ्याल एक फ्रांसीसी है। फ्रेंच। अकारण ही 'ब्रिटिश मारो आन्दोलन' में एक फ्रेंच को मारें क्यों?

बारीन : शासकों का कोई रंग नहीं होता। सभी शासन करनेवालों का रंग-धर्म एक ही होता है। इटली में गैरीबाल्डी ने क्या कहा है, याद करके देखो। ...शेष रेखा के अलावा पृथ्वी के शासकों के लिए प्राप्तव्य कुछ नहीं।...घृणा है इस पृथ्वी की सबसे अधिक पवित्रतम अनुभूति।...ऑपरेशन तार्दिभ्याल।

मतिलाल : नहीं-नहीं, एक मीटिंग बन्द कर देने के लिए इतना बड़ा निर्णय लेना—एक बार बड़े मालिक से बात करना जरूरी है।

बारीन : सेजदा, वो तो हर समय पूजा-अर्चना और धर्म-कर्म में ही व्यस्त रहते हैं। उन्हें कोई सुधि है क्या? उफ्फ! किस बुरे समय में सेजदा से कह दिया था कि हमारे देश में राजनीति के साथ धर्म को न मिलाने से कोई लाभ नहीं। अन्त में उसके दिमाग से राजनीति ही निकल गई। पड़ा रहा केवल धर्म। तुम्हें भी तो दो माह पहले घर जाकर सेजदा ने ही दीक्षा दी थी—है न!

मतिलाल : वे हमारे नेता हैं। उन्हें ही नेता के रूप में हम मानते हैं बारीन। इसीलिए उनसे बात किए बिना चन्दननगर इतना बड़ा निर्णय नहीं ले सकता।

बारीन : सुनो मतिलाल, मेरा नाम बारीन घोष है। अपने भाइयों की तरह मैं मुँह में सोने के चम्मच लेकर पैदा नहीं हुआ, समझे? भूल मत जाना कि मैं आदत से एक चा-औला हूँ। चा-औला समझते हो? अपना पेट पालने के लिए मैंने पटना में चाय की दुकान तक चलाई है, जानते हो? मैंने जब कुछ करने को कहा है तो उसे करके ही छोड़ूँगा। *(रुकता है)* सेजदा को तो राजी करा ही लूँगा, किन्तु मारूँगा किस ढंग से? उस तरह का बम कहाँ है?

उपेन : मतलब? उल्लास तो बम बना रहा है!

बारीन : अरे, हटाओ! वो सब बेकार है। उससे कुछ नहीं होगा। *(जोर से पुकारता है)* विभूति! विभूति! *(विभूति आता है।)*

बारीन : हेम दा लगता है कल रात नवकृष्ण स्ट्रीट में ही रुक गए। उसे खबर भेजो। बोलो, कल प्रातःकाल ही वो मुझसे मिले।

[विभूति चला जाता है।]

बम वही एक आदमी बनाना जानता है। हेमचन्द्र दास कानूनगो।

उपेन : एक और मेदिनीपुरिया।

बारीन : हाँ-हाँ, ठीक है। ठीक है।

उपेन : बात क्या है, बोल तो बारीन! अभी उस दिन कहता था कि बम बनाना जानता है। एक आदमी है जिसका नाम उल्लासकर दत्त है।

बारीन : वह जब कहता था, कहता था। पेरिस से हेम दा जो चीज सीखकर लौटा है, उससे पूरे लाल बाजार को ही उड़ा दिया जा सकता है। और क्या है उल्लास के बम में? वह अगर ठीकठाक माल होता तो फ्रेज़ार क्या आज भी बचा रहता? उल्लास जीवन भर वही उल्लास करेगा, काम का काम कुछ नहीं होगा।

मतिलाल : इया, उल्लास को तो बाहर देखा था।

बारीन : उल्लास? हाबड़ा से चला आया है? क्या कर रहा है?

मतिलाल : एक महिला से बातें कर रहा है।

[संगीत की आवाज तेज होती है।]

बारीन : हुम्म! शाम होते ही बारीन के बागवाले घर में चलो। अच्छा, अच्छा। चलो, अभी स्काटलेन में सेजदा के पास चलें। सेजदा क्या कहते हैं तार्दिभ्याल के बारे में एक बार सुनें। तुम लोग बैठो। मैं तैयार होकर आता हूँ।

[अन्धकार। मुरारीपुकुर का बाग। कल्पना और उल्लासकर बातें करते हैं।]

उल्लासकर : सुनो कल्पना, पुलिस मगर हम लोगों पर क्लोज वाच कर रही है। अतः तुम यदि किसी नए एक्शन में जाना चाहो तो समझ-बूझकर जाना।

कल्पना : उल्लास बाबू, बारीन दा कहते हैं इतना सोचने का समय नहीं है। देश के काम में जब उतर पड़े हैं तो अर्थसंग्रह करना ही होगा।

उल्लासकर : कृष्णनगर के उमापति दत्त के घर पर डकैती की घटना शायद पुलिस जान चुकी है!

कल्पना : आपने कैसे जाना?

उल्लासकर : मैं जानता हूँ। सी.आई.डी. का बहादुर ऑफिसर पूर्ण लाहिड़ी ने अपने ऑफिस में बैठकर खुद ही एक महिला डकैत की बात बताई है। कहा है कि इस दस्यु रानी को ढूँढ़ निकालना ही होगा।

[सरोजिनी आती है, उसे देखकर उल्लासकर आवाज तेज करता है।]

महिलाएँ स्वभावतः ही डकैत होती हैं।

सरोजिनी : बहुत खराब हो उल्लास दा! मुझे देखकर हर समय डकैत-डकैत कहकर आवाज देना, तुम्हीं किसी दिन हम लोगों को पुलिस में पकड़वा दोगे!

उल्लासकर : तुम्हें कैद कर रख सके ऐसा थाना बंगाल में नहीं है, सरो! और क्या गलत कह रहा हूँ, बताओ! महिलाओं से बड़ी डकैत और कुछ है इस पृथ्वी पर?

सरोजिनी : तुम्हारे उस महिला की खबर क्या है, उल्लास दा?

कल्पना : कौन? कौन सरोजिनी?

सरोजिनी : तुम नहीं जानतीं? अवश्य ही सभी नहीं जानते हैं।

उल्लासकर : आह! सरो!

सरोजिनी : मैं उसे आज बताऊँगी ही।

कल्पना : कौन, बताओ न?

सरोजिनी : उल्लास दा का वह गुप्त प्रेम है। प्राण फट जाएगा, मुँह से नहीं बोलेंगे। *(गीत गाती है)*

'तुम नीरव बन रहती हो मन में मेरे...'

उल्लासकर : सरो, बहुत खराब हो रहा है...।

सरोजिनी : वही है असली डकैत। हम सभी उसके सामने तुच्छ हैं।

कल्पना : अरे, बताओ न कौन?

सरोजिनी : बोलूँ उल्लास दा! अरे, वो किसी को नहीं बताएगी। *(रुकती है)* लीला।

कल्पना : लीला? कौन लीला?

सरोजिनी : लीला जी। विपिन पाल की लड़की।

[बारीन की आवाज आती है—"सरो, एक बार अन्दर आओ।"]

सरोजिनी : लो, ये बारीन बुला रहा है। रुको, आती हूँ।

[सरोजिनी चली जाती है।]

कल्पना : सही में उल्लास बाबू! आप विपिन पाल की लड़की से प्रेम करते हैं? किन्तु उसका तो विवाह हो चुका है।

उल्लासकर : *(गला खँखारकर)* वह बड़ी वाली है। यह तीसरी लड़की है। जाने दो, वो सब कुछ नहीं है।

कल्पना : *(हँसती है)* प्रेम करते हैं फिर भी मुँह खोलकर उससे कह नहीं पा रहे हैं? प्रेम का संसार खो जाता है उल्लास बाबू! समय रहते उससे कहिए, नहीं तो सारा जीवन उसे नहीं पाइएगा।

उल्लासकर : *(हँसता है)* उसे मैं पाऊँगा ही कल्पना! मृत्यु पहले होने पर भी मैं पाऊँगा। मैं निश्चित हूँ।

[बारीन आता है।]

बारीन : कल्पना, तुम भीतर जाओ।

[कल्पना चली जाती है]

तुम यहाँ मुरारीपुकुर में रोज शाम आकर केवल महिलाओं के साथ बात क्यों करते हो उल्लास? तुम्हारे पास अन्य कोई काम नहीं है?

उल्लासकर : क्या कहते हो बारीन दा?

बारीन : तुम्हारा मन बड़ा कमजोर है। चरित्र भी। देश का काम इतने दुर्बल चरित्रवाले मनुष्यों के लिए नहीं है। मेरे तो मन में आ रहा है कि इस बार किसी और से तुम्हारे नाम पर युगान्तर में बेनाम एक लेख प्रकाशित करवाने की जरूरत है। नाम दूँगा भद्रवेशी जन का व्यभिचार। यहाँ से अभी जाओ।

[उल्लासकर चला जाता है। बारीन कुछ क्षणों तक खड़ा रहता है। कल्पना आती है।]

कल्पना : उल्लास बाबू के साथ आपने उस तरह से बातें क्यों कीं बारीन दा? वे अत्यन्त भद्र आदमी हैं। उन्होंने कभी किसी महिला के साथ असम्मानजनक व्यवहार नहीं किया।

बारीन : चुप। एकदम चुप। ज्ञान मत दो एकदम। याद रखो, मैं तुम्हारा लीडर हूँ, तुम मेरी नहीं। *(कल्पना को पकड़ता है।)* तुम मेरी साथी हो, मेरी। अपने दल में मैं कोई गठबन्धन *(लॉबीबाजी)* बर्दाश्त नहीं करूँगा। भूल मत जाना कि उसी उल्लास द्वारा बनाए गए बम से प्रफुल्ल मरा था। क्या? कहो कि मेरी साथी हो।

कल्पना : छोड़िए। छोड़िए मुझे। *(हाथ छुड़ाती है)* आप लीडर हैं बारीन दा? इसे लीडर कहते हैं? दूसरों पर सन्देह करना, अविश्वास करना, योग्य लोगों को दूर-दूर रखना, अयोग्य लोगों को सिर-माथे पर चढ़ाना, अपने स्वार्थ पर *(एक इंच भी घाव पड़ने पर)* तनिक भी चोट लगने पर सबके सामने दूसरों को छोटा दिखाना, इसी का नाम शायद लीडरी है? आप लोग एक ही साथ संगठन भी करते हैं? अपना साथी कहते हैं? छि: !

बारीन : *(धीमे स्वर में)* जाओ यहाँ से। जाओ।

कल्पना : हाँ, जाती हूँ। और सुन लीजिए, मैं उल्लास बाबू के साथ केवल गप-शप करने नहीं आई थी। कल मेरे और सरो के वर्द्धमान में दाशरथी घोषाल के घर एक्शन करने की बात है। मैं उसी का प्रबन्ध करने आई थी। नलिनी दा ने सूचना

दी है कि कल दाशरथी घोषाल घर पर अकेला रहेगा। चलती हूँ।

[कल्पना चली जाती है। बारीन कुछ देर तक चुप खड़ा रहता है। उसके बाद पुकारता है।]

बारीन : सरो! सरो!

[सरोजिनी आती है]

बारीन : उपेन और मतिलाल को भेज दे। सेजदा के घर जाऊँगा।

[अन्धकार। संगीत तेज गति से बजता है।]

तृतीय दृश्य

[साँझ बेला। उसी दिन। कुछ समय के बाद की घटना है। अरविन्द के स्काटलेन स्थित घर का एक कमरा। कमरे में लेले महाराज तकिया और गद्दे पर आसीन हैं। उनके पैर पर एक आदमी तेल मालिश कर रहा है। एक कोने में अरविन्द प्राणायाम कर रहे हैं। निकट के स्टूल पर हेमचन्द्र दास कानूनगो बैठता है। अरविन्द प्राणायाम शेष करते हैं। मृदु जलतरंग बज रहा है।]

अरविन्द : बोलो हेम।

[हेमचन्द्र देखते रहते हैं।]

क्या देखे जा रहे हो? *(हँसते हैं)* मैं जानता हूँ, मेरी इस योग-साधना को तुम पसन्द नहीं करते।

हेमचन्द्र : नहीं अरविन्द बाबू, ऐसा नहीं है। वास्तव में देश उद्धार के साथ नाक दबाने का सम्बन्ध क्या है, मैं अच्छी तरह से पकड़ नहीं पा रहा हूँ।

अरविन्द : देश से प्रेम करने के साथ भक्ति-विषय का एक ओत-प्रोत सम्बन्ध जुड़ा है—यह तो मैंने तुम्हें अनेक बार बताया है हेम! जाने दो, वह तुम नहीं समझोगे। अलग-अलग लोगों का जीवन-

दर्शन अलग-अलग होता है। मूल उद्देश्य सही रहने से ही हो जाएगा।

हेमचन्द्र : उस सम्बन्ध में मुझमें किसी दैन्यता का आभास करते हैं आप?

अरविन्द : नहीं हेम। बल्कि सोचता हूँ कि तुम्हारे जैसे इस्पात से बने युवक ही हमारे देश के यथार्थ भविष्य हैं। सिर्फ खयाल रखो कि ब्रिटिशों के प्रति घृणा के साथ-साथ अपने देश के मनुष्यों के प्रति प्रेम सीखना भी समान रूप से जरूरी है। *(रुकते हैं)* तो चारुचन्द्र दत्त ने तुम्हारी सहायता नहीं की?

हेमचन्द्र : हाँ, नहीं की। उन्होंने बहुत सी ज्ञान की बातें बताईं किन्तु गाँठ की रस्सी को ढीला नहीं किया। विशेष रूप से यह देखा *(पाया)* कि आपका नाम आते ही जितनी खराब बातें बोलने में पटु थे काम के समय उतना ही घुम्म।

अरविन्द : *(हँसते हैं)* हाँ, उसने और सुबोध मल्लिक ने मुझे छोड़ दिया है। सुबोध इस समय अधिकांश समय ही काशी में व्यतीत करता है।

हेमचन्द्र : हाँ, और चारु बाबू अहमदाबाद में। किन्तु बीच-बीच में कलकत्ता आते हैं।

अरविन्द : चारु ने अपने दोस्तों/मित्रों से घूम-घूमकर कहा है कि मेरा मुँह जीवन भर नहीं देखेगा। मैं शायद बारीन को संयत नहीं कर सका। मेरे कारण ही शायद आज समिति में टूटन आई है। क्या जानूँ? मैं आशा करता हूँ कि वे एक दिन निश्चित रूप से मुझे समझेंगे।

हेमचन्द्र : जो है अपनी जगह अड़ा है अरविन्द बाबू! हममें से कोई खुद अपने को ही अच्छी तरह नहीं समझते। खुद को समझें तभी तो दूसरों को समझेंगे।

अरविन्द : *(अन्यमनस्क भाव से)* बारीन बचपन से ही ऐसा ही मनमौजी हैं। मैंने अपने श्वसुर महोदय को भी चिट्ठी में उसके इस स्वभाव के बारे में बताया है। माता-पिता मर गए भाई के मेरे। बड़ौदा के महाराज ने भी कहा था कि उसके लिए एक नौकरी की व्यवस्था कर देंगे। नहीं हुई। बारीन एक जैसा ही रह गया। असल में क्या है जानते हो हेम, हम शेष भाइयों ने बचपन से जो सुयोग-सुविधा पाया है उसने तो वो सब नहीं पाया। इसके अलावा उसके जन्म के बाद माँ का शरीर एकदम टूट गया था। उस पर उनका दिमाग भी बिगड़ैल था। पिता उसे और सरो को

लेकर लन्दन से देश चले आए। *(सोचते हैं)* सही में मैं बीच-बीच में उसे नहीं सम्हाल पाता। किन्तु उसमें कितने गुण हैं, कितनी ऊर्जा है! नहीं है,. बताओ ?

हेमचन्द्र : किन्तु देश, राजनीति तो व्यक्ति के गुण-दोष पर विचार नहीं करते अरविन्द बाबू! इतिहास तथ्य देखता है। और देखता है भूल और सही (काम)। इसीलिए हमारी आज की विप्लव क्रान्ति के लिए की गई चेष्टाओं में यदि भूलों का पलड़ा ही भारी हो जाए, तो हो सकता है हमारा कुछ न हो किन्तु उसका भुगतान भावी समय को करना पड़ेगा।

लेले महाराज : क्या विप्लव-विप्लव कर रहा है बेटा! वो सब परमात्मा पर छोड़ दीजिए।

हेमचन्द्र : जीवात्मा यदि भूल करे तब तो परमात्मा ही कष्ट पाएँगे महाराज!

लेले महाराज : चिन्ता न करो बेटा! ये जो ब्रिटिश राज चल रहा है न! इसके हाथों से देश को मुक्त करने के लिए तुम्हें चिन्ता करने की जरूरत नहीं है। हमारे देश में जो सन्त लोग हैं, जो सिद्ध देही या विदेही महात्मा लोग हैं ऊ सब लोग करेंगे। इसीलिए आपके कलमबाजी यानी कि लेक्चरबाजी की कोई आवश्यकता नहीं है। तुम्हारे ये आन्दोलन, ये प्रयास, सब बेकार की बातें हैं।

हेमचन्द्र : बेकार की बातें ?

लेले महाराज : जरूर! तुम्हारे जितने मित्र हैं सबको हमारे पास ले आओ बेटा! आओ, हम सब एक साथ मिलकर योग साधना करें। स्वर्ग का द्वार तुम्हारे लिए हमेशा खुला रहेगा बेटा!

हेमचन्द्र : क्या विचित्र सिद्धान्त है! यह तो देखता हूँ कि ब्रिटिशों के चाबुक से भी खतरनाक है अरविन्द बाबू! *(बाहर से अविनाश आता है)*

अविनाश : बड़े मालिक! बारीन आया है। साथ में उपेन और मतिलाल हैं।

अरविन्द : भेज दो।

[अविनाश के निकलने के पहले ही बारीन प्रवेश करता है।]

बारीन : यही हैं सेजदा! चन्दन नगर के मेयर तार्दिभ्याल का खून करूँगा। तुम अनुमति दो।

[अरविन्द और हेम अवाक् होकर देखते हैं]

अरविन्द : क्या? बोल क्या रहे हो तुम?

बारीन : ठीक बोलता हूँ। उसका खून करना जरूरी है।

अरविन्द : क्यों? जरूरी क्यों?

बारीन : प्रत्येक स्वदेशी सभा *(मीटिंग)* को वो चन्दननगर में बन्द कर देता है। स्थानीय लोगों को दिन-रात टॉर्चर करता है। यहीं मति भी है उससे पूछ लो।

अरविन्द : उसके लिए सीधे खून ही कर देना होगा? इस तरह कितने लोगों का खून करोगे तुम लोग? मनुष्य खून की राजनीति द्वारा और चाहे जो हो, सत्य तक नहीं पहुँच सकता। दुखी हूँ मैं अपना मत नहीं दे पा रहा बारीन। कुछ नहीं होगा इस तरह।

बारीन : क्या कहते हो सेजदा! खून की राजनीति को छोड़कर इन अत्याचारी ब्रिटिश शासकों को किसी भी प्रकार शिक्षा *(सबक)* दी नहीं जा सकती। उन्हें डराना ही होगा। वही उनकी एकमात्र दवा है।

अरविन्द : हिंसा और हत्या की राजनीति केवल प्रतिहिंसा को ही जन्म देगी बारीन, काम कुछ नहीं होगा। जो भी हो, तुम्हें जो अच्छा लगे वही करो।

अविनाश : यह आप क्या बोल रहे हैं, बड़े मालिक?

अरविन्द : ज्ञातस्य शोसना नास्ति। मैं तुम लोगों में से किसी से कुछ कहना नहीं चाहता। किसी से नहीं। चलिए महाराज, हम कीर्तन करें। मुझे एक गीत सुनाइए।

[लेले महाराज उठकर कीर्तन करते रहते हैं। अरविन्द सिर झुकाकर सुनते हैं। अविनाश, मतिलाल और उपेन बाहर चले जाते हैं। हेम और बारीन एक ओर सरक आते हैं।]

हेमचन्द्र : यह काम सही नहीं होगा बारीन! यह हम लोगों के विपक्ष *(विपरीत)* में चला जाएगा। इसके अलावा कलकत्ता में पुलिस का स्पेशल ब्रांच हर समय हम लोगों को वाच कर रहा है।

बारीन : धुत्। कलकत्ता की पुलिस बेकार की ढेकी है।

हेमचन्द्र : क्या बोलते हो बारीन? कैट स्वयं यह केस देख रहा है।

बारीन : कैट? कैट मतलब?

हेमचन्द्र : चार्ल्स अगास्टस टेगार्ट। मैं उसे कैट कहता हूँ। वह एक तेज-तर्रार बिल्ली है।

बारीन : इतना डरने से विप्लव का काम नहीं होता हेम दा!

हेमचन्द्र : बात भय या डर की नहीं है। कौशल की है। इसके अलावा हम लोगों को कभी संरक्षण या छुपने की जरूरत पड़ी तो चन्दन नगर से सुरक्षित जगह दूसरी तो नहीं है!

बारीन : तुम कुछ नहीं जानते हो हेम दा! पेरिस में रहते-रहते तुम्हारे मन में फ्रांसीसियों के लिए एक विशेष कमजोरी आ गई है। तुम जानते हो वह शैतान तार्दिभ्याल चन्दन नगर में एक नया बिल-कानून लाने जा रहा है जिसका मुख्य मतलब हर स्तर पर हम लोगों पर निषेधाज्ञा थोप देना है। उसका खून करना ही होगा। तुम अपना बम तैयार करो। *(हेम देखता रहता है।)* बात समझो हेमदा। सेजदा अब राजनीति में कुछ करेंगे, ऐसा नहीं लग रहा। पूजा, अच्छी संगत इसी सबमें व्यस्त रहेंगे। अनुशीलन समिति और अन्य ग्रुप ने मूल रूप से कांग्रेस के निजी झमेले में उलझा लिया है खुद को। उनके लक्ष्य होंगे देखो अलग निर्वाचन व्यवस्था शुरू होने पर कांग्रेस के साथ मोल-तोल करना। हम लोग ही इस समय देश के एकमात्र विप्लवी दल हैं। और यह दल *(पार्टी)* मेरे तुम्हारे जैसे लोगों के अनुसार ही चलेगा। उल्लास या अविनाशों जैसे दुर्बल चरित्र के लोगों के नेतृत्व में और चाहे जो हो, देश की पूर्णरूपेण मुक्ति सम्भव नहीं है।

[हेमचन्द्र देखता रहता है]

बारीन : ठीक है? तो तार्दिभ्याल को हम मार रहे हैं। तुम बम बना रहे हो। *(धीमी आवाज में)* अच्छी बात उसका क्या हुआ?

हेमचन्द्र : किसका?

बारीन : ऑपरेशन किंग्सफोर्ड का?

हेमचन्द्र : हुम्म! तुम्हारी बात ही मानी है। दो लोगों को भेजूँगा।

बारीन : मुजफ्फरपुर?

हेमचन्द्र : हाँ।

बारीन : किसको? किसको?

हेमचन्द्र : एक आदमी तुम्हें ठीक करना है और एक आदमी मुझे।

बारीन : तुम क्या अपना आदमी मेदिनीपुर से बुला रहे हो?

हेमचन्द्र : हूँ।

बारीन : किसको ?

हेमचन्द्र : तुम पहले बताओ किसका नाम सोचा है ?

बारीन : मैं प्रफुल्ल की बात सोच रहा हूँ।

हेमचन्द्र : प्रफुल्ल माने ? चाकी ?

बारीन : राइट ! तुम ?

हेमचन्द्र : मैं खुदीराम के बारे में सोच रहा हूँ।

[प्रफुल्ल चाकी और खुदीराम दिखते हैं। सरसराहट होती है।]

बारीन : खुदीराम माने ? वही जो, वही लड़का जो 'सोनार बांगला' का इश्तेहार बाँटते समय पुलिस को मारा था !

हेमचन्द्र : हूँ।

बारीन : अरे, वो तो कमाल का लड़का है ! पार्टी का असेट है। अच्छा कम्बीनेशन है। खुदीराम बोस–प्रफुल्ल चाकी।

[खुदीराम और प्रफुल्ल विलीन हो जाते हैं]

हेमचन्द्र : हूँ, तब कब जाएँगे वो लोग ?

बारीन : सोचता हूँ अगले महीने की बीस तारीख के आसपास। रात की ट्रेन से जाएँ। जाकर किसी धर्मशाला–वाला में टिकें। सब कुछ देख सुनकर महीने के अन्त में किंग्सफोर्ड को उड़ाएँ।

हेमचन्द्र : ठीक है, वैसा ही होगा। मैं इसी बीच सत्येन के यहाँ जाऊँगा। जाकर खुदीराम को तुम्हारे पास ले आता हूँ। तुम प्रफुल्ल को रेडी करो।

[संगीत का लय बदलता है। हेमचन्द्र चला जाता है।]

बारीन : *(अकेला हँसता है)* हत्या, खून ! आह ! मेरा रक्त फिर खलबलाने लगा है। पहले तार्दिंपाल फिर किंग्सफोर्ड। ब्रिटिश तुम भारत छोड़ो। और इस विप्लव को नेतृत्व देगा एक आदमी। एक आदमी ही। उसका नाम बारीन्द्र कुमार घोष है। एक आदमी टू एनार्किस्ट !

[हँसता रहता है, अन्धकार, एक कोने में प्रकाश होता है। टेगार्ट और आर्मस्ट्रांग खड़े हैं। 30 अप्रैल, 1908]

टेगार्ट : एस.पी. आर्मस्ट्रांग।

आर्मस्ट्रांग : सर!

टेगार्ट : क्या खबर है ?

आर्मस्ट्रांग : सर! आज सुबह उस सी.आई.डी. ऑफिसर ने मुजफ्फरपुर से मेरे साथ कन्टैक्ट किया है सर!

टेगार्ट : क्या कहता है ?

आर्मस्ट्रांग : कहता है कि हमारी इन्फॉर्मेशन गलत है। कलकत्ता से जाकर दो आदमी क्या एक आदमी भी मुजफ्फरपुर की किसी धर्मशाला में रुका है।

टेगार्ट : असम्भव!

आर्मस्ट्रांग : वो लोग तो बाद में प्लान चेंज भी कर सकते हैं सर!

टेगार्ट : नहीं, नहीं कर सकते। मेरे पास पक्की खबर है। वो दो आदमी ही मुजफ्फरपुर में हैं। दस दिनों से हैं। जो भी हो, मैंने मजिस्ट्रेट साहब को अवश्य ही सावधान कर दिया है। फिर भी दोनों लड़कों को पकड़ना ही होगा। तुम्हारा यह सी.आई.डी. ऑफिसर वर्थलेस है।

आर्मस्ट्रांग : सर!

टेगार्ट : कैप्टन आर्मस्ट्रांग, आज 30 अप्रैल, 1908 है। मैं भी चार्ल्स अगास्टस टेगार्ट हूँ। मैं भी शपथ लेता हूँ कि उन दो टेररिस्टों के हाथ से मजिस्ट्रेट किंग्सफोर्ड को बचाऊँगा ही बचाऊँगा।

[अन्धकार हो जाता है। मंच पर विस्फोट होता है। महिला के चीखने की आवाज। खुदीराम और प्रफुल्ल दौड़ते हुए प्रवेश करते हैं। दोनों एक-दूसरे की आँखों में भयातुर होकर देखते हैं। उसके बाद अलग होकर निकल जाते हैं। लोगों का कोलाहल होता है। सरसराहट बढ़कर निस्तब्ध हो जाती है। मुरारीपुकुर का बाग वाला घर। रात का समय। बारीन अकेला खड़ा है। कल्पना आकर खड़ी होती है। प्रचंड वेग से हवा बह रही है।]

कल्पना : बारीन दा! अभी-अभी खबर आई है। गतकल अन्दाज से रात साढ़े आठ बजे खुदीराम और प्रफुल्ल ने बम चलाया था। किन्तु उस गाड़ी में किंग्सफोर्ड नहीं था। मिसेज केनेडी और मिस केनेडी नामक दो मेम साहब थीं। एक संग-संग मर गई। और

एक बहुत ही खराब अवस्था में अस्पताल में भर्ती है। दोनों का राजनीति से कोई सम्बन्ध नहीं है बारीन दा!

[बारीन देखता है। हवा तेज होती है। दोनों को ठंड लगती है। तभी बीच से एक आवाज आती है, "पहली मई उन्नीस सौ आठ। आधी रात में माणिकतल्ला में 32 बी मुरारीपुकुर के बाग वाले घर पर कलकत्ता पुलिस के लाल बाजार फोर्स का छापा पड़ा। सभी गोरी चमड़ी के पुलिस। किसी लोकल थाने में सूचित नहीं किया गया, यहाँ तक कि माणिकतल्ला थाना को भी नहीं। उसके बाद लगातार गोपी मोहन दत्तलेन, हैरिसन रोड, राज नव कृष्ण स्ट्रीट, ग्रे स्ट्रीट पर भी छापा पड़ा। सभी पकड़े गए। अरेस्ट 14 जुलाई, 1908 तक चलता रहा। पकड़े गए लोगों की संख्या एक सौ को पार कर गई। साथ में कुल एक हजार पचहत्तर डाक्यूमेंट पाए गए। सीजर लिस्ट कहती है इसमें पैम्फलेट, एकाउंट बुक्स, बुकलेट, मैप, समाचार-पत्रों के क्लिपिंग साथ में बन्दूक और बम बनाने का सामान। इंडियन पीनल कोड की 196 सी.आर.पी.सी. के अनुसार राष्ट्रद्रोह के अपराध में इनके विरुद्ध कुल चार धाराओं 121ए, 122, 123 और 124 के तहत कलकत्ता पुलिस ने चार्ज लगाया। केस शुरू हो गया। ***अलीपुर बम कांड।****]*

चतुर्थ दृश्य

[3 मई, 1908। सी.आई.डी. ऑफिस। सन्ध्या का समय। सी.आई.डी. इंस्पेक्टर पूर्ण चन्द्र लाहिड़ी बैठे हैं। एक पुलिस कांस्टेबुल बारीन, उपेन, हेम और अविनाश को लाता है। पूर्ण उन्हें देखते हैं। प्रत्येक की कमर में रस्सी बँधी है। पूर्ण आँखों के इशारे से रस्सी खोलने को कहते हैं। वह खोल देता है।]

पूर्णचन्द्र : नमस्कार! मेरा नाम शायद आप लोगों ने सुन रखा हो। मेरा नाम पूर्णचन्द्र लाहिड़ी है। *(उनके मुँह को देखता है।)* हाँ, मैं

ही वह कुख्यात आदमी हूँ। विगत महीनों से कैट के निर्देश से मैं आप लोगों को वाच कर रहा था।

हेमचन्द्र : हूँ, समझा।

पूर्णचन्द्र : कल रात तो आप लोग अलग-अलग थे।

बारीन : हाँ, मैं और उपेन लालबाजार में थे।

पूर्णचन्द्र : आप, हेम बाबू आप लोग थे फिनिक बाजार थाने में यही न ?

हेमचन्द्र : सब कुछ तो जानते हैं तो फिर पूछ क्यों रहे हैं ?

पूर्णचन्द्र : *(हँसता है)* बोलता हूँ, क्यों ? इसके पहले बारीन बाबू आपने हमारे डिपुटी सुपरिंटेडेंट राय रामसदय मुखर्जी के सामने जो बयान दिया है उसे एक बार मिलाकर देखकर हस्ताक्षर कर दें।

बारीन : *(बयान का कागज लेता है)* हमारे बड़े भाई/दादा कहाँ हैं ?

पूर्णचन्द्र : वे भी लालबाजार में ही हैं।

अविनाश : बड़े मालिक माने अरविन्द बाबू ने बयान दिया है ?

पूर्णचन्द्र : इतना परेशान क्यों होते हैं ? समय पर सब कुछ जान जाएँगे। अच्छा हेम बाबू, आपसे तो कल सब-इंस्पेक्टर मौलवी समशुल आलम पूछताछ कर रहे थे ?

[हेमचन्द्र गर्दन हिलाते हैं]

आपने कुछ बोलने से इन्कार किया है, क्यों ?

हेमचन्द्र : बातें करने से तो मना नहीं किया है। बयान लिखाने से किया।

पूर्णचन्द्र : वो एक ही हुआ। आप क्या समझते हैं ! आप लोग नहीं बोलेंगे तो सब कुछ जान नहीं पाएँगे ?

हेमचन्द्र : हाँ, जान पाएँगे। लेकिन मैं कुछ नहीं बताऊँगा।

पूर्णचन्द्र : सुनिए, अभी-अभी जो कागज मैंने बारीन बाबू के हाथ में थमाया वो उनका बयान लिखा हुआ है। *(और एक कागज उठाता है)* यह उल्लासकर दत्त का बयान लिखा हुआ है। *(और एक कागज उठाता है)* यह उपेन्द्रनाथ बन्द्योपाध्याय का बयान लिखा हुआ है।

हेमचन्द्र : तो ?

बारीन : तुम बयान क्यों नहीं लिखाओगे हेम दा ?

हेमचन्द्र : क्यों दूँगा ?

बारीन : तुम समझ नहीं रहे हो ? हम यदि उन लोगों से सच्ची बातें कहेंगे तो ये समाचार-पत्र में प्रकाशित होंगी। सारा देश क्यों,

सारी दुनिया जान जाएगी कि कितना बढ़ा विप्लव का प्रयास हमने इसी कलकत्ता में बैठकर किया था!

हेमचन्द्र : ओह! इसीलिए तुमने माणिकतल्ला के घर में पकड़े जाने के बाद दोनों हाथ उठाकर 'माई मिशन इज ओवर' कहते हुए पुलिस को साथ ले जाकर बम बनाने की जगह दिखा दिया?

बारीन : अवश्य ही। वो देखें। सरकार समझे कि हथियार केवल उनके हाथ में ही नहीं है। शस्त्र हम भी बनाना जानते हैं। वे आँखें मलकर देखें कि बंगाल के घर-घर में आज डायनामाइट का कारखाना फैल गया है।

हेमचन्द्र : हाँ, फिर उसी डायनामाइट का नाम हम लोगों के अन्दर ईर्ष्या, कभी कुत्सा और कभी डर होगा।

बारीन : हेम दा!

पूर्णचन्द्र : आह! बारीन बाबू आप और हेम बाबू इसी घर में बात करिए। चलो भाई, हम बगल के कमरे में चलें।

हेमचन्द्र : रुकिए! बारीन ने आप लोगों से कहा है न कि वो मेरी भी स्वीकृति दिलवा देगा।

पूर्णचन्द्र : *(हँसता है)* जानना चाहते थे न कि अरविन्द बाबू ने बयान दर्ज करवाया है कि नहीं? बताकर रखता हूँ कि हाँ, दर्ज करवाया है।

उपेन : क्या? क्या कहते हैं वो?

पूर्णचन्द्र : यथासमय जानिएगा। सुनिए हेम बाबू, गतकल भोर में और एक महिला मिसेस केनेडी मुजफ्फरपुर अस्पताल में मर गईं। और परसों ओखैनी रेल स्टेशन पर कनपटी पर बन्दूक दागकर सुसाइड किया था प्रफुल्ल चाकी ने। उस खुदीराम के बच्चे को भी हम लोगों ने पकड़ा है। उसे हम फाँसी पर लटकाएँगे। पूरा मामला इस समय बहुत ही सेंसेटिव है। बंगाल की सरकार ने इस घटना को बहुत सीरियसली लिया है। अत: बात तो आप लोगों को करनी ही पड़ेगी। चलिए भाई। *(आगे-आगे पूर्ण, पीछे से पुलिस की देखरेख में उपेन और अविनाश बाहर निकलते हैं। हेम और बारीन आमने-सामने हैं)*

बारीन : तुम क्यों नहीं बयान दर्ज करवाओगे हेम दा?

हेमचन्द्र : बारीन, तुम यह सब बातें मुझसे मत करो। तुम जानते हो कि मैं तुम्हें एकदम नापसन्द करता हूँ। *(अपना सर्वस्व देकर भी नापसन्द करता हूँ)।*

बारीन : मैं भी तुम्हें करता हूँ। तो ? काम की जगह अलग बात है। देश का काम और व्यक्तिगत सम्बन्ध को एक में मत मिलाओ हेम दा।

हेमचन्द्र : व्यक्तिगत सम्बन्ध ? अथवा व्यक्तिगत आकांक्षा ?

बारीन : किस बात की आकांक्षा ?

हेमचन्द्र : नेतृत्व देने की ! अमरत्व की ! इतिहास बन जाने की ! किस बात की नहीं है ?

बारीन : तुम्हारी नहीं है ये सब ?

हेमचन्द्र : ना, नहीं है। मैं अपना काम करता हूँ। अपने विश्वास के अनुसार ठीक काम। कुछ ठीक हुआ या गलत इतिहास उस पर विचार कर लेगा।

बारीन : ऐसा ? तब मेरा नेतृत्व मान लेने में तुम्हें कहाँ असुविधा हो रही थी ?

हेमचन्द्र : नहीं होता। मैंने तो देश लौटकर तुम्हारा नेतृत्व मान लिया था। विश्वास किया था कि और दूसरों की तुलना में अन्ततः तुममें प्रयास करने की क्षमता अधिक है। किन्तु—

बारीन : किन्तु क्या ?

हेमचन्द्र : तुम्हारे अन्दर नेतृत्व देने की क्षमता नहीं है बारीन! तुम हम लोगों से बहुत अलग हो, तुम्हारी छाया का भी विश्वास न करो।

बारीन : *(विकृत आवाज में)* हाँ, हाँ, यही और इसीलिए मैं ही नेता हूँ। वह भक्तिवादी अरविन्द घोष नहीं, तुच्छ उल्लासों का भंडार उल्लासकर दत्त नहीं, कार्यभार देते ही भाग खड़े हो जानेवाला एसकेपिस्ट उपेन्द्रनाथ बन्द्योपाध्याय नहीं, विनय का भाव दिखानेवाला और अन्दर-अन्दर अहंकार से ऐंठा हेमचन्द्र दास कानूनगो नहीं, देश के विप्लव के काम में मुक्ति-पथ का एकमात्र योग्यतम नेता बारीन्द्र कुमार घोष है। मैंने अपने व्यक्तिगत जीवन को जिस तरह दाँव पर लगाया है और किसने लगाया है उस तरह ? विश्वास ? नेता फिर अपने कैडर का विश्वास करेगा क्या ? नेता का सभी विश्वास करेंगे। नेतृत्व का धर्म ही होता है अविश्वास करना।

हेमचन्द्र : ओह! ऐसा ही है न! इसीलिए तुम हावड़ा की डकैती के बाद उस प्रफुल्ल की विधवा स्त्री को वो बातें कही थीं ?

बारीन : क्या ?

हेमचन्द्र : मैं जिस दिन मेदिनीपुर में सत्येन के साथ खुदीराम की बात निश्चित करके कलकत्ता लौटा उस दिन तुम्हारे माणिकतल्ला वाले घर पर गया था। *(दाईं ओर कल्पना और उल्लास दिखते हैं, बारीन और हेम पर अन्धकार होता है। हेम की आवाज सुनाई पड़ती है)*

सन्ध्या हो गई थी। बगीचे को पार कर तुम्हारे घर में प्रवेश करता। *(हठात् बारीन आकर कल्पना और उल्लास के सामने खड़ा हो जाता है)*

बारीन : उल्लास, तुम अन्दर जाओ। जाकर युगान्तर के फाइनल ड्राफ्ट को देख दो।

उल्लासकर : अभी ही?

बारीन : हाँ, अभी ही। तुम लोग यह समझते नहीं हो कि यह युगान्तर पत्रिका तुम्हारे उस साहब मारनेवाले फिनफिने बमों से बहुत अधिक शक्तिशाली है। समाचार-पत्र की ताकत के बारे में कोई अनुमान है तुम्हारा?

उल्लासकर : हाँ, किन्तु वह शक्ति सत्य के पक्ष में भी जा सकती है, विपक्ष में भी जा सकती है।

बारीन : एक बम भी ऐसा ही है। पृथ्वी की कोई भी शक्तिशाली वस्तु ऐसी ही है। शक्ति कभी सत्य की धार नहीं धारती उल्लास! सत्य विषय ही है दुर्बलों के आत्मरक्षा की काल्पनिक आबरू। जाओ, बड़ी-बड़ी बातें न बोलकर अन्दर जाओ।

[उल्लास चला जाता है। बारीन और कल्पना कुछ देर चुपचाप रहते हैं]

बारीन : उल्लास कल तुम लोगों के साथ हाबड़ा के एक्शन में था?

कल्पना : हाँ, क्यों?

बारीन : मेरे बार-बार मना करने पर भी वह क्यों तुम्हारे साथ हर एक्शन में जाता है?

कल्पना : वह बात आप उल्लास बाबू से ही पूछें। मैं तो उसे जाने को नहीं कहती।

बारीन : एकदम मिथ्या बात कहने की चेष्टा मत करो तुम।

कल्पना : मिथ्या? कौन मिथ्या?

बारीन : तुम जानती हो वह। किन्तु सत्य यही है कि तुम और उल्लास गम्भीर प्रणय सम्बन्ध में लिप्त हो।

कल्पना : बारीन दा! उल्लास बाबू लीला से प्रेम करते हैं।

बारीन : किन्तु लीला उसे नहीं चाहती। उससे तुम प्रेम करती हो। सुनो, यह सब मैं खूब अच्छी तरह समझता हूँ। मेरी नासिका-रन्ध्र इस मामले में सियारों के जैसी ही तीक्ष्ण है।

कल्पना : तब आप सियार ही बने रहिए, मनुष्यों को समझने की चेष्टा छोड़ दें।

बारीन : मैं भी मनुष्य हूँ। तुम्हारे जैसे ही। मेरी नाक सियार की नाक जैसी हो सकती है, आँख हायना जैसी हो सकती है, गति नेवले की सी हो सकती है, फुर्ती चीते जैसी हो सकती है कि अन्ततः मैं मनुष्य हूँ। तुम्हारे जैसा ही। पक्षेन्द्रिय में बनाया गया मेरा शरीर है।

[बैठकर कल्पना का हाथ पकड़ता है]

कल्पना : यह क्या कर रहे हैं आप? हाथ छोड़िए।

बारीन : कल्पना, तुम अपने को मुझे समर्पित कर दो। सारी महिलाएँ यहाँ तक कि मेरी सगी बहन सरोजिनी भी उसी उल्लासकर दत्त को पसन्द करती हैं। मुझे अच्छा नहीं लगता।
मुझे ईर्ष्या होती है। मेरे सिर के अन्दर, शरीर के भीतर एक बड़ा साँप घूमता रहता है। फन मारता है। मैं नीला हो जाता हूँ। कल्पना, तुम अन्ततः मेरे लिए अपना समर्पण कर दो। एक नारी कम-से-कम मुझे भी प्यार करे!

कल्पना : आप पूरे पागल हो गए हैं! हाथ छोड़िए।

बारीन : *(उठकर देखता है।)* तुम मुझे दुतकार रही हो। वह उल्लासकर तुम्हारे लिए इतना बड़ा है। सुनो, जरूरत हुई तो उस उल्लासकर दत्त को मैं स्वयं पुलिस से चुगली करके पकड़वा दूँगा। उस कैट के पास चूहे की तरह उसे मैं उपहार बनाकर भेजूँगा। मैं उस उल्लास द्वारा बनाया गया फिनफिना बम नहीं हूँ, उस मेदिनीपुरिया हेम कानूनगो का बनाया हुआ बेकार बम नहीं, जो पड़ते हैं, फटते हैं और किसी काम नहीं आते हैं। मैं खुद ही एक साक्षात् बम हूँ। मानव बम। आवश्यकता पड़ने पर अपने को उड़ाकर दूसरों को समाप्त कर सकता हूँ मैं।

[बारीन चला जाता है। कल्पना थर-थर काँपती है, उल्लास आता है]

कल्पना : आपने सुना उल्लास बाबू? यह आदमी कितना पागल है? आप लोग विप्लवी हैं? आप लोग देश का काम करते हैं? राजनीति करते हैं? ब्रिटिशों के चले जाने पर आप लोग समाज के सिर पर बैठकर देश चलाएँगे? आप लोग?

उल्लासकर : *(होंठ चबाता है)* बारीन घोष किसी नेता का नाम नहीं है कल्पना। वह एक प्रवणता है। हम सभी के अन्दर एक बारीन घोष है। कौन किसी परिस्थिति में पड़कर उसे बाहर निकालकर लाता है, यही समझना है।

कल्पना : फिर भी आप लोग उसके विरुद्ध कुछ नहीं करेंगे? इतना डरते हैं उससे?

उल्लासकर : यह नहीं कल्पना। डर नहीं। ब्रिटिश के हाथों मरने से भय / डर नहीं लगता तो बारीन घोष कौन है? यह नहीं है।

कल्पना : तब?

उल्लासकर : *(हँसता है)* प्यार करता हूँ उसे। बारीन दा ने ही तो इस दल में मुझे बुलाया है। उसके भीतर एक तीव्र निगेटिव वाइब्रेशन है, यह जितना सच है उसी तरह उसमें एक पैशन भी है। वह उसका चुम्बक है। उसी से हम लोग जैसे लोहे को वह अपनी ओर खींचता है। नापसन्द करता हूँ उसे, यह ठीक है किन्तु प्रेम उसे अधिक करता हूँ।

कल्पना : नहीं–नहीं, वह आदमी कहता है कि आवश्यकता पड़ी तो वह अपने साथी को पुलिस से पकड़वा देगा। कितना भयानक है! कितना विकृत है! कितना हीन और नीच है! *(रुकती है)* अच्छा, उल्लास बाबू, कैट कौन है?

उल्लासकर : कैट! *(हँसता है)* चार्ल्स अगास्टस टेगार्ट। कलकत्ता पुलिस का असिस्टेंट डिपुटी कमिश्नर।

[अन्धकार। सी.आई.डी. के घर में प्रकाश होता है। बारीन और हेमचन्द आमने-सामने हैं]

बारीन : कुत्सा *(निन्दा)*! शिकायत करते हो तुम अपने लीडर के विरुद्ध। अपरचुनिस्ट! अपने स्वार्थ पर एक इंच भी जख्म होने पर दूसरों की शिकायत करते हो! नेतृत्व लोभी!

हेमचन्द्र : इसमें से कोई भी भैया की दया से भैया के सुनाम को भुनाकर राजनीति में नहीं आया। परिवार के बड़ों का अपने लिए प्रचार के काम में व्यवहार नहीं किया। कुलीन प्रथा में विश्वास ही

नहीं करते। वैसी निन्दा का काम तुम्हारे जैसे कुलीन और कंगालों को ही शोभा देता है बारीन! हम अतिसाधारण परिवार वाले लोग हैं।

बारीन : तुम बयान दर्ज कराओगे कि नहीं?

हेमचन्द्र : नहीं कराऊँगा। कोई वास्तविक विप्लवी किसी पुलिस वाले के यहाँ बयान दर्ज, इजहार, मुचलका कुछ नहीं दे सकता। मैं विश्वास ही नहीं करता।

[दो लोग झाँकते रहते हैं। सरसराहट होती है। पूर्ण लाहिड़ी आते हैं]

पूर्णचन्द्र : क्या कुछ निश्चित किया?

[दोनों में से कोई उत्तर नहीं देता]

समझा। एक बात बताइए तो! हमें खबर है कि आपके स्क्वाड में एक महिला भी थी। किन्तु उसे हम नहीं पा रहे हैं। वह प्राय: कपूर की तरह गायब हो गई है। यह महिला कौन है?

[दोनों में से कोई कुछ नहीं कहता]

आप लोगों के कुछ न बोलने पर भी हमारे लिए कोई अन्तर नहीं पड़ता। सुन रखिए, आपमें से बहुत लोग पकड़े गए हैं। और पकड़े जाएँगे। इसी बीच एक जन सरकारी गवाह बनने के लिए तैयार हो गए हैं।

[दोनों देखते हैं]

हेमचन्द्र : कौन? कौन है वह?

पूर्णचन्द्र : खबर मिलेगी। सभी को खबर मिलेगी। बीच-बीच में अपने पर दुख होता है कि ब्रिटिश सरकार की ओर से काम करता हूँ, देश की मुक्ति के लिए कुछ नहीं करता। इसके बाद जितना इन लोगों को देखता हूँ खुद से कहता हूँ कि भाग्य से ही यह नहीं करता। छोड़िए, सुनिए, परसों सोमवार को आप लोगों को प्रेसीडेंसी मजिस्ट्रेट के यहाँ पेश किया जाएगा। इसके बाद फाइनली इस महीने की उन्नीस तारीख को अलीपुर कोर्ट में मजिस्ट्रेट बर्लि के इजलास में आप लोगों का केस जाएगा। तब

तक आप लोग जे.सी. में ही रहेंगे। आप लोग इस बीच अपने वकील ठीक कर सकेंगे।

बारीन : सेजदा का वकील कौन हो रहा है?

पूर्णचन्द्र : वह मैं कैसे कह सकता हूँ। उन्हें तो लालबाजार में अकेले ही एक घर में रखा गया है। शैलेन बोस नाम के एक आदमी को उनके साथ रखा गया था, कमिश्नर हैलिडे साहब ने उसे भी हटा लिया। कमिश्नर स्वयं ही अरविन्द बाबू से पूछताछ कर रहे हैं। समझे? आपके भैया का केस ही पहले सुना जाएगा, ऐसा लगता है। वही नटों के गुरु हैं कि नहीं!

[पूर्ण चले जाते हैं]

बारीन : कौन सरकारी गवाह होने को राजी हुआ, बताओ तो हेम दा?

हेमचन्द्र : नहीं समझ पा रहा हूँ। अच्छा श्रीरामपुर का नरेन गुसाईं तो नहीं?

बारीन : नहीं-नहीं, वो नहीं। तुम्हें उसकी बात क्यों याद आ रही है?

हेमचन्द्र : नहीं जानता, उसकी भावभंगिमा मुझे बराबर ठीक नहीं लगी। जरा एक बार सत्येन से बात करूँ।

बारीन : सेजदा से हैलिडे स्वयं पूछताछ कर रहे हैं? आश्चर्य!

(अन्धकार)

पंचम दृश्य

[लालबाजार। अरविन्द के सेल में हैलिडे, टेगार्ट और मूर। उसी दिन]

अरविन्द : आप लोग क्यों एक ही बात बार-बार बोल रहे हैं? मैं तो कहता हूँ कि मैं इन सबमें नहीं था। मैं कुछ जानता नहीं था। मैंने बहुत दिनों से अपने को इन लोगों से दूर कर लिया है।

हैलिडे : माने? आपका भाई माणिकतल्ला में बैठकर एक सिक्रेट समिति चला रहे हैं, यह आप नहीं जानते थे?

अरविन्द : नहीं, नहीं जानता था।

हैलिडे : कल रॉयल स्ट्रीट में हमारे आई. बी. ऑफिस में मौलवी समशुल आलम से आपने नहीं बताया कि 32 बी मुरारीपुकुर का घर आपका है, जिसे कुछ दिन पहले आपने अपने भाई बारीन घोष के नाम लिख दिया है?

अरविन्द : हाँ, बताया है। यह भी बताया है कि वह घर जितना मेरा है उतना ही मेरे भाई का भी है। अतः अपना घर अपने भाई को दे ही सकता हूँ। इसका अर्थ क्या यह होता है कि वह घर मैंने उसे बम बनाने के लिए दिया है?

हैलिडे : आपको लाज नहीं आ रही मि. घोष। इस प्रकार के जघन्य अपराध में खुद को डालने के लिए?

अरविन्द : आपको क्या अधिकार है सर, यह अनुमान करने का कि मैं इस अपराध में शामिल हूँ! मैं तो कहता हूँ कि मैं शामिल नहीं हूँ।

हैलिडे : मैं अनुमान नहीं कर रहा हूँ। मैं बोलता हूँ। मैं पूरा जानता हूँ।

अरविन्द : आप क्या जानते हैं या क्या नहीं जानते, वह तो आपकी बात है सर। मैं सिर्फ इतना कह सकता हूँ कि मेरे भाई और उसके साथियों के काम के बारे में मैं कुछ नहीं जानता था।

टेगार्ट : उस खुदीराम बोस और प्रफुल्ल चाकी को जो मुजफ्फरपुर भेजा गया था, वह आप नहीं जानते, कह रहे हैं?

अरविन्द : एकदम नहीं जानता था।

टेगार्ट : वह आप चाहे जो भी क्यों न कहें, पूरा बंगदेश जानता है कि इस सिक्रेट संगठन के पीछे असल दिमाग हैं आप।

अरविन्द : देखिए, कौन क्या जानता है उस सम्बन्ध में मैं कुछ नहीं कह सकता, लोगों के मन में गोताखोर की ऊब-डूब मेरा कार्य नहीं है। मैं कहता हूँ उनके कार्यों के बारे में बिन्दु मात्र भी जानकारी नहीं थी।

[हैलिडे और टेगार्ट एक-दूसरे की ओर देखते हैं। मूर आगे आते हैं।]

मूर : मि. घोष, आपको जो अरेस्ट करने गए थे उसी इंस्पेक्टर क्रेगान ने हमें बताया कि आपका हैरिसन रोड वाला घर बहुत छोटा और गन्दा था। क्रेगान ने अचरज के साथ हमें बताया कि आप जैसा एक शिक्षित मनुष्य कैसे एक खाट पर भी न सोकर फर्श पर सोता है।

अरविन्द : हाँ, यह बात उन्होंने मुझसे भी कहा है। मैंने तो उनसे कहा कि मैं अत्यन्त साधारण आदमी हूँ। इंस्पेक्टर, इसी प्रकार सीधे-सादे ढंग से मैं रहता हूँ। सर, एक बार इस बारे में सोचिए। भोर साढ़े पाँच बजे से साढ़े ग्यारह बजे तक मेरे घर में इंस्पेक्टर क्रेगान और इंस्पेक्टर डार्क ने कोने-कोने में तलाशी की। पाने के रूप में पाया कुछ यही सब। यहाँ तक कि मेरे घर के कोने-कोने में एक छोटी डिबिया में दक्षिणेश्वर का प्रसाद था सर। मि. डार्क ने बहुत देर तक उसी का परीक्षण किया। वे सोच रहे थे कि निश्चित ही यह नए प्रकार के बम का कोई सामान होगा। यही तो दशा है सर। मैं तो कहता हूँ कि मैं राजनीति में नहीं हूँ। कोई सिक्रेट संगठन नहीं है। मैं इनमें बिल्कुल नहीं।

टेगार्ट : देखिए मि. घोष, आप उस सिक्रेट समिति के साथ अपने सम्बन्ध को अस्वीकार कर सकते हैं। किन्तु हमारा अपना सोर्स है। वह सब बताएगा। आपके कनेक्शन को हम ठीक प्रमाणित करके रहेंगे।

अरविन्द : करिए प्रमाणित। एक निर्दोष, निरपराध आदमी को फँसाकर यदि आप लोग आनन्द पाते हैं तो पाएँगे। आप लोगों को तो काम ही नहीं है। महाराजा नन्द कुमार का आप लोगों ने जिस प्रकार कानूनी खून किया था, उसे सारी पृथ्वी जानती है। मुझे भी वैसे ही चेष्टा करें...। लेकिन कुछ कर नहीं पाइएगा। मैं छूट जाऊँगा ही। कारण, मेरी अन्तरात्मा जानती है कि मैं निर्दोष हूँ।

मूर : हुम्म! अच्छा है! यह आत्मविश्वास अच्छा है!

[अरविन्द चुप रहते हैं]

वकील किया है?

[अरविन्द बिल्कुल चुप]

हैलिडे : सुना है, आपके मौसा जी कृष्ण कुमार मित्र आपका केस लड़ने के लिए रुपए-पैसे की खोज कर रहे हैं। अच्छा है। कुछेक टेररिस्टों को बचाने के लिए देश के लोग यदि चन्दा देते हैं तो मैं क्या बोल सकता हूँ। किन्तु किन्होंने रुपए दिया

इस पर हम जरूर नजर रखेंगे। आपके लायर की तो आपके फादर इन लॉ भूपाल बोस ने व्यवस्था की है। किन्तु शेष लोगों का क्या होगा?

[अरविन्द चुप हैं]

टेगार्ट : उनके लायर की व्यवस्था हो गई है सर।

हैलिडे : कौन?

टेगार्ट : बैरिस्टर व्योमकेश चक्रवर्ती।

अरविन्द : आप इतनी सारी खबरें कहाँ से पा रहे हैं?

[टेगार्ट हँसता है]

हँसते हैं, हँसिए। जहाँ से हो सके खबर खोदकर ले आइए किन्तु मैं जानता हूँ कि मेरे जीवन का एक अध्याय इस बार एकबारगी ही समाप्त होने जा रहा है। इस बार पाताल तोड़कर निकल आए मेरा कुछ जाता-आता नहीं है। हो सकता है अभी मैं जेल में बन्द रहूँगा। किन्तु जब यहाँ से निकलूँगा तब मैं एक नया अरविन्द घोष होकर निकलूँगा। आप लोगों की जेल, आप लोगों की यह हथकड़ी, आप लोगों की एनामेल की गन्दी थाली में दिया गया गन्दा भोजन मुझे एक वस्तु तो देगा ही देगा वह है मेरा ईश्वर। मेरा निजी ईश्वर।

[अन्धकार। अरविन्द के घर पर कृष्ण कुमार मित्र और सरोजिनी। अगस्त 1908]

सरोजिनी : व्योमकेश बाबू केस लड़ेंगे न मौसा जी?

कृष्ण कुमार : नहीं रे सरो। ग्यारह हजार रुपए फी लिया। और अब कहते हैं कि फी कम है। लोअर कोर्ट में केस न लड़कर हायर कोर्ट में ले जाना चाहते हैं। किन्तु वह तो बहुत खर्च का धक्का है।

सरोजिनी : तब क्या होगा?

कृष्ण कुमार : नहीं जानता। किन्तु एक अच्छी खबर सुनी है। उन लोगों का केस शायद अन्त में जज विचक्राफ्ट के इजलास में जाएगा। विचक्राफ्ट ने अरविन्द के साथ आई.सी.एस. पढ़ा था, एक ही बैच था। वह शायद अरविन्द को पसन्द करता है। देखा जाए...।

सरोजिनी : अरे, वो तो बाद की बात है। पहले केस तो लड़ना होगा। लायर कौन होगा तब?

कृष्ण कुमार : सोचता हूँ आशू बाबू से कहूँ केस लड़ने के लिए। लेकिन वो तो फिर गवर्नमेंट पैनेल में है। गवर्नमेंट यदि अपनी ही ओर से लड़ने को कह दे तब तो वे भी नहीं लड़ सकेंगे *(हमारी ओर से)*। क्या करूँ *(समझ में नहीं आ रहा)*!

[कल्पना आकर खड़ी हो गई]

सरोजिनी : एक बात बोलूँ मौसा जी?

कृष्ण कुमार : हाँ, बोलो।

सरोजिनी : तुम सी.आर. दास से कहो। वो सेजदा को पहचानते हैं। सम्मान भी देते हैं। उम्र भी कम है। वो निश्चित ही राजी हो जाएँगे।

कृष्ण कुमार : जानता हूँ। किन्तु उनकी भी तो एक फीस है। चितरंजन दास की उम्र कम हो सकती है किन्तु उनका अब बहुत नाम है। अच्छा देखता हूँ। मैं अपने कुछ परिचित लोगों से पैसे के लिए कहता हूँ। तुम्हारे समाचार-पत्र में विज्ञापन देने पर कितने रुपए आए?

सरोजिनी : अभी तक तेईस हजार रुपए। इसमें से ग्यारह हजार रुपए व्योमकेश बाबू ने लिया है। हाँ, बहुत से अचीन्हे लोग भी आकर फंड में चन्दा दे जाते हैं। जानते हो मौसा जी कल एक अन्धा भिखारी आया था। उसका नाम चिन्तमनी था। बताया कि वह भी चन्दा देगा। मैंने कितना मना किया किन्तु वह किसी प्रकार भी नहीं सुना।

कृष्ण कुमार : देखूँ, सी.आर. दास के पास ही जाऊँ तब।

[बाहर से पूर्ण लाहिड़ी आता है]

पूर्णचन्द्र : नमस्कार।

कृष्ण कुमार : नमस्कार। आप?

पूर्णचन्द्र : मैं सी.आइ.डी. ऑफिसर पूर्णचन्द्र लाहिड़ी हूँ। आपकी साली की बेटी के साथ कुछ जरूरत है।

कृष्ण कुमार : क्या जरूरत है?

पूर्णचन्द्र : वह मैं उन्हें ही बताऊँगा।

[कृष्ण कुमार देखते हैं। फिर चले जाते हैं]

सरोजिनी : हाँ, कहिए।

[पूर्ण आँखों के इशारे से कल्पना को दिखाता है। सरोजिनी गर्दन झुकाकर कल्पना को भीतर जाने के लिए कहती है। कल्पना भीतर जाती है]

सरोजिनी : हाँ, कहिए।

पूर्णचन्द्र : देखिए मैडम, पिछले जुलाई महीने में आपने 'वन्देमातरम्' समाचार-पत्र में अपने नाम से एक विज्ञापन दिया था। उसमें आपने अपना नाम-पता देकर अपने आत्मत्यागी भैया और उनके साथियों का केस लड़ने के लिए पैसे का सहयोग माँगा था।

सरोजिनी : हाँ, माँगा है। मैं माँग ही सकती हूँ।

पूर्णचन्द्र : नहीं, नहीं कर सकतीं ऐसा। वे टेररिस्ट हैं। संत्रासवादी हैं। उनकी तरफ से सहायता या चन्दा उठाना एक प्रकार का सिडिशन है। जो भी हो, किस-किस ने आपके उस फंड में चन्दा भेजा है मुझे उनकी फुल लिस्ट चाहिए।

सरोजिनी : मैं नहीं दूँगी।

पूर्णचन्द्र : नहीं देंगी?

सरोजिनी : नहीं, नहीं दूँगी। आप जो कर सकते हैं, करें।

पूर्णचन्द्र : एक टेररिस्ट की बहन होकर मुझे आँख दिखाती है? सुन, तुझे अभी एविडेंस एक्ट के तहत मैं अरेस्ट कर सकता हूँ, समझी?

[सरसराहट आती है। भीतर से कल्पना आती है। उसके केश खुले हैं। हाथ में एक हँसुआ है।]

कल्पना : उसके पहले तेरा यहीं खून करूँगी रे कुत्ते! इसके बाद केवल उसे नहीं, तेरे कैट को भी मुझे अरेस्ट करने के लिए पुलिस भेजनी पड़ेगी।

[पूर्ण डर जाता है, पीछे हटता है। चिल्लाता है।]

पूर्णचन्द्र : नरेन गुसाईं सरकारी गवाह हो गया है रे! सभी के नाम बता दिए हैं उसने। उसके बयान दर्ज करने के बाद तुम लोगों के गुरु अरविन्द और उसके चेलों को कोई बचा नहीं पाएगा, भगवान भी नहीं।

[निकल जाता है]

सरोजिनी : उसने, उसने क्या कहा? यह सच है?

कल्पना : हाँ, सच है।

सरोजिनी : कैसे नरेन गुसाईं ने सब कुछ बता दिया?

कल्पना : नहीं जानती। किन्तु वह—वह बचेगा नहीं।

सरोजिनी : मतलब?

कल्पना : मतलब जो है वही। नरेन को जेल के अन्दर ही गोली मार दी जाएगी।

सरोजिनी : कौन करेगा?

कल्पना : कन्हाई लाल और सत्येन दा। नरेन गुसाईं जानता है कि उसकी राज के पक्ष में गवाही होगी। किन्तु वह निरर्थक होगी। *(सरसराहट आती है। कन्हाई लाल और सत्येन दिखते हैं)* वे नरेन गुसाईं को इस भूल के लिए मार देंगे।

सरोजिनी : वे जेल के अन्दर बन्दूक कहाँ से पाएँगे?

कल्पना : मैं ले जाऊँगी। छुपकर।

सरोजिनी : किस प्रकार?

कल्पना : तुम्हें नहीं बताया जा सकता। मनाही है। लेकिन नरेन गुसाईं नहीं बचेगा।

[अन्धकार। नरेन गुसाईं दिखता है। कन्हाई लाल दतुअन से दाँत माज रहा है। सत्येन बैठकर अपना बयान पढ़ रहा है]

नरेन : क्या सत्येन दा? अपना बयान याद हो गया?

सत्येन : उफ्फ! किसी तरह नहीं हो रहा। रुको, फिर एक बार पढ़ूँ।

नरेन : कन्हाई की तबीयत कैसी है?

कन्हाई : पहले से बहुत अच्छी है। तुम कब बयान दर्ज कराओगे नरेन?

नरेन : आज। दो दिन बाद बुधवार को तुम लोग। ऐसी ही तो बात हुई है।

सत्येन : नहीं। हम लोग सोच रहे हैं आज ही तुम्हारे साथ ही देंगे।

नरेन : मतलब?

सत्येन : मतलब। *(दोनों बन्दूक निकालकर)* चुगलखोर चूहा।

कन्हाई : माँ को बेच दोगे अवसर पाने पर यही न?

[दोनों गोली मारते हैं। नरेन आर्तनाद करता हुआ गिर पड़ता है। अन्धकार हो जाता है। सरसराहट होती है। एक कोने में बारीन दिखता है]

बारीन : यह किस तरह हुआ ? इतना बड़ा निर्णय जेल में बैठकर किया गया और इसके बारे में मैं ही नहीं जानता। किसने, किसने यह किया ? सेजदा ?

[मंच के बीचोबीच एक कटघरा बन रहा है। अरविन्द आकर बारीन के सामने खड़े होते हैं। इसके बाद सीधे कटघरे में पहुँच जाते हैं।]

तब किसने कराया है यह ? हेम दा ?

[हेम कानूनगो आकर बारीन की आँख में आँख डालकर देखते हैं। इसके बाद कटघरे में अरविन्द की बगल के फ्लोर पर खड़े हो जाते हैं]

उल्लास ? उपेन ? अविनाश ? विभूति ? किसका, किसका निर्णय है यह ?

[वे क्रम से आते हैं। जाकर अरविन्द के दोनों ओर इकट्ठे हो जाते हैं। बारीन चीखता है]

मैं लीडर हूँ। मैं ही। मुझे बिना बताए इतनी बड़ी एक घटना को अंजाम देने का अधिकार किसी को नहीं है। किसी को भी नहीं। किसी को नहीं...ई ई ई।

[सरसराहट बढ़ जाती है। बारीन पर अँधेरा हो जाता है। साथ ही साथ प्रकाश हो जाता है। दिखता है बारीन भी अरविन्द के बगल में खड़ा है। सामने सी.आर. दास दिखाई पड़ते हैं। वे प्रश्न करते हैं। एक छोटे प्रकाश क्षेत्र में उनको दिखाया जाता है, पीछे प्रकाश की छाया में शेष लोग हैं।]

चित्तरंजन : धर्मावतार, इस आदमी को देखिए। इस आदमी का नाम अरविन्द घोष है। आज ये और इनके साथी इस बहस के केन्द्र में हैं। किन्तु एक दिन आएगा जब समय की अपनी ही गति से यह वितर्क दबकर निःशब्द हो जाएगा। बहुत-बहुत दिनों बाद

जब यह विशृंखलता, समय का यह उत्ताप ठंडा पड़ जाएगा, किन्तु तब भी इस आदमी को सच में एक देशप्रेमी और मानवता का पुजारी के रूप में देखा जाएगा। उसकी मृत्यु के भी बहुत वर्षों बाद उसकी अनुपस्थिति में उसकी बातें और काम बार-बार मानव समाज में प्रतिध्वनित होंगे और ऐसा केवल भारतवर्ष में ही नहीं, देश के बाहर, समुद्रों के पार, सर्वत्र ही होगा। इसीलिए मैं चित्तरंजनदास, पेशे से एक साधारण कानूनजीवी, मैं कहता हूँ कि जो आदमी वहाँ है, निस्तब्ध होकर वहाँ से मेरी बातें सुन रहे हैं वे केवल अदालत के कटघरे में खड़े नहीं हैं बल्कि वे इतिहास की अदालत के कटघरे खड़े हैं।

[करतल/तालियों की गड़गड़ाहट आती है। उसे दबाती हुई जज साहब की 'ऑर्डर-ऑर्डर' की आवाज आती है। चित्तरंजन, अरविन्द सहित सभी मूर्तिवत् हो जाते हैं। सरसराहट के बीच जज साहब की आवाज आती है।]

जज साहब : आज 6 मई, 1908 को मैं सी.पी. विचक्राफ्ट एडिशनल सेशन जज, अलीपुर कोर्ट अलीपुर बम कांड 1908 के निर्णय की घोषणा करता हूँ।

भारतीय दंड विधि 121, 121ए, और 122 आई.पी.सी. के अनुसार बताया जाता है कि अदालत बारीन्द्र कुमार घोष और उल्लासकर दत्त को राष्ट्रद्रोह और खून के अपराध के लिए मृत्युदंड देकर दंडित करती है। उपेन्द्रनाथ बन्द्योपाध्याय, हेमचन्द्र दास व कानूनगो, इन्दु भूषण राय, विभूतिभूषण सरकार, अविनाश भट्टाचार्य आदि को उसी एक ही अपराध में आजीवन कालापानी *(द्वीपान्तर)* और उनकी समस्त सम्पत्ति को जब्त करने के दंड की घोषणा करती है। प्रदेश मौलिक, शिशिर कुमार घोष और निरापद सरकार को उसी एक ही अभियोग और धारा के लिए दस वर्षों का कालापानी और उनकी सम्पत्ति को जब्त करने की घोषणा की जाती है। प्रमाण के अभाव में जो लोग छोड़े जा रहे हैं उनमें नरेन बख्शी, शचीन्द्र सेन, नलिनी गुप्त, पूर्ण सेन, विजय नाग आदि और अरविन्द घोष।

बारीन्द्र कुमार घोष और उल्लासकर दत्त को सूचित किया जाता है कि यदि वे इस निर्णय के विरुद्ध आवेदन करना चाहते हैं तो सात दिनों के भीतर कर सकते हैं।

[शोरशराबा होता है। सी.आर. दास आकर अरविन्द से हैंडशेक करते हैं, हेमचन्द्र पुलिस को बगल हटाकर अरविन्द के निकट आ जाता है।]

हेमचन्द्र : इतिहास आपको क्षमा नहीं करेगा। नहीं करेगा। आपने खुद को बचा लिया। केवल मात्र अपने को। आप विश्वासघाती हैं। कन्फर्मिस्ट हैं। कायर हैं।

[अरविन्द हेम की ओर देखते रहते हैं। हेमचन्द्र को पुलिस हटा ले जाती है। अरविन्द को कई लोग मिलकर हटा लेते हैं। उल्लासकर दत्त आगे आता है, वह गीत गाता है। 'सार्थक है जन्म मेरा, जन्म लेना इस देश में' गान के अन्त में सरसराहट आती है। मंच के दो कोनों पर हैलिडे और टेगार्ट दिखते हैं। वे फोन कर रहे हैं। अन्धकार।]

षष्ठ दृश्य

[पोर्ट ब्लेयर। आबारदिन सेलुलर जेल। 28 अगस्त, बृहस्पतिवार 1913। सेल के भीतर तीन लोग बारीन, हेमचन्द्र और उपेन कैदी की पोशाक पहने हुए। कैप्टन मरे प्रवेश करते हैं।]

कैप्टन मरे : डियर प्रिजनर्स! आप लोगों से एक जन मिलना चाहते हैं।

[तीनों जन देखने लगते हैं]

आप लोगों से अतिपरिचित चार्ल्स अगास्टस टेगार्ट।

[टेगार्ट प्रवेश करता है। मरे टेगार्ट से हाथ मिलाकर चला जाता है।]

टेगार्ट : सो, माइ ओल्ड फ्रेंड्स। हाउ आर यू? चार वर्षों बाद मुलाकात हो रही है आप लोगों से! क्यों मि. घोष, फाँसी की रस्सी से बचकर कैसा लग रहा है?

[बारीन थोड़ा हँसता है]

बारीन : मेरे भैया का कोई समाचार है आपके पास?

टेगार्ट : नहीं। अब जरूरत नहीं पड़ती। शुरू में रखता था। *(समाचार)* गवर्नमेंट विश्वास करती थी कि स्टिल ही इज अ डैंजरस मैन। अब समझ गई है, ही इज मेक नाऊ। *(रुकता है)* अच्छा! और भी एक फाँसी के आसामी थे जिनकी फाँसी रद्द हुई थी। मि. उल्लासकर दत्त। वह कहाँ हैं?

हेमचन्द्र : उसे मद्रास के एक पागलखाने में ले जाया गया है। बहुत स्वाभाविक रूप से यहाँ अधिक दिनों तक रहने पर हम सभी का जो हाल हो सकता है, उल्लासकर का हम लोगों में सबसे ज्यादा भावुक होने के कारण वह हाल सबसे पहले हो गया।

टेगार्ट : हाय! सुना है इन्द्रभूषण भी पिछले वर्ष गले में रस्सी लगाकर झूल गया।

[रुकते हैं]

आप लोगों का केस क्लोज हो जाने पर मैंने अवश्य ही नेचुरली एक प्रोमोशन पाया है। ए विग फेदर इन माइ हैट।

उपेन : आप अचानक आए क्यों इस सुदूर अंडमान में, निश्चित ही अपने प्रोमोशन की बात बताने के लिए नहीं!

टेगार्ट : निश्चित ही नहीं। बताता हूँ क्यों आया? उसके पहले उपेन बाबू इस तस्वीर को देखिए तो?

[एक चित्र उपेन के हाथ में देता है]

उपेन : क्यों?

टेगार्ट : अरे, देखिए न! आपका पहचाना हुआ श्रमजीवी सहकारिता का एक ग्रुप फोटो। आप इनमें से अनेक को तो पहचानते हैं। है न!

उपेन : मैं इनमें से केवल मात्र एक इसे पहचान पा रहा हूँ। अमर चटर्जी। उत्तरपाड़ा का। मेरे डफ कॉलेज का सहपाठी।

टेगार्ट : हुम्म! और यह बगल का आदमी?

उपेन : वह सब बाद में होगा। आप आए क्यों, पहले हमें यह बताएँ।

टेगार्ट : *(हँसता है)* बताता हूँ। आप लोगों को तो कालापानी की सजा हो गई। खुदीराम की फाँसी हो गई। अरविन्द बाबू पांडिचेरी चले गए। आप लोगों में से बहुत लोग बैठ गए। सोचा, अब लगता है, बंगाल का संत्रासवाद शेष है, काली माँ के बम की आवाज खत्म हो गई। किन्तु देखा नहीं। आप लोगों के मामले के सरकारी वकील ह्यूमर पर बम छोड़ा गया, हमारे इंस्पेक्टर समशुल आलम की हाईकोर्ट की सीढ़ी पर गोली मारकर हत्या कर दी गई, राजेन्द्रपुर स्टेशन पर बहुत बड़ी ट्रेन डकैती हुई, खुलना के नांगला में डकैती हुई, पूरे बंगाल भर में बमबाजी बढ़ने लगी। इसके बाद पिछले वर्ष के दिसम्बर में दिल्ली में जब बड़े लाट साहब हार्डिंग के ऊपर बम फेंका गया तब हमारा पूरा प्रशासन हिल गया। मैंने और हैडिले साहब ने विचार किया। समझा कि आप लोगों को हम सात समुद्र पार कालापानी देकर भेज सकते हैं किन्तु आप लोगों के आदर्श को, विस्फोट करने की क्षमता को कालापानी या द्वीपान्तर नहीं कर सके। समझा आप लोग रक्तबीज हैं। कुछ को पकड़ सके हैं, शेष अनेक बिखरे हुए हैं। मेदिनीपुर में, चन्दन नगर में यहाँ तक कि उत्तर भारत में भी। किन्तु वे कौन हैं? मैंने और हैलिडे साहब ने परिकल्पना की। सोचा अंडमान आकर आप लोगों से फिर एक एकमुश्त बहस करना कैसा रहेगा? नई कोई खबर पाएँ शायद। बीते हुए बीस अगस्त को चीफ सेक्रेटरी से अनुमति माँगते हुए पत्र लिखा। दो दिनों के अन्दर ही कैमिंग साहब ने परमीशन दिया। बस चौबीस तारीख के लोकल सुर लेकर 'ऐरान कोला' जहाज पर बैठ गया। बहुत सीधी कहानी है।

हेमचन्द्र : आपको लग रहा है कि हम लोग आपके सोर्स हो सकते हैं?

टेगार्ट : निश्चय ही। आप लोग ही सोर्स हो सकते हैं।

हेमचन्द्र : इस आत्मविश्वास का स्रोत? बारीन? नहीं, वह अब कुछ नहीं बोलेगा। हममें से कोई भी अब कुछ नहीं बताएगा।

[टेगार्ट उठते हैं। सरसराहट आती है]

टेगार्ट : जाऊँ थोड़ा नांगला की डकैती के कन्विक्टों के साथ बात करूँ। *(रुकता है)* मैं सही खबर पाऊँगा तो आप लोगों से ही

पाऊँगा। हमेशा पाई है। कभी आप लोगों के प्रेम या प्रतिशोध ने कभी आप लोगों द्वारा अपनी क्षमता को सही-सही न समझ पाने की क्षमता ने बार-बार आप लोगों के भीतर आपस में ही विश्वासघात तैयार किया है। और हम लोगों ने खबर पाई है। पाते हैं। पाएँगे।

बारीन : *(उठकर खड़ा होता है)* मतलब? क्या कहना चाहते हैं आप?

टेगार्ट : *(हँसता है)* कल आकर फिर बात करूँ? बात तो हमें करनी ही होगी मि. घोष।

बारीन : *(टेगार्ट के निकट चला जाता है)* आपने सही में क्या कहना चाहा? कैट आप कहें! कहिए।

टेगार्ट : एक बार सोचकर देखिए कि हम लोग आप लोगों की सारी खबरें कैसे पाते थे? सारे बम के कारखानों को कैसे फर्स्ट रेड में पा गए? खुदीराम, प्रफुल्ल चाकी के मुजफ्फरपुर जाने की इन्फॉर्मेशन पहले से ही पा गए थे, कैसे? कैसे सभी लोगों के नाम की एक ही तालिका बनाकर अरेस्ट कर लिया? दिमाग लगाइए बारीन बाबू!

बारीन : *(फुसफुसाते हुए)* कौन?

टेगार्ट : *(हँसता है)* अब बता देने पर हानि नहीं है।

बारीन : बताइए कौन है?

टेगार्ट : *(गम्भीर आवाज में)* कल्पना। आप लोगों के देवघर के विस्फोट में मृत प्रफुल्ल चक्रवर्ती की पत्नी आप लोगों की देवी चौधरानी।

[सभी अवाक् होकर देखते रह जाते हैं। टेगार्ट हँसते-हँसते निकल जाता है, बारीन शेष लोगों की ओर देखता है।]

बारीन : *(फुसफुसाते हुए बोलता है)* प्यार न कि धन्धा? सभी तो सक्षम नहीं है, बोलो तो इसमें एक समझौता कर लेने में? शायद कोई-कोई कर भी सकता है। मैं नहीं कर सका। उसका मोल भी तो चुकाया। नहीं चुकाया कहो?

[टेगार्ट की हँसी की आवाज आती है। हँसी पूरे हॉल में फैल जाती है। उसको दबाता हुआ समुद्र का शोर आता है। सब मिल जाते हैं]

नेपथ्य से आवाज आती है, 'बारीन्द्र और उल्लासकर छूटे थे। 1920 में। दोनों में से किसी ने फिर जीवन में सक्रिय राजनीति नहीं की। उल्लासकर ने अपने तिरसठ वर्ष की आयु में अन्त में अपने पूरे जीवनभर के प्रेम और उस समय विधवा और पंगु लीला से विवाह कर लिया। उपेन्द्रनाथ 1921 में छूटे। छूटकर वे पहले कांग्रेस और बाद में हिन्दू महासभा के साथ युक्त हुए। हेमचन्द्र भी उसी वर्ष छूटे। इसके बाद उन्होंने चित्रांकन करके कुछ दिन जीवन बिताया। फोटोग्राफी और चित्र बनाना हेमचन्द्र का विशेष पैशन था। वे भी फिर सक्रिय राजनीति से युक्त नहीं हुए। हम याद रखेंगे इस बंगदेश का प्रथम अन्तर्घात सीधे-सीधे इन्हीं लोगों के द्वारा हुआ था। आवाज विलीन हो जाती है। समुद्र का शोर बढ़ जाता है।

शेषांश

[पांडिचेरी। अरविन्द आश्रम। 1922। अरविन्द ध्यान मुद्रा में हैं। एक शिष्या प्रवेश करती है। वह कुछ देर प्रतीक्षा करती है। अरविन्द आँख खोलते हैं। शिष्या की ओर देखते हैं।]

शिष्या : एक महिला आपसे मिलना चाहती है गुरुजी!

अरविन्द : इतनी सुबह! अभी तो सूर्य नहीं निकला। अच्छा भेज दो।

[शिष्या चली जाती है। कुछ क्षणों बाद कल्पना आकर खड़ी हो जाती है]

अरविन्द : आप?

कल्पना : पहचान नहीं पा रहे हैं? मैं—मैं कल्पना हूँ। विप्लवी प्रफुल्ल चक्रवर्ती की पत्नी।

अरविन्द : ओ, हाँ, समझा। बारीन छूटकर एक-दो वर्ष तक पांडिचेरी में आकर मेरे साथ था। उसने मुझे तुम्हारे बारे में बताया था।

कल्पना : बारीन दा यहाँ रह रहे थे?

अरविन्द : हाँ, दो माह हुए गया। कह रहा था कि एक समाचार-पत्र निकालेगा।

कल्पना : तब तो मेरे बारे में आप सब कुछ जानते हैं!

अरविन्द : *(हँसते हैं)* जानता हूँ। तुम इतनी सुबह यहाँ? कहाँ रहती हो अभी?

कल्पना : दिल्ली में, वहाँ के बच्चों के एक स्कूल में पढ़ाती हूँ। अलीपुर केस का निर्णय होने के कुछ दिन बाद ही मैं दिल्ली चली गई। उन्हीं लोगों ने भेजा था।

अरविन्द : ओ, उन्हीं लोगों का मतलब गवर्नमेंट?

कल्पना : *(सिर हिलाती है)* उसके बाद राजधानी भी बदल गई। अच्छी ही हूँ वहाँ।

अरविन्द : *(हँसते हैं)* तो मेरे पास क्या सोचकर? आई कैसे?

कल्पना : कई दिनों से आपकी बातें मन में आ रही थीं। आपके बारे में मैं सारी खबर ही रखती हूँ। आपकी लिखी किताबें भी पढ़ी हैं। इसके बाद कई दिन पहले आपके द्वारा एडिट किया हुआ एक समाचार-पत्र का पुराना अंक मेरे हाथ आ गया। 'आर्य'। उसमें आपके द्वारा लिखी हुई कई एक कविताएँ थीं। पढ़ते हुए पुरानी अनेक बातें याद आईं। आपकी याद आई। सोचा, जाऊँ एक बार मिलकर आऊँ। कल बहुत देर रात मद्रास पहुँची थी। ट्रेन लेट थी। उतरकर ही बस पकड़ा। पांडिचेरी जब उतरी तो अन्तिम पहर की रात थी।

अरविन्द : *(हँसते हैं)* आर्य पिछले वर्ष बन्द हो गया। यहाँ कितने दिन रहोगी?

कल्पना : नहीं-नहीं, आज ही लौट जाऊँगी। रात की ट्रेन की टिकट ले रखा है।

अरविन्द : खाओगी कुछ अभी?

कल्पना : खाऊँगी। कुछ देर बाद।

(घर के घड़े से जल लेती है। पीती है) आप जानना नहीं चाहते कि मैंने आपके भाइयों को पुलिस के हाथों क्यों पकड़वा दिया था?

अरविन्द : नहीं। क्या होगा जानकर? तुम्हें जो अच्छा लगा, तुमने किया।

कल्पना : हाँ किया। और उसके लिए मैं जरा भी दुखी नहीं हूँ। अब भी नहीं। बड़े मालिक! मैं अपने वर प्रफुल्ल से बहुत प्रेम करती थी। केवल दो वर्ष पहले शादी हुई थी हमारी। उसका

मरा हुआ वह मुँह मैं अब भी भूल नहीं पाती। मुँह कुचला हुआ था। सोचा, प्रतिशोध लूँगी। उस उल्लासकर दत्त को मारूँगी। बारीन दा द्वारा दल में शामिल होने के प्रस्ताव से मुझे सुविधा हुई। किन्तु भगवान की इच्छा अद्‌भुत है, मुझे उल्लास बाबू बहुत अच्छे लग गए। उनसे प्रेम कर बैठी। बहुत अच्छे आदमी। भीतर से पवित्र। किन्तु पाया कि उल्लास बाबू दूसरे किसी से प्रेम करते हैं। उससे मुझे दुख नहीं था। किन्तु देखा कि आप लोगों के बीच बहुत खींचातानी है। कोई किसी को भी अन्दर से *(मन से)* पसन्द नहीं करता। जबकि मुँह से कहते हैं कि एक दल करते हैं, एक काम करते हैं, शायद देश की भलाई आप लोगों की एकमात्र चाहत है। मैं पहले-पहले बुद्धू की तरह इन सब पर विश्वास भी करती थी। उसके बाद एक दिन मूर्ति के पीछे का बाँस-माटी से बना ढाँचा देख लिया। मेरा दिमाग जल उठा। सोचा इन लोगों के लिए मेरा वर *(पति)* मरेगा, और कितने साधारण आदमी मरेंगे ? और ये लोगों की वाहवाही लूटेंगे। हाथ ताली लेंगे। अपनी भावना में धोखाधड़ी भरकर रखते हुए कहेंगे कि राजनीति करते हैं, लिखते हैं, लोगों के बारे में सोचते हैं। देश के बारे में सोचते हैं। और मौका पाते ही अपने-अपने अनुसार अपने खालीपन को सजाकर भर लेंगे। अपने साथ न मिलने पर दूसरे को गाली देंगे। और ज्यादा मिथ्या फानूस फहराना देखते-देखते हम साधारण लोग केवल मार खाते रहेंगे। मार खाते ही जाएँगे ?

[रुकती है]

टेगार्ट साहब मुझ पर बहुत दिनों से नजर रखे हुए थे। अब मैंने भी उस पर नजर रखना शुरू कर दिया। अन्त में एक दिन रात को एंटाली थाना के सामने उन्हें पा गई। उन्हें तो अपने हाथ में चाँद मिल गया। उसके बाद—

[रुकती है]

बड़े मालिक, मैंने किन्तु किसी को अपने हाथ से नहीं मारा है। यहाँ तक कि पार्टी के एक्शन में भी। मनुष्य को मारने का

साहस मुझमें नहीं है। मैं केवल टेगार्ट साहब को आप लोगों की सारी खबरें दे देती थी। सारी। खाली एक खबर उनसे छुपा लिया था।

अरविन्द : कौन सी ?

कल्पना : *(ठंडी आवाज में)* कन्हाई लाल और सत्येन दा के पास जेल में रिवॉल्वर पहुँचाने की खबर। मैंने किन्तु जेल में और-और रिवॉल्वर भेजना चाहा था। ताकि सभी एक-दूसरे की गोली मारकर हत्या कर दें। अपने को ही अपने मारें। *(रुकती है)* सबका भला होगा। सोचा था सबको फाँसी होगी। सोचा था जिस दिन निर्णय आएगा उस दिन सरोजिनी को बुलाकर सारी बातें बताकर अपने सिर में गोली मार लूँगी। सोचा एक। हुआ दूसरा एक। आप कई लोग छूट गए। शेष लोगों को कालापानी हुआ। मैंने भी टेगार्ट साहब से जाकर कह दिया कि मेरा काम शेष हो गया। मैं अब और स्पाई बनना नहीं चाहती। इतने बड़े श्मशान में मेरे डोम के काम करने का प्रयोग शेष हो गया है।

(सन्नाटा। कल्पना पानी पीती है।)

अरविन्द : हाँ! ठीक ही तो। लेकिन क्या जानती हो कल्पना कि सभी एक समान नहीं होते। कोई-कोई है जो स्वप्न देखता है। गलत स्वप्न देखता है किन्तु इसके बाद वह खुद भी एक दिन उसी स्वप्न में प्रवेश कर जाता है। उसका स्वरूप बन जाता है। तुम जितना भी गुस्सा करो और कष्ट पाओ—इस तरह के कुछ लोग हम लोगों के बीच अब भी हैं। थे। भविष्य में भी रहेंगे।

कल्पना : आप क्या उसी प्रकार के मनुष्य हैं ?

अरविन्द : नहीं, मैं तो हत्यारा हूँ। मैं अपने स्वप्न की हत्या कर पाया हूँ। मैं क्यों स्वप्न का स्वभाव बनने लगा ?

कल्पना : आप जब पकड़े गए थे और पुलिस को बता रहे थे कि आप भक्ति के पथ पर चले गए हैं, राजनीति से अब आपका कोई सम्बन्ध नहीं, आपके मन में तब भय नहीं आया ? ऐसा नहीं लगा कि इतिहास एक दिन आपकी मूल व्याख्या करेगा ?

अरविन्द : *(हँसते हैं)* हमारा इतिहास ही नहीं रहेगा एक दिन तो उसकी ठीक मूल व्याख्या का क्या ?

कल्पना : तब?

अरविन्द : चलो। समुद्र के किनारे चलें। सूर्य ऊपर चढ़ रहा है।

[दोनों कुछ क्षण चलते हैं। समुद्र की आवाज आती है। उसके बाद सरसराहट आती है। पीछे सुबह का सूर्य दिखता है]

अरविन्द : अच्छा! यह बात तुम लोगों ने कभी नहीं सोचा कि कम उम्र में ही सरकारी लोभनीय नौकरी छोड़ने में मुझे भय नहीं लगा, सीधे राजनीति में आकर बीच-बीच में जेल जाने में भय नहीं लगा, पूरे बंगाल भर में गोपनीय संगठन करने में भय नहीं लगा और हठात् चौदह वर्ष पहले मैं अपने सैंतीस वर्ष की उम्र में अचानक डरपोक हो गया? और वह भी जिस घटना के साथ मेरा कोई सम्बन्ध ही नहीं था—न खुदीराम के साथ, न बारीन लोगों के तत्त्वहीन उन्मादी गामिता के साथ।

कल्पना : आप तो उसी छः वर्ष से ही अपने को धीरे-धीरे राजनीति से हटा रहे थे!

अरविन्द : *(हँसते हैं)* शायद उसके पहले से। कल्पना, भूलना मत कि मैं अपने कैम्ब्रिज के जीवन से ही कवि था। बड़ौदा के राजा ने मुझे जो नौकरी दी थी, वह मेरे आई.सी.एस. होने के कारण नहीं अंग्रेजी भाषा पर मेरी दखल देखकर दी थी। उनके भाषण मैं ही लिखता था न! *(रुकते हैं)* समस्या तभी होती है जब आदमी अपने अन्दर एक-एक करके गहरी जड़ें पालने लगता है—जैसे राजनीतिविद् के साथ-साथ समाज का सम्बन्ध ऐसा है, सन्तों के साथ समाज का सम्बन्ध वैसा है, नौकरी पेशा करने वालों के साथ समाज का सम्बन्ध उस तरह और कलाकारों के साथ... *(रुकते हैं)* गहरी जड़ें! उखाड़कर फेंकी नहीं जा सकतीं। फिर आदमी कई बार जानबूझकर भी उस गहरी जड़ का दूसरों के विरुद्ध व्यवहार करता है। विरोध करने के लिए ही।

जानती हो, अपने ग्यारह वर्ष की उम्र में अपने भीतर से संकेत पाया था *(कि)* इस पृथ्वी पर कुछ बहुत बड़ा करने की सम्भावना मेरे अन्दर है जिसे ऐतिहासिक कर्म कहा जाता है। और साथ ही साथ चौदह वर्ष की उम्र में मैंने अपने अन्दर

ईश्वर का संकेत पाया था। इसका अर्थ है कि बहुत कम उम्र से मेरे भीतर भक्तियोग और कर्मयोग का एक-दूसरे का हाथ पकड़ने की क्रिया चल रही है। किन्तु काम करने जाने पर देखा—

कल्पना : क्या?

अरविन्द : वही जो तुमने कहा। उद्‌देश्य से बढ़कर हम लोगों के उपाय होते हैं। श्रम की आकांक्षा से फल का लोभ बड़ा है। मैं क्रमशः क्लान्त, विषादयुक्त अनुभव करने लगा। विषाद कितना बड़ा रोग है। यह बहुत लोग नहीं समझते, कल्पना। जेल जाने से बहुत पहले, यह धरपकड़, बमबाजी, दलबाजी इन सबसे बहुत पहले मैंने अपने को अन्दर से चारों ओर से हटा लेना सीख लिया था। हर क्षण चारों ओर घटित होते विभिन्न अविश्वास, सन्देह, बीच की मेधा का वागाडम्बर, शक्ति का उल्लास, खुद को खुद से अधिक बड़ा और अपवाद बनाने का हास्यास्पद प्रयास—इन सबको मिलाकर एक के भीतर दूसरा प्रवेश करके मेरा दम घुटा दे रहा था। यह ऐसा एक कष्ट है जो हर पल तुम्हारे दिमाग में हजार सुइयों की चुभन की टीस देता रहेगा—यह एक ऐसी निःसहाय स्थिति है जिसे समझ लेने पर पृथ्वी के वर्तमान शिखंडियों अथवा वृहन्नलाओं को विस्मय से अभिभूत हो जाना पड़ेगा। *(रुकते हैं)* इसीलिए मेरे सामने दो पथ थे। एक तुम्हारे या मेरे भाइयों के समान मानव बम बन जाना। दूसरा साधारण लोगों की तरह घर में बैठ जाना। किन्तु मैं दोनों नहीं कर सका।

कल्पना : क्यों? दूसरे के लिए कम-से-कम चेष्टा कर सकते थे।

अरविन्द : *(हँसते हैं)* तुम अपनी जाति को नहीं पहचानती! नहीं पहचानती अपने शहर को! मैं अरविन्द घोष, कम उम्र से ही खूब केऊ केटा..., नाम-धाम कमाया है, घर बैठ जाने पर मुझे उनमें से कोई-कोई क्या छोड़ देता? सींक से खोदकर बाहर खींचकर ले आते। लाकर कहते नामी आदमी। देख बेटा, नामी आदमी का नाम उखाड़कर कैसे तुझे नंगा करते हैं। भद्रता को यहाँ दुर्बलता के रूप में माना जाता है—जानती हो न!

[रुकता है]

मैंने इसीलिए तीसरा पथ चुना है। उपद्रवहीन और अवितर्कित। अतः मैं मनुष्यों के लिए ही कार्य कर पा रहा हूँ, जो इस पृथ्वी पर सबसे ज्यादा जरूरी है। अभी भी कार्य के माध्यम से खुद को प्यार नहीं करता कल्पना बल्कि स्वयं द्वारा कार्य से प्रेम करता हूँ। और इतिहास? उसका निर्णय? कल्पना, मैं तुमसे कहता हूँ कि हमारे देश से ब्रिटिशों के जाने का समय निकट आ गया है, वे गांधी से डरते हैं, उनकी विदाई की घंटी बज चुकी है। किन्तु ब्रिटिशों के चले जाने पर भी, बहुत-बहुत शताब्दियों के बीत जाने पर भी हम लोग ठीक ऐसे ही रहेंगे। इसी तरह आत्मघाती। उस नए स्वाधीन भारतवर्ष को हम लोग कई टुकड़ों में विभाजित कर लेंगे। कभी अपने को राजनीतिक दल कहेंगे, कभी अपने को कहेंगे सम्प्रदाय, कभी कहेंगे मतादर्श का विरोध, कभी कहेंगे जात-पाँत और इन्हीं सारे बहानों को अस्त्र बनाकर अपने बीच डंडे भाँजते रहेंगे। भाँजते ही रहेंगे। किसने कहा है तुमसे कि सभ्यता का अर्थ ही उसकी अग्रगति होगी? किसने कहा है तुमसे कि हम फिर से एक दिन वास्तव में नरभक्षी नहीं बन जाएँगे?
(रुकते हैं—स्वगतोक्ति करते हैं) मैं विदेश में पला-बढ़ा हूँ कल्पना! बहुत बार वहाँ गया हूँ। वहाँ देखा है अपने लोगों को। देखा है वहाँ वे लोग काम में लगे असाम्प्रदायिक हैं और निश्चित रूप से प्रभु की शरण में जा चुके हैं। किन्तु वही लोग जब यहाँ आते हैं तो किस तरह हमारे चारों ओर रहनेवालों जैसे हो जाते हैं, इसका अर्थ है कि हमारे इसी भूखंड पर कोई गड़बड़ी है। इस जलवायु में कोई समस्या है। इसका अर्थ होता है कि हम जातिगत रूप से अभिशप्त हैं। और यह अभिशाप पीढ़ी-दर-पीढ़ी, शताब्दी-दर-शताब्दी एक सर्वनाशी आग बनकर हम लोगों को जलाता जाएगा।

[रुकते हैं]

छोड़ो! बहुत देर तक बोलता रहा। उम्र हो गई है न! पहले बहुत चुपचाप रहता था। आजकल थोड़ी बात करने की इच्छा होती

है। तुम जाओ। आश्रम में जाओ। जाकर कुछ खा–पीकर आराम करो। मैं आता हूँ।

[कल्पना अरविन्द को प्रणाम करती है। उसके बाद चली जाती है। अरविन्द मंच के पीछे जाते हैं। जाकर ध्यान लगाकर बैठ जाते हैं। पीछे से सूर्य ऊपर उठता है। जलतरंग की आवाज आती है। इसके बाद और जोर से एक गीत सुनाई पड़ता है, गीत है, 'मैं बंगाल का गीत गाता हूँ, मैं बंगाल का गीत गाता हूँ।']

[मंच पर अन्धकार छा जाता है]

❂❂❂